Impression : BoD – Books on Demand,
12/14 rond-point des Champs-Élysées, 75008 PARIS
Imprimé par BoD – Books on Demand, Norderstedt

ISBN broché : 9782322188901

Dépôt légal : janvier 2020
Première édition : janvier 2020

****

Couverture : 99 Design – Sheila
Correction : Florence Clerfeuille

Sangs éternels

Tome 3 – La Loi du Sang

Florence Barnaud

FSC
www.fsc.org
MIXTE
Papier issu
de sources
responsables
Paper from
responsible sources
FSC® C105338

À tous ceux qui aiment la vie.

La sérénité d'accepter les choses qui sont,
La force d'accepter ce que je peux,
Et la sagesse de distinguer l'un de l'autre.

Marc Aurèle

Playlist by Isméerie

Vous pouvez accompagner la lecture du tome 3 de Sangs Éternels par la sélection d'Ismérie.

- Louis Armstrong - What A Wonderful World
- Barry White - My First My Last My Everything
- Keane - A Bad Dream
- Guns N' Roses - November Rain
- Dead Can Dance - Sanvean
- Ariana Grande - Dangerous Woman
- Elton John - Don't Go Breaking My Heart
- Pharrell Williams - Happy
- Coldplay - Magic
- Moss Kena - Square One
- David Bowie – Space Oddity
- Deep Purple - Soldier Of Fortune
- Olivia Newton-John - Hopelessly Devoted to You
- Sia - Snowman
- PNL - Comme pas deux

Vous trouverez cette playlist sur ma chaine Youtube ou sur Deezer.

1 – Dilemme

Nous roulions à tombeau ouvert vers le sud. Nous filions vers la mort. Mais laquelle ? Celle d'Emma ? La mienne ?

Aveline m'attendait fébrilement, espérant que je vampirise sa fille afin de la sortir du coma.

Cependant, plusieurs difficultés apparaissaient.

Le sang de sorcière tuait assurément les vampires. Et j'en étais une, c'était certain. Le sang de mon amant à mes côtés m'appelait sans cesse. Je m'en gavais dès que je pouvais.

Certes, j'avais été une sorcière. Mais que restait-il de cette partie de moi ? Serait-elle capable de fusionner ma partie vampire et la magie d'Emma ?

Un autre problème se posait. Je n'avais pas toutes les capacités des vampires. Pourrais-je transformer Emma ? Autant d'incertitudes me rongeaient et angoissaient mon Senseï par la même occasion. Car j'étais la seule à pouvoir tenter le coup. Aucun vampire ne pourrait transformer Emma sans périr. Mais qu'allait-il advenir ?

L'ambiance dans le bolide d'Eiirin était pesante, le fond sonore absolument à l'opposé de ce que je vivais. *What a Wonderful World*(1) résonnait dans l'habitacle. Mais que pouvait-il y avoir de merveilleux dans ce monde ?

Je rongeais mon frein.

Je n'avais aucun doute sur mes intentions. Bien sûr que j'allais transformer Emma. Comment pourrait-il en être autrement ? Je ne pouvais pas laisser ma descendance s'éteindre, comme ça, sans rien faire. J'étais apeurée par les conséquences de mon choix. Mon cœur serré, mes entrailles nouées, je me persuadais que j'allais survivre. Il le fallait. Moi aussi, je tenais à la vie. Cependant, si un vampire pouvait faire quelque chose pour Emma, ça ne pouvait être que moi.

Certes, je n'avais transformé personne en bête à crocs. Lucien, la descendance de ma sœur Claudine, avait bien tenté de pomper tout mon sang... En vain. Le clan Duroy m'avait sauvée avant la fin et mis un terme définitif à la vie de ce sorcier en magie noire.

Je ne savais même pas comment procéder. J'espérais qu'Eiirin me guiderait. Devant mon comportement entêté, il avait accepté de m'emmener à Biarritz dans son cabriolet italien hybride arborant un magnifique trident. Ce prototype était sur le point d'être commercialisé et Eiirin avait la chance de tester ce modèle. Je jetai un œil sur le compteur kilométrique : plus de 250. Je ne voyais plus le paysage défiler dans la nuit. Les facultés de vampire de mon amant lui offraient une vue perçante. Son sonar de chauve-souris lui renvoyait le moindre danger, bien avant de le voir. Il avait peut-être décidé de tester les radars. Le ronronnement du moteur ne faisait qu'alimenter ma colère. Comment avait-il réussi à avoir cette bagnole ? Pourquoi faisait-il toujours des choix conformément à ses valeurs ? Il était bien décidé à sauver la planète et ses humains. Je lui jetai un regard en coin. Butée, je l'étais. Le convaincre de me laisser faire serait difficile.

Son odeur flottait dans la voiture avec un mélange de cuir très agréable. Cela m'apaisait.

Mon samouraï, concentré sur la route, s'était muré dans le silence. Quand *You Are The First, My Last, My Everything*(2) retentit, je tendis la main pour arrêter cette guimauve qui me dégoulinait dans les oreilles. Il arrêta mon geste avant que je ne touche l'interrupteur.

Je n'en pouvais plus. Pensait-il m'adoucir avec toutes ces chansons pleines d'optimisme et d'amour ? Je savais qu'il écoutait mes pensées et que le combat acharné ne faisait que commencer. Il refusait que je risque ma vie pour ma descendance. Il m'accompagnait uniquement pour m'en empêcher. Je ne savais pas comment j'allais m'y prendre pour lui fausser compagnie.

— Tu n'y arriveras pas, tonna Eiirin. Je vais te coller, pire que cette invention de colle ultra-forte !

Mmmm... Toujours à m'épier. Je déconseillais vraiment les amants télépathes.

— Laisse-moi penser tranquillement !

— Tu ne penses pas tranquillement, tu rumines ta colère et ta frustration. La musique m'aide à faire l'équilibre avec tes pensées ravageuses.

Excédée, je me tournai vers la fenêtre, oubliant la musique, mon amant, son besoin de domination. Je lui laissais ses chansons. Je pouvais comprendre. La musique adoucissait les mœurs.

— Tu dois prendre du recul, Ismérie. Tu ne peux pas sauver ta descendance si tel est son destin.

— J'en ai la possibilité, Eiirin. La vie est faite de choix et c'est le mien.

— C'est un dessein funeste ! Tu risques ta vie sans avoir l'assurance de transformer Emma.

— Où est passé ton détachement, Senseï ?

— Malheureusement, je le perds pour tout ce qui te concerne !

Son air renfrogné me montrait bien qu'il était déchiré entre sa zénitude et son amour pour moi. Tant mieux ! Je me sentais moins seule dans tout ce marasme émotionnel.

J'étais contrariée devant mon état totalement chamboulé malgré tous ces efforts que j'avais faits pour contrôler mon mental et mes émois. Je me prenais encore une grosse claque en dépit de toutes ces heures de méditation. Je partais encore en vrille devant les aléas de la vie.

— C'est vrai, Ismérie. C'est la vie d'Emma. Tu ne dois pas sacrifier ta vie pour elle.

Je grognai devant mon espion amoureux toujours connecté au moindre mot qui me passait par la tête.

— Tu as raison, Eiirin. Finalement, c'était sage de me cacher ma descendance.

— Et je m'en mords les doigts de t'avoir encore une fois cédé.

Ses sourcils étaient froncés sur son front plissé. Ses lèvres s'étiraient vers le bas. Je guettais le moindre panneau de direction pour vérifier qu'il m'emmenait bien à Biarritz.

— Eiirin, laisse-moi essayer, s'il te plaît. Je tiens à la vie... et à toi.

— Si tu tiens suffisamment à moi, laisse le destin décider de son sort.

— Ne me demande pas de choisir entre elle et toi. Mon sang coule aussi dans ma descendance.

Je sentis l'effroi traverser mon amant. Cela me faisait mal au cœur de devoir mettre des paroles sur des maux qui nous dépassaient tous les deux.

— Tu vas n'en faire qu'à ta tête !

— Oui, alors s'il te plaît, aide-moi ! Guide-moi ! Je suivrai tes conseils. Je te promets que si ça ne marche pas, j'arrêterai dès que tu me le demanderas.

— Comment te faire confiance, Ismérie ? Je suis persuadé que tu ne sauras pas m'écouter.

L'angoisse monta encore d'un cran en moi. Il était bien possible qu'il ait raison, malheureusement. Aurais-je assez de discernement si ça tournait mal pour m'arrêter ? Pour moi, il n'y avait pas d'échecs, que des abandons. Si j'y mettais suffisamment d'énergie et de temps, je devais pouvoir réussir.

Je soupirai.

— Tu as probablement raison, Eiirin. Et si je te propose de m'interrompre si tu vois que ça ne fonctionne pas ? Assomme-moi s'il le faut !

Mon amant tourna la tête pour m'examiner, dubitatif.

— D'accord ! dit-il avec un grand sourire.

Mince, j'espérais qu'il m'aime suffisamment pour refuser de me faire du mal. Il fallait quand même taper fort pour qu'un vampire tombe inconscient.

— C'est parce que je t'aime trop que j'accepte ta proposition. Si tu ne me laisses que ce choix-là pour te garder, je m'exécuterai volontiers.

— Mais tu dois quand même me laisser essayer !

Il marmonna une espèce de oui en guise de réponse.

— Bien, c'est entendu ! conclus-je avec un grand sourire. Tu vois bien qu'on peut se mettre d'accord.

— Ismérie, tu ne me laisses pas le choix encore une fois !

J'étais plutôt fière de moi d'avoir réussi cette négociation. Cela me faisait un souci de moins. Restait à savoir dans quel état serait Emma.

Toujours connecté à mon cerveau, Eiirin me répondit.

— C'est bien le problème. La transformation n'est pas toujours possible.

— C'est-à-dire ?

— Si la personne est trop endommagée, la vampirisation ne donnera rien.

Eiirin se tut. Je sentis un élan de douleur le toucher. Une vieille souffrance acceptée emplissait l'habitacle.

Notre bolide continuait de filer à vive allure pendant que je m'imprégnais de ses émotions.

— Tu as connu cet échec, Eiirin.

— Oui.

Je le sentais abattu. Sensation que je n'avais jamais ressentie en lui, malgré tous les problèmes que nous avions traversés.

— Raconte-moi, s'il te plaît.

Eiirin continuait de réfléchir. Il retournait dans un

passé lointain. La mélancolie l'enveloppait. Il pesait ses mots et ce qu'il voulait me révéler.

Mon amant coupa la musique... Enfin.

— J'ai été vampirisé pendant le grand incendie d'Edo en 1657. Les deux tiers de la population ont disparu pendant ces trois jours, cent mille morts ! Alrik, mon maître vampire, m'a enlevé au tout début de l'incendie pendant que j'aidais à lutter contre les flammes. Il n'a pris que moi. Son clan était installé à l'écart de la capitale et ne craignait rien. Il m'a vampirisé immédiatement. Quand je me suis réveillé, trois jours plus tard, j'ai voulu retourner chez mes parents. J'étais plutôt calme et maîtrisais assez bien ma soif. Mon éducation avait dû porter ses fruits pour mieux contrôler mes instincts. Alrik m'a longuement écouté avant d'accepter de m'escorter là-bas.

Eiirin se tut, revisitant son passé.

— Tu les as retrouvés ?

— Ils étaient morts... sauf ma plus jeune sœur. Elle était encore en vie... Enfin, en vie est un bien grand mot ! Elle était gravement brûlée, au bord de l'agonie. Elle me reconnut immédiatement malgré son état et se mit à gémir, voulant que je la sauve. Elle n'était que souffrance. Ses cordes vocales endommagées ne lui permettaient plus de parler. J'ai supplié Alrik de la transformer. Il n'a jamais voulu.

Je le laissai ruminer son passé.

— Tu sais, Ismérie, j'ai été très en colère contre lui. À quoi cela servait-il d'avoir un tel pouvoir et de ne pas s'en servir davantage ? Je ne voulais pas entendre qu'il ne m'avait pas choisi au hasard, qu'il transformait peu d'humains... Il parlait parfaitement ma langue et connaissait les us et coutumes des samouraïs. Il a fini par se fâcher contre moi, me rappelant à mon éducation et au fait que la souffrance et la mort devaient être considérées comme sans importance. Il m'a même dit que j'étais indigne de mon titre ! J'étais choqué. Ses paroles m'ont tellement secoué qu'elles m'ont ramené à plus de sagesse. Je me suis excusé et incliné devant mon nouveau maître. Il m'a proposé d'abréger les souffrances de ma sœur car elle n'était plus en état de le faire elle-même... Ma sœur étant épouse de samouraï et son mari étant mort, je l'ai aidée à pratiquer le *jigai*.

— Le *jigai* ?

— C'est un peu le hara-kiri, au féminin. Nos traditions exigent qu'une femme noble suive son époux ou son seigneur dans la mort, en guise de loyauté, pour le rejoindre dans l'autre monde. Je l'ai aidée à se trancher la gorge avec son tanto.

J'étais abasourdie par ce code d'honneur où l'abnégation prenait le pas sur la vie.

— Ça a dû être très difficile.

— Oui et non. À l'époque, Tokyo connaissait de nombreux incendies, la mort était courante. Et puis, Alrik avait raison. Mon éducation m'interdisait de m'appesantir sur la mort. Mais là, il s'agissait de ma famille. J'étais le seul survivant. J'avais quand même pu aider ma sœur à partir avec honneur. Alors, je partis avec mon nouveau seigneur et maître, en ayant l'impression d'avoir accompli ma mission. Nous quittâmes rapidement le Japon. Je pense qu'Alrik souhaitait me faire passer rapidement à autre chose. En bon disciple, j'appris beaucoup de lui, aussi bien les langues que les cultures des différents pays où il avait des intérêts. Mon maître avait sélectionné intelligemment tous ses vampires. C'était un fin stratège. Essentiellement des hommes de civilisations différentes. Nous avions peu de femmes avec nous. Et nous ne devions pas nous accoupler ensemble, que ce soit entre mâles ou femelles d'ailleurs. Il était très bon, mais intransigeant dès que nous transgressions les règles.

À l'image d'Eiirin, pensai-je. Son code d'honneur avait été renforcé en se préparant à être maître.

— Qu'est-il arrivé à ton maître ?

— Une guerre de clans. Mes compétences de samouraï ont permis aux vampires d'Alrik de continuer à devenir de redoutables combattants. Il me destinait à le remplacer. Je suis rapidement devenu son second quand ce dernier a péri dans un combat. À l'époque, il y avait des territoires vampires plus marqués. Nous étions obligés de bouger régulièrement pour ne pas nous faire repérer. Bien sûr, nous manipulions les humains, mais au bout d'un moment, les souvenirs qu'ils stockent petit à petit ne s'effacent plus complètement. Alors, nous échangions nos territoires en nous mettant plus ou moins d'accord. Chacun gardait cependant ses possessions. Certains étaient plus voleurs que d'autres. Le clan d'Alrik était très puissant, très reconnu. Notre maître devenait une cible d'importance pour celui qui réussirait à le vaincre. Il comptait trop sur le respect des autres. C'est comme ça qu'il est tombé dans un piège, décapité. J'ai décidé d'exterminer le clan assassin dès le lendemain.

J'imaginais que sa vengeance avait été terrible.

— Alors, c'est comme ça que tu es devenu le maître de ton clan…

— C'est aussi ton clan, Ismérie. Oui, nous sommes repartis sur des bases plus strictes encore pour survivre. J'ai laissé partir ceux qui ne souhaitaient pas me suivre. À cette époque, le code d'honneur du bushido faisait partie intégrante de notre clan. Nous nous sommes quittés dans l'honneur et le respect. Nous nous sommes peu revus. Je n'ai jamais eu de problème avec eux. Nous restons en contact.

Malgré la situation, j'étais très heureuse qu'Eiirin m'ait confié une partie de son passé.

— Continues-tu de t'exercer pour rester aussi puissant ?

— Probablement pas assez. Et puis, les menaces ont changé. L'honneur est un peu en perdition. Nous continuons de pratiquer le sabre dans le clan Duroy. J'essaie de garder mes vampires dans le bushido. Tu perturbes quand même largement mon stoïcisme, Ismérie ! Mais le destin t'a peut-être mise sur mon chemin pour que je travaille plus fort.

— Oui, c'est ce que je me dis, Eiirin. Je te rends service finalement, dis-je avec un clin d'œil.

Je ne distinguai pas ses marmonnements et préférai les ignorer.

— Ismérie, j'en ai vu, des vampirisations qui

tournaient mal, ou de jeunes vampires qu'il fallait finalement exterminer.

— Je comprends, Eiirin. Je tiens à essayer pour Emma. Laisse-nous tenter cette option. Et puis, tu pourras intervenir si ça tourne mal pour me sauver la vie. J'espère seulement que tu n'auras pas à supprimer Emma.

Il répondit simplement d'un signe de tête.

Nous quittâmes l'autoroute pour arriver Aux Mets Verts de Biarritz. Kanine était déjà là, sa moto rangée. Je n'osais pas imaginer à quelle vitesse il avait roulé.

Miguel et Aveline nous attendaient. Cette dernière tomba en pleurs dans mes bras. Guère plus grande qu'elle, je lui caressai les cheveux pour l'apaiser. J'utilisai ma magie pour lui envoyer tout l'amour que je ressentais pour ma descendance.

— Je te promets d'essayer, lui chuchotai-je à l'oreille.

Ses sanglots redoublèrent, masquant le grognement d'Eiirin.

— Nous devons nous reposer, maintenant ! ordonna mon amant.

Aveline comprit le message et recula, abandonnant mes bras.

— J'arrive demain dès que possible, Aveline.

Eiirin m'observait, le visage fermé.

Je prenais conscience du fait qu'il m'avait détendue avec son passé, mais qu'il n'avait pas perdu son objectif de vue, me garder en vie. Je me sentais d'un coup en pleine confusion, ayant l'impression d'avoir raté un épisode.

Nous montâmes dans notre chambre. Eiirin me donnait la main et portait notre unique bagage de l'autre.

Je profitai du fait de prendre une douche pour échapper à la tension qui s'était installée entre nous. À quel moment avais-je perdu mon amant ? J'avais vraiment loupé un truc.

Je rejoignis la chambre. Eiirin était installé sur le lit, m'attendant patiemment. Mmmm... J'étais désorientée.

Je m'allongeai, lui souriant. Il ne me rendit pas mon sourire. Je reçus un tsunami bleu nuit me paralysant. Totalement désarmée, je n'eus pas le temps de réagir. Je le voyais mais ne pouvais plus bouger.

— Reste calme, Ismérie. Je t'aime trop pour te faire du mal. Cependant, tu ne partiras pas avant mon réveil. Je t'ai dit que je serais ta glue !

Je pouvais uniquement le suivre des yeux, choquée qu'il me joue ce sale tour.

Son bras passa par-dessus moi. Il retira plusieurs paires de menottes de sous le matelas.

— Comme tu joues avec la matière, me dit-il, je vais t'attacher un bras aux montants du lit avec plusieurs paires. Avec un peu de chance, tu n'auras pas le temps de dissoudre tout ce métal avant mon réveil.

J'étais blessée qu'il me considère de cette façon. Cependant, il avait raison, je risquais de partir le plus vite possible. Une fois les quatre paires de menottes attachées à différents montants, il m'embrassa sur le front et me souhaita bonne nuit. Il était malin, le bougre, et je m'étais bien fait avoir.

Je ruminais ma colère de m'être laissée abuser de la

sorte.

Je me blottis cependant contre mon amant, plus en colère contre moi que contre lui.

Bien évidemment, je me réveillai avant lui.

J'étais coincée dans les bras de mon samouraï. Il avait craint que je ne parte malgré mes attaches. Ce qui me fit sourire. Il me craignait donc, ou au moins mon pouvoir. Je pouvais bouger, maintenant, mais pas très loin. Alors, je restai sagement attachée.

Bon, j'avais besoin d'Eiirin et de son assentiment. Je devais donc passer l'éponge. Pour vampiriser Emma, ses conseils étaient indispensables. Et puis, il me sauverait, si ma vie venait à être en péril. Ça, j'en étais certaine.

Je n'avais plus qu'à attendre qu'il se réveille. Je méditai sur la vie, l'immortalité... Qu'aurait voulu Emma ? Bien sûr, elle était très jeune. Elle ne s'était pas beaucoup intéressée à moi. Que pensait-elle des vampires ? Je me posais différentes questions, m'obligeant à garder du détachement.

Le champ électromagnétique d'Eiirin augmenta, signe qu'il allait bientôt se réveiller. Le soleil se couchait. Les autres vampires ne se réveillaient qu'au crépuscule.

Quand mon amant ouvrit les yeux, il m'interrogea du regard, sondant mon état émotionnel. Je lui souris. Il se détendit aussitôt.

— Je te détache, me dit-il, mais sois sage, que nous puissions aller voir Emma au plus vite.

— Okkaayyy, répondis-je simplement.

Nous nous préparâmes en silence et partîmes

calmement. Je me sentais apaisée et résolue. Des volutes de crainte s'échappaient régulièrement d'Eiirin, perturbant au passage mes fourmis. Je préférais le laisser se débrouiller avec ses émois, me concentrant sur ma certitude.

Aveline était dans les bras de Miguel quand nous arrivâmes dans la chambre d'Emma. Je les savais amants. Cependant, voir leur intimité me désarçonnait. Miguel me fit un signe de tête respectueux, attendant mon assentiment. Je lui répondis de la même façon, lui donnant mon accord.

Nous nous tournâmes tous vers Emma. Elle était dans le coma depuis quatre jours. Son teint était blanc. Elle semblait avoir maigri malgré la nourriture injectée par perfusion. Un bandeau lui recouvrait toute la tête, cachant la cicatrice de l'opération réalisée pour éliminer l'hémorragie interne.

Je regardai Aveline. Cette dernière était plutôt calme malgré la situation. Elle m'expliqua.

— Elle est dans un coma de stade trois. Elle ne ressent plus les stimuli. Son activité cérébrale est aléatoire. Rien n'indique qu'elle se réveillera. Les médecins ne savent pas non plus dans quel état elle pourrait être si elle reprenait connaissance.

Aveline regardait sa fille allongée sur son lit, me laissant méditer ses propos, sans m'influencer. J'observai à nouveau Emma. Mon cœur se serra devant la souffrance d'Aveline et ma peur de perdre ma descendance. Cette dernière poursuivit.

— Miguel m'a expliqué les risques que tu courais pour nous, Ismérie. Peut-être n'aurais-je pas dû te demander un tel sacrifice ?

Elle me sondait de son beau regard bleu, se demandant si elle n'était pas allée trop loin. Je soupirai.

— Je vais essayer, Aveline. Mais je ne sais pas si je réussirai et quels sont les risques pour Emma ou pour moi. Je n'ai pas toutes les aptitudes des vampires.

— Merci, Ismérie, répondit-elle, soulagée.

— Aveline, il faut que tu saches que Lucien, un sorcier descendant de ma sœur Claudine, a voulu utiliser mon sang pour devenir immortel. Ça n'a pas marché.

Je m'abstins de lui dire que l'expérience n'était pas allée jusqu'au bout.

— Mais tu as survécu !

— C'est vrai.

Miguel hocha la tête. Je ne le sentais pas très partant pour que je transforme Emma. Ce dernier était largement plus vieux que moi. Il avait une certaine habitude de la mort. Il vivait depuis longtemps avec Eiirin. Je comprenais mieux pourquoi le clan Duroy était si paisible puisque le bushido régissait son code de vie.

— Ismérie, sonde Emma ! m'ordonna Eiirin.

Je le regardai, perplexe. Bien sûr que j'allais la sonder. Cependant, sa demande m'indiquait un certain nombre de problèmes.

Je me rapprochai d'Emma et plaçai mes mains juste au-dessus de son buste sans la toucher. Son cœur battait tout doucement, poussant son sang lentement. Son hémoglobine contenait une grande quantité de shit de très mauvaise qualité. J'en avais senti, des substances, de toutes sortes et de qualité variable. Mais là, elle avait vraiment fumé de la merde.

— Elle a fumé quelque chose de très mauvais, avouai-je.

— Je sais, répondit Aveline, les bilans sanguins sont affolants.

La respiration d'Emma était irrégulière. Je sondai l'ensemble de son corps avant de remonter vers la tête. L'hémorragie semblait arrêtée. Je sentis la magie d'Aveline œuvrer pour tenter de guérir sa fille. Mmmm... Ça empirait peut-être la situation pour moi. Cela faisait encore plus de magie dans le corps d'Emma. La drogue ? Je finirais par m'en remettre. Elle n'était pas mortelle pour moi. Mais la magie, à quel point allais-je y survivre ? Bien sûr, j'étais moi-même une sorcière. Cependant, ma condition de vampire m'alertait sur ce sang qui n'était pas fait pour moi.

Je relevai les yeux et captai le regard d'Eiirin. Il lisait dans mon esprit la conclusion à laquelle j'arrivais. Ce sang et moi n'étions pas compatibles à cent pour cent.

— Faisons-le tout de même, murmurai-je à Eiirin.

Ce dernier soupira et Miguel grogna. Aveline, quant à elle, ne fit aucun commentaire. Je comprenais son ambivalence.

Eiirin prit alors la parole pour entériner la décision.

— Nous ne pouvons pas faire ça ici, Aveline. Tu dois la faire sortir. La villa Belza m'appartient. Je vais la faire préparer pour tous nous accueillir. Viens, Ismérie, allons-y.

Je le suivis, sans broncher.

De retour Aux Mets Verts, Eiirin s'installa dans le bureau de Miguel pour passer différents coups de fil.

Les dîneurs mangeaient paisiblement. Quand j'aperçus Kanine, dehors, face à la mer, je le rejoignis.

— Ça va ? demandai-je.

Il m'observait, impassible.

— C'est à toi qu'il faut demander ça !

— Mmmm... Mouais...

— T'as perdu les mots, Isie ?

Je le regardai, surprise. Il me prenait à mon propre jeu. J'aimais bien Kanine. Il était très consciencieux dans son travail, redoutable garde du corps et loyal envers notre Senseï.

— Eiirin m'autorise à vampiriser Emma, avouai-je sans oser le regarder.

Mon Golgoth analysa mes paroles.

— Rien de surprenant, Isie.

Je soupirai. Léo avait été le premier à me donner ce surnom. Ça me faisait plaisir que Kanine le reprenne. J'en avais gros sur le cœur, finalement, que notre Senseï m'autorise ce qu'il refusait aux autres.

Devant mon silence, Kanine parla.

— Tu sais, tu bouscules son monde. Ce n'est peut-être pas plus mal, d'une certaine façon. Nous devons bien évoluer de temps en temps.

J'observai Kanine, il semblait vraiment sincère. Puis j'admirai de nouveau les vagues qui allaient et venaient interminablement.

— Mouais, mais je ne suis pas sûre que ça se passe bien. Emma a pris des substances hautement toxiques. Elle ne le savait probablement pas en fumant son joint. C'est sûrement ce qui l'a amenée à cet accident, car elle surfait vraiment bien. Et puis, elle a beaucoup de magie en elle. Est-ce que je vais être capable de la transformer et de survivre ?

— Et Eiirin te laisse faire ?

— Oui... Je l'ai autorisé à m'interrompre en m'assommant s'il le fallait en cas de problème désespéré.

Kanine ricana.

— Et tu n'as pas peur qu'il commence par t'assommer ?

Je tournai la tête vivement vers lui.

— Non ! Il va me guider pour la transformer.

Kanine m'examinait, pesant mes mots et mes révélations. Il se tourna vers l'océan à nouveau. Je le laissai rassembler ses pensées.

— Il nous a accompagnés dans la mort de nos proches. Senseï a toujours choisi ses recrues avec un soin méticuleux. Nous avons tous dû le supplier quand nos parents, enfants, frères, sœurs... étaient au bord de la mort. Il n'a jamais voulu les transformer. En tout cas, pas à ma connaissance.

Je méditai ses paroles. Kanine poursuivit.

— Il a toujours été présent quand nous étions sur un lit de mort. Quand il ne pouvait pas nous accompagner, Léo le remplaçait. La perte de mon père a été la plus terrible. Je l'ai supplié, j'ai pleuré... Senseï n'a rien voulu savoir. Il est resté dans l'ombre, me manipulant pour que je reste raisonnable pendant que mon père mourait dans mes bras. C'est après ça que j'ai fait des bêtises et qu'il m'a puni.

J'étais ébahie de ses confidences. Comme quoi, la mort restait un passage compliqué pour les immortels. Je comprenais mieux la chambre de Kanine.

— Tu as lu tous ces ouvrages philosophiques et psychologiques ?

— Mmmoé.

— Ça t'a aidé ?

— Mmmoé.

— Tu crois qu'il va me laisser transformer Emma ?

— ...

Je n'aurais rien de plus ce soir. Au loin, la villa Belza nous narguait. Je jetai un coup d'œil en contrebas. C'était là que tout avait commencé, que le choc à la tête avait été trop fort et que le corps d'Emma avait décidé de ne plus se relever.

(1) Chanson de Louis Amstrong.

(2) Chanson de Barry White.

2 – Le royaume d'Hadès

Tout finirait peut-être ici.

J'observais l'océan... depuis les baies vitrées de la villa Belza. La lumière de la lune ondulait en contrebas. J'imaginais les vagues nettoyant mon mental, mes émotions, comme elles l'avaient fait tant de fois au rocher de la Vierge.

La villa était très peu meublée, le style en était très épuré. Tout était blanc. Espérons que cette blancheur soit signe de purification.

Je frottai mes poignets irrités. Dans quelques minutes, il n'y paraîtrait plus rien.

Eiirin m'avait attachée de nouveau la nuit dernière. Il avait utilisé une autre tactique cette fois-ci. Mon amant avait osé me menotter pendant que nous faisions l'amour tendrement. Je me sentais trahie devant son manque de confiance, sa peur que je n'attende pas son réveil. Comment le blâmer ? J'en aurai peut-être été capable.

J'étais troublée. Ses caresses m'avaient laissé un goût amer de dernière fois.

À mon réveil, j'avais laissé les larmes couler devant mon impuissance à lâcher prise sur ma descendance. J'étais choquée par la faiblesse d'Eiirin à mon égard. Je n'étais plus sûre d'être une bonne chose pour lui.

Ma descendance était installée dans une chambre à l'étage. J'attendais patiemment qu'Eiirin vienne me chercher. Tout était prêt. Ses directives avaient été exécutées dans la journée et Emma était arrivée avec Aveline.

— C'est quand tu veux, Ismérie.

Je me retournai pour admirer mon amant magnifique dans l'embrasure de la porte. Ses yeux sombres gardaient ses mystères. Il avait revêtu son masque de Senseï, détaché, imperturbable.

Je m'approchai de lui. Je voulus l'enlacer, mais il me montra l'escalier. Mmmm... Finalement, allait-il me laisser faire ? Je me demandais s'il n'allait pas m'assommer en montant.

— Non, répondit-il à mes pensées. Je te laisserai une chance de réussir. Mais s'il faut choisir, c'est toi qui vivras !

Oui, nous en avions parlé. Je l'acceptais, je n'étais pas prête à perdre mon éternité pour sauver ma descendance. Emma avait fait ses choix. Je faisais les miens maintenant.

La chambre devait être très lumineuse dans la journée. Nous étions au bout de la villa. Trois pans vitrés permettaient de voir la lune se refléter dans l'océan.

Emma, inerte, reposait blafarde, perfusée. Je sentais son cœur battre lentement. Les médecins avaient accepté de signer la décharge pour la laisser sortir. Son activité cérébrale était trop faible. Ils jugeaient son sort scellé.

Aveline lui tenait la main en pleurant. Je la sentais

étouffer sous les émotions contradictoires qui la tiraillaient. Ma vie contre celle d'Emma. Je posai une main apaisée sur son épaule.

— Je ferai pour le mieux, lui dis-je.

Elle sanglota de plus belle.

Eiirin attendait dans toute sa splendeur, énigmatique. Malgré mon manque de confiance en lui en cet instant, je lui fis signe que j'étais prête.

— Miguel, emmène Aveline, ordonna-t-il.

Cette dernière releva les yeux vers lui, paniquée. Son amant vint la soutenir et l'emmena.

— Tu ne peux pas rester, Aveline, insista Miguel.

— Mais Miguel, je dois être là à son réveil !

— Non, Aveline, viens, je resterai avec toi.

Eiirin les regarda sortir, impassible.

Kanine attendait patiemment. Je savais qu'il restait mon gardien sous les ordres d'Eiirin.

— Ismérie, tu te rappelles ce que je t'ai expliqué ?

— Oui, Eiirin. Je dois la boire jusqu'à ce que je sente ce moment où je dois lui donner mon sang si je veux la sauver.

Il acquiesça simplement.

— Alors, allons-y si tel est ton destin.

Mes entrailles nouées dansaient la cavalcade. Mes fourmis sentaient qu'un événement dramatique allait survenir et qu'elles étaient directement concernées. Elles me renvoyaient la puissance d'Eiirin et sa volonté implacable que je survive.

Je jetai un œil à Kanine, qui me fit simplement un signe de tête en guise de soutien.

— Okkaayyy, qu'il en soit ainsi ! affirmai-je pour me donner une contenance.

Un lit énorme nous attendait avec Emma au milieu. En montant, je sentis que le matelas moelleux nous apporterait le confort dont nous aurions besoin. Piètre soulagement.

— Quitte ta veste, Ismérie, exigea Eiirin, je préfère que tu aies les bras nus.

Je m'exécutai. Il m'avait fait porter un débardeur car il souhaitait pouvoir atteindre un maximum de veines en cas de nécessité.

Je me positionnai à genoux et commençai à sonder Emma de nouveau. Eiirin ferma le robinet des perfusions et s'agenouilla en face de moi de l'autre côté de ma descendance.

Je fermai les yeux pour évaluer son sang. Toujours autant de toxiques coulaient dans ses veines. Mmmm... Je n'aimais pas ça. Outre le goût, je ne savais pas à quel point je serais souillée. Cependant, je m'en remettrais si ce n'était que ça. La magie de ma lignée était là, en elle. Je sentais celle posée par les soins d'Aveline, entrelacée avec celle d'Emma. Mon insécurité grandissait au fur et à mesure que je visualisais dans mon esprit les pouvoirs de sorcières qui étaient dans son enveloppe charnelle. Confuse, j'écarquillai les yeux pour observer Eiirin. Ce dernier avait déployé toutes ses antennes et écoutait mes pensées.

— Tu peux renoncer, Ismérie.

Je fis non. Il soupira et hocha la tête pour me donner son assentiment.

Nous n'avions plus de temps à perdre si je voulais bénéficier au maximum de l'aide d'Eiirin avant le lever du jour.

Je pris le poignet d'Emma et mordis, ne détachant pas mon regard d'Eiirin. Le goût de la mort envahit immédiatement ma bouche. Mes papilles délicates se sentaient trahies face à un tel traitement.

Son sang emplissait ma bouche. Il fallait que j'avale. Horrifiée, je déglutis et gobai la première gorgée. Mon Dieu ! Qu'est-ce que je faisais ?

Mes fourmis, totalement désorientées, sentaient le sang d'Eiirin à côté de nous, mais ne comprenaient pas que ce mélange de toxiques et de sorcelleries se répande en nous.

Je devais être courageuse. Emma avait le sang le plus mauvais que j'aie jamais bu. Sa texture rugueuse m'égratignait la langue, la gorge. Ma trachée se serrait en signe de défense. Un goût de pourriture et de terre me donnait envie de vomir. L'odeur nauséabonde de la décomposition chatouillait mes narines.

J'eus un haut-le-cœur. Mes instincts de vampire me poussaient à rejeter ce sang nocif.

Je sentis contre mon bras un contact dur. Kanine me tendait un seau. J'étais terrifiée. Je regardai l'un après l'autre mon amant et mon gardien. Leur semblant de calme n'apaisait pas ma panique.

Je lâchai le poignet d'Emma et me jetai sur le seau. Eiirin se déplaça pour me soutenir pendant que Kanine tenait le récipient.

Je vomis toute l'hémoglobine souillée d'Emma que

j'avais réussi à ingurgiter. Mon estomac se rebellait. Une fois vide, je me redressai, le front en sueur, troublée.

Un combat s'était installé en moi, ne sachant plus vers quel chemin m'emporter. Ma magie tourbillonnait avec celles d'Aveline et d'Emma, me ramenant vers la mortalité. J'avais de plus en plus chaud.

Eiirin me caressait le dos. Je sentais sa magie bleu nuit scintillante m'envahir, rassurant au passage mes fourmis abandonnées à leur triste sort.

Ma respiration s'était calmée. J'avais retrouvé mes capacités. Je pouvais poursuivre la vampirisation.

Je devais aller plus vite et m'attaquer à une veine plus grosse. Fébrile, je m'allongeai à côté d'Emma pour avoir accès à son cou. Eiirin soupira de nouveau, mais m'aida à m'installer.

Je plongeai les crocs dans la carotide et pompai. Je devais aller plus vite pour en finir au plus tôt.

De nouveau, mes papilles envoyèrent à mon cerveau le message que je devais arrêter. Le goût métallique de l'hémoglobine se mélangeait à la gangrène. Je déglutis, faisant taire ma maudite cervelle, et je bus encore. Mes fourmis descendirent au plus loin, cherchant un abri. Les pauvres.

Les dons de ma lignée entraient en action. Des myriades de couleurs m'envahissaient. Je me concentrai sur cet arc-en-ciel, tâchant d'oublier la pourriture qui envahissait mon nez, ma gorge.

Mon ventre commençait à se soulever de nouveau en signe de rébellion. Le seau entra en contact avec mon bras, m'indiquant qu'il était temps de me redresser pour expulser tout ce que mon métabolisme rejetait.

Kanine avait pris soin de le nettoyer. Malgré tout, une odeur nauséabonde et tenace me remontait dans les nasaux, accentuant la nausée.

Eiirin m'apaisait avec son pouvoir.

— Des entités magiques tentent de te pénétrer, Ismérie, avoua-t-il, l'air inquiet.

— Ça va aller, Eiirin, laisse-moi encore un peu de temps.

Je faisais taire la peur en moi, afin de ne pas alerter mon amant. Mais il n'était pas dupe.

Mes crocs repartirent à l'assaut d'Emma. Je savais que je devrais bientôt lui faire boire mon sang. Mon instinct me le disait.

La fournaise montait en moi. J'étais moite de partout. Une odeur acide commençait à sortir de mes pores.

Eiirin gardait ses mains sur moi pour contrôler l'éloignement de ces entités magiques. D'ailleurs, ma magie scintillante blanche de vampire commençait à se rebeller elle aussi, ne voulant pas se mélanger à cet arc-en-ciel qui montait à l'assaut.

Mon corps eut un soubresaut. Une décharge électrique me traversa. Sentant des larmes couler sur mes joues, je les essuyai d'une main. L'horreur m'envahit. Je gémis d'effroi et rencontrai le regard d'Eiirin. Je n'avais jamais pleuré du sang. J'étais terrifiée.

— NON ! hurla-t-il.

La panique envahit ses yeux. Elle fut vite remplacée par la volonté indiscutable d'en finir.

Kanine accourut et sauta sur le lit avec nous.

— Attendez, c'est bon ! Elle doit boire mon sang, maintenant !

Eiirin avait déjà levé la main pour m'arracher à Emma.

— S'il te plaît, suppliai-je.

Tremblante, je mordis mon poignet pour faire boire Emma, toujours inerte. Son corps cadavérique ne contenait plus beaucoup de sang.

Eiirin, dubitatif, appuya sur le menton de ma descendance afin que mon énergie vitale ne soit pas gaspillée inutilement. Je voyais sa bouche se remplir, mais elle ne déglutissait pas.

En parallèle, je posai mon autre main sur son torse, envoyant une décharge magique pour faire pomper son cœur plus rapidement. Je voyais ma magie blanche scintiller dans son buste.

Dans mon corps, c'était tout autre chose. L'arc-en-ciel magique de ma lignée s'en prenait à ma partie vampire. Je montais encore en température. Un fourneau géant s'activait en moi, je voyais les bûches l'alimenter, toujours plus de bois. Eiirin tenait ces entités spectrales le plus loin possible.

Soudain, Emma suffoqua et avala. Kanine la redressa. Rapidement, elle attrapa mon poignet pour boire cette essence vitale qui la ramènerait à la vie. Ça allait marcher. J'étais étourdie de voir les changements subtils qui s'opéraient en elle. Son teint rosissait, ses cheveux redevenaient brillants. Elle se mit à respirer plus rapidement et boire avidement. On aurait dit que son corps se remplissait à nouveau et prenait plus de volume.

Par contre, le combat acharné en moi commençait à m'affaiblir au fur et à mesure que ma descendance me vidait de mon sang. Mon corps chauffait encore. J'allais brûler dans les flammes de l'enfer. La combustion spontanée me guettait. Je commençais à paniquer et des soubresauts incontrôlés avaient pris possession de moi.

Eiirin n'arrivait plus à contenir la bataille engagée en lui. Il arracha mon poignet de la bouche d'Emma. Cette dernière ouvrit grand les yeux, surprise de cet abandon. Ses yeux bleus me scrutaient, affolés.

Kanine éloigna ma descendance pendant que j'essayais de m'accrocher à elle. Je gémissais, n'ayant plus la force de parler. Cependant, notre intraitable Senseï nous regarda avec ses yeux sombres, durs, intransigeants.

— C'est assez !

Un échange muet entre Kanine et lui me déstabilisa.

J'eus juste le temps de voir mon garde du corps mordre son poignet pour le donner à Emma pendant qu'Eiirin me tournait vers lui, nichant ma tête dans son cou.

Mes crocs sentirent ma proie de prédilection. L'instinct de survie me poussait à le boire goulûment. Mes papilles étaient soulagées de reconnaître ce délicat breuvage. Son odeur envahissait mes narines, nettoyant toute trace de pourriture. Je gémissais de douleur, de plaisir. Je sentais sa puissance m'envahir. Mes maudites fourmis repointaient le bout de leur nez.

Malheureusement, Eiirin n'avait pas réussi à maintenir les entités pendant que je le buvais. La lutte magique avait repris pour anéantir mon côté vampire. Je sentais la léthargie m'envahir. Je tentais de résister car ce n'était pas mon inconscience régénératrice qui me tendait les bras. Non, c'était autre chose. J'eus juste le temps d'entendre le hurlement d'Eiirin avant le black-out.

De la musique... Je connaissais cette chanson. *A Bad Dream*(1) s'élevait dans la chambre. Pour un mauvais rêve, c'en était un.

J'ouvris les yeux. Le plafond blanc fut le bienvenu. Je soupirai. J'avais survécu.

Je tournai la tête et découvris Emma.

Mmmm... Eiirin devait arrêter de jouer avec les menottes. Emma était attachée à la tuyauterie du radiateur, son casque de musique vissé sur les oreilles. Elle était assise par terre, les genoux contre sa poitrine, habillée d'un sweat et d'un jean. Elle était revenue à la vie. J'en étais soulagée. Son pansement avait disparu de sa tête.

Je sentais son cœur battre tranquillement, pousser mon sang dans ses veines. Elle était vampire ! Un lien particulier s'éveilla en moi. Je ressentais la même chose qu'envers mes filles. Elle était ma progéniture, maintenant.

Je bougeai pour changer de position, ce qui attira son attention. Elle enleva son casque.

— Ça va ? demanda-t-elle.

Je réfléchis, sondant mentalement mon corps... mon esprit.

— Oui, je crois. Et toi ?

Elle haussa simplement les épaules.

— …

— Pourquoi es-tu attachée ?

Nouveau haussement d'épaules.

— Je n'ai pas été très coopérative et je voulais rester avec toi.

Évidemment, si je sentais un lien particulier envers elle, elle devait le déceler aussi.

Je commençai à m'asseoir tranquillement. Mon corps avait récupéré.

— J'ai dormi combien de temps ? demandai-je

— Cinq jours, mais Eiirin n'était plus inquiet. Il savait que tu allais bientôt revenir à toi.

Décidément, j'étais toujours plus lente que les autres.

— Et toi, Emma, tu as dormi combien de jours ?

— Trois, comme tous les vampires ! répondit-elle avec un grand sourire.

— Et comment te sens-tu ?

— Ça va, on me donne du sang régulièrement. Je voudrais sortir ! dit-elle avec envie.

— On va voir ça…

Eiirin déboula avec Kanine. Mon amant me fit un grand sourire et m'examina sous toutes les coutures.

— Kanine, emmène Emma !

Mon garde du corps s'exécuta et la détacha.

— Non ! Laissez-moi avec elle ! pleurnicha Emma.

Eiirin la regarda durement.

— On en a déjà parlé, Emma, elle est à moi ! Tu la reverras tout à l'heure !

Nous n'eûmes pas le temps d'entendre sa réponse, Kanine l'avait déjà embarquée, probablement pour l'attacher ailleurs.

Bon, l'ambiance était sympathique, nous formions une drôle de famille.

— Pourquoi réagis-tu ainsi, Eiirin ?

— Comment te sens-tu ?

J'aurais préféré qu'il réponde à ma question.

— Je pense que ça va bien. Quel est le problème avec Emma ?

— Vous avez un lien très particulier toutes les deux. Elle n'arrive pas à rester loin de toi.

Il avait l'air tellement triste en disant cela. On aurait dit un petit garçon, à qui on avait retiré son jouet.

Je levai la main pour lui caresser la joue. Sa peau était douce. Je me nichai au creux de ses bras, concentrée sur les battements de son cœur. Le mien le reconnaissait et commençait à s'accorder à son tempo. J'étais fascinée. Mon amant se détendit, heureux de sentir que notre alchimie fonctionnait toujours.

Je levai la tête pour l'embrasser. Nos langues se mélangèrent avec tendresse, heureuses de retrouver cette intimité. Puis, nous restâmes dans les bras l'un de l'autre.

C'est Eiirin qui rompit le silence.

— Je ne peux plus te boire, Ismérie.

Choquée, je relevai la tête. Mon grand samouraï semblait totalement désarmé et abandonné.

— Mon sang est devenu mortel pour toi ?

— Oui !

Mes fourmis m'indiquaient toute la tristesse de leur maître.

— Et moi, je peux te boire ?

— Bien sûr !

— Alors, on peut supposer que mon sang va changer ?

Mes yeux interrogateurs scrutaient toutes les réponses qu'il pouvait me donner.

— J'espère... Je serai patient... comme toujours.

— Oui, Eiirin, c'est une question de temps, j'en suis sûre !

Je lui souriais, me voulant rassurante. Je comprenais qu'il soit éprouvé par la situation. Les vampires étaient faits pour boire du sang. Ces derniers mois, il n'avait bu que moi. J'étais un élixir pour lui, plus puissant qu'une drogue, le convertissant petit à petit à plus de lumière. Ça n'allait pas lui faciliter la vie de m'avoir à portée de crocs et de ne pas pouvoir me consommer. Et je n'étais pas sûre d'apprécier qu'il boive un autre sang que le mien. Mon instinct de possession avait augmenté à son encontre. Il soupira.

— Viens, Ismérie, allons tous les rassurer.

Nous arrivâmes dans un grand salon. Les volets étaient ouverts sur la tempête de l'océan. Le spectacle était grandiose.

La tension dans la pièce reflétait la houle à l'extérieur. Beaucoup trop d'émotions contenues à la limite du désespoir.

Emma était loin de sa mère, se tortillant les mains, recroquevillée sur un canapé, son casque toujours sur les oreilles.

Aveline était prostrée à l'opposé. Elles semblaient tellement éloignées toutes les deux que mon cœur se pinça. Miguel soutenait cette mère qui portait le deuil tant bien que mal. Les aléas de la vampirisation... Cette dernière avait perdu sa fille... définitivement. D'une manière ou d'une autre, nous devions laisser nos enfants s'envoler. Cependant, il fallait s'y préparer et là, Aveline avait manqué de temps. Des larmes s'égaraient silencieusement sur ses joues.

Kanine, égal à lui-même, restait debout contre un mur à feuilleter un magazine de tatouage. Il pouvait toujours graver dans sa peau n'importe quel dessin, il disparaîtrait la journée suivante.

Je soupirai. Quel triste spectacle.

Emma me jetait des coups d'œil sans arrêt, essayant de déporter son attention autant que possible. J'étais devenue un aimant pour elle et je la sentais au plus profond de moi. Mince, comment allions-nous gérer ce lien ?

Je tendis mon ouïe vers les écouteurs d'Emma. Du rap se déversait dans ses oreilles.

Aveline finit par se lever pour me prendre dans ses bras. Je l'accueillis, heureuse de sentir son affection, malgré la situation.

— Je suis désolée, chuchotai-je.

— Vous avez survécu toutes les deux et c'est bien l'essentiel. Je l'avais de toute façon perdue depuis un moment.

J'étais troublée, mon passé remontait. Abandonner

mes filles avait été un déchirement. Je sentais ces émotions résonner en elle. Comme je la comprenais. Comme c'était dur pour une mère de voir disparaître ses enfants. Même si elles continuaient de se voir, Emma ne reconnaissait plus sa mère comme telle. L'immortalité nous jouait des tours.

Nous soupirâmes en chœur.

— Asseyons-nous tous ensemble. Enlève ton casque, Emma ! ordonna Eiirin.

Nous nous exécutâmes. Je m'assis à côté d'Emma et elle se lova contre moi sous le regard contrarié de mon amant. Ce dernier prit la parole.

— Nous devons organiser notre vie. Miguel devra retourner Aux Mets Verts. Tu ne peux pas t'absenter plus longtemps.

Ce dernier acquiesça.

— Aveline, poursuivit Eiirin, tu dois reprendre le cours de ta vie, toi aussi. Ouvre à nouveau ton herboristerie. Installe-toi Aux Mets Verts avec Miguel si vous le souhaitez.

Ils hochèrent la tête et se contemplèrent l'un l'autre. Leur amour faisait plaisir à voir.

Puis, Eiirin se tourna vers moi. C'était le Senseï du clan Duroy qui parlait, ferme, intraitable. J'étais irritée de sa posture.

— Ismérie, ta vie est à Paris avec moi. Je vais bientôt repartir. Je te laisse un peu de temps pour faire le point avec Emma. Elle pourra t'accompagner à Paris si elle le souhaite. Vous allez devoir apprendre à contrôler ce lien très fort qui vous unit toutes les deux. Dans tous les cas, dans un mois, vous devrez venir à l'hôtel de Lauzun pour intégrer Emma au clan Duroy si tel est son désir.

Notre maître souhaitait donc faire un échange de sang avec ma progéniture. Un instinct de possession bestial s'éleva en moi. Je me retins de grogner. En réponse, Eiirin confirma.

— Oui, Ismérie, ce ne sera pas facile, mais c'est indiscutable si tu veux qu'Emma reste dans notre vie.

Mmmm... Je me sentais tiraillée. Décidément, mon choix était lourd de conséquences. Je finis par approuver mon amant. Nous verrions bien...

Soulagé, Eiirin se tourna vers ma progéniture.

— Emma, tu es à l'aube de ta vie. Ta jeunesse va te la compliquer. Cependant, nous serons là pour te soutenir... dans une certaine mesure. Tu devras te soumettre à mon autorité. Aveline reste la femme qui t'a donné la vie même si Ismérie est devenue ta mère de sang. Tu ne vas pas vivre en adolescente toute ta vie. Certes, tu n'as que 17 ans. Je te laisse une année pour faire le deuil de ton enfance et tu devras avoir un travail comme tous mes vampires. Nous avons beaucoup de tâches différentes à accomplir. Tu trouveras quelque chose qui te plaît. Et puis, l'éternité étant longue, un monde merveilleux s'ouvre à toi.

Eiirin souriait chaleureusement. C'était très rare. Il me réservait beaucoup de ses sourires habituellement. Emma nous observait tour à tour.

— OK, répondit-elle. Alors, je voudrais en profiter pour surfer. Ça fait trop longtemps maintenant.

Si elle souhaitait continuer à s'adonner à sa passion,

elle ne viendrait pas s'installer à Paris. Ça me rendait triste. Mais elle resterait proche d'Aveline. C'était déjà ça.

— Très bien, puisque tout est entendu, je vais travailler, clôtura notre Senseï.

Je me précipitai pour l'arrêter et plongeai mes yeux dans les siens. Il caressa ma joue.

— Tout va bien, Ismérie. Trois chambres seront aménagées cette nuit dans la villa pour Emma, Kanine et nous. Nous nous retrouvons tout à l'heure.

Je m'accrochai à lui, pleine du désespoir des conséquences de la vampirisation d'Emma. Mon amant m'embrassa tendrement, faisant passer tout l'amour qu'il ressentait pour moi dans ce baiser. Rassurée, je le laissai vaquer à ses occupations de Senseï.

Il était temps que je fasse davantage connaissance avec Emma.

— Où est ta planche, Emma ?

Elle se leva d'un bond, très enthousiaste.

— Probablement chez maman ou à la boutique ?

Aveline, très heureuse de garder son titre, prit la parole.

— Ta planche est cassée, Emma, mais ça a été plus fort que moi, je t'en ai racheté une. Il était inconcevable que tu ne puisses plus surfer. Tout ton matériel est à la boutique.

Je me tournai vers mon Golgoth.

— Kanine, est-ce qu'Emma peut sortir ? Contrôle-t-elle sa soif ?

Mon garde du corps nous observa toutes les deux.

— Mmmoé... Je vais chercher son matos. Qu'elle boive

quand même avant de sortir.

Puis, il disparut.

— Très bien, Emma, montre-moi où est la cuisine.

Miguel se leva et intervint avant qu'on ne sorte.

— Ismérie, nous allons Aux Mets Verts, Aveline et moi. Nous nous reverrons demain.

Toute la réticence d'Aveline à laisser sa fille éclata dans la pièce.

— Ne t'inquiète pas, maman, lui dit Emma, nous nous revoyons demain. Je te le promets.

Aveline acquiesça, les larmes aux yeux, et se laissa guider par Miguel, l'âme en peine.

— Bien ! Alors, allons-y ! dis-je en invitant Emma à me précéder.

Je n'avais pas eu le temps d'explorer la villa.

Nous étions toutes deux assises à table à siroter des poches de sang. Ce n'était pas du tout mon trip. Je devais cependant montrer le bon exemple. Emma n'avait sans doute pas encore bu d'humain. J'avais du mal à l'imaginer alors que j'étais convaincue qu'il n'y avait rien de mieux qu'une bonne veine bien sanglante.

Le plastique de la poche me laissait un arrière-goût désagréable, même si le sang était de bonne qualité. En cet instant, je ne souhaitais qu'une chose : m'enivrer du sang d'Eiirin. À cette pensée, je sentis l'excitation monter en moi.

Emma m'observait, mon émoi devait résonner en elle.

— Tu l'aimes ? demanda-t-elle.

Bonne question. À quel point l'aimais-je ? Son sang,

j'en raffolais, c'était certain, et je ne souhaitais plus me passer de lui. Je haussai les épaules.

— Je crois.

J'en serais certaine quand j'aurais des choix à faire concernant mon amant. Pour l'instant, je n'avais aucune envie de me passer de lui. Le fait qu'il doive remonter à Paris m'enquiquinait vraiment.

Kanine débarqua avec la planche d'Emma sous le bras. Cette dernière se leva d'un bond et frappa des mains.

— Allons-y !

— Okkaayyy, va te changer.

Elle arracha la combinaison des mains de Kanine et sortit.

— Kanine, il n'y a pas de risque si on croise des humains ?

— Non, elle contrôle bien sa soif. Son plus gros problème, c'est son lien avec toi. Elle a du mal à s'éloigner.

— C'est pour cela que vous l'avez attachée dans la chambre ?

— Mmmoé.

— Mais pourquoi ?

Il haussa les épaules, dubitatif.

— On ne sait pas trop de quoi elle est capable. Elle ne peut pas sortir en pleine lumière, c'est sûr ! Elle était très inquiète pour toi. On a préféré ne pas courir de risque dans la journée et elle ne voulait pas être avec nous la nuit.

— C'est un peu radical, tout de même !

— Mmmoé… Mais elle est sacrément têtue ! Elle a de qui tenir !

Je me prenais ça dans les crocs, me marrant toute seule. Ils allaient en baver. Rirait bien qui rirait le dernier.

— Chuis prête, dit Emma en déboulant dans la cuisine.

— Okkaayyy, allons-y.

Kanine nous emboîta le pas. J'aimais bien mon chevalier servant, c'était rassurant qu'il nous suive.

Arrivés sur la plage, nous nous installâmes sur les rochers, contemplatifs.

Elle était vraiment douée, cette petite. Elle virevoltait sur les vagues avec une aisance incroyable. Sa planche scintillait sous la lune au milieu des rouleaux. Elle rigolait toute seule, heureuse.

Nous restâmes silencieux, étourdis par son bonheur. Un lien s'était créé entre Kanine et Emma, bien moins puissant que le mien, mais il était palpable, bien réel.

Je me retrouvais à avoir une progéniture avec un autre vampire qu'Eiirin. J'étais soudain inquiète des problèmes que cela pourrait poser.

Quelle joie de retrouver mon amant quelques heures plus tard. Notre chambre était prête à nous accueillir.

— Je t'ai gardé la pièce où tu as transformé Emma, tu pourras profiter de la lumière et de la vue.

Je lui sautai au cou pour le remercier.

— Oh ! Merci. Trêve de bavardage. J'ai envie d'abuser de toi.

— Avec plaisir !
Il rigola, puis les gémissements remplacèrent les mots.

(1) Chanson de Keane.

3 – Mécontentement

Je me réveillai, gavée du sang d'Eiirin. La journée s'annonçait bonne. Je filai dans la pièce entourée de baies vitrées. J'ouvris les volets électriques et contemplai le spectacle océanique. La marée était haute. Le coefficient devait être important car chaque vague se fracassait sur les rochers. Les gerbes d'eau rebondissaient à plus de cinq mètres, faisant scintiller le soleil sur cette eau lumineuse.

Je profitai du panorama avec quelques postures de yoga. Je finis par une méditation les yeux ouverts, choisissant un point fixe dans l'océan mouvementé.

Je me relevai, purifiée. Mes sensations corporelles étaient différentes depuis que j'avais vampirisé Emma. Je n'aurais pas su dire de quelle manière car c'était infime.

Je repris mon exploration du panorama. L'océan avait baissé, laissant apparaître une petite plage. Les copains d'Emma étaient là, à surfer. Cette dernière ne pourrait plus surfer sous le soleil, n'ayant pas hérité de ma capacité à vivre en plein jour.

Je pris un bouquin et m'installai tranquillement sur les canapés.

Eiirin fut le premier debout. Il vint m'embrasser. J'étais impressionnée qu'il puisse se lever plus tôt. La nuit n'était pas totalement tombée mais il ne craignait plus la combustion spontanée aux dernières lueurs du jour.

Il se posa à côté de moi, contemplant les nouvelles couleurs qu'il pouvait apercevoir. Ses yeux émerveillés montraient toute l'excitation d'un jeune enfant. Mes fourmis me renvoyaient tout le bonheur qu'il éprouvait. J'étais très heureuse pour lui. Je n'osais pas l'interrompre devant ce spectacle.

La nuit tomba totalement. Mon amant se tourna vers moi pour m'embrasser tendrement.

Un toussotement nous coupa dans notre élan d'affection. Nous nous tournâmes tous les deux vers l'objet de cette interruption.

Emma était à l'entrée de la pièce, les sourcils froncés, les cheveux en bataille, à l'image de son mental.

Je soupirai. Ma bonne journée était peut-être terminée.

— Est-ce que je peux me transformer en chauve-souris ? demanda-t-elle.

— Je ne sais pas, nous demanderons à Kanine de faire des tests avec toi si tu veux, affirma Eiirin.

La réponse ne sembla pas la satisfaire. Elle se tourna vers moi.

— Et puis, je veux aller surfer !

L'agacement envahissait Eiirin. Je lui caressai le bras pour l'apaiser, lui envoyant une once de magie imperceptible pour plus d'efficacité. Il me regarda, les sourcils relevés, pas dupe de ma supercherie. Je préférai l'ignorer.

— Va boire, Emma, et puis quand tu seras prête on pourra commencer à faire le point avec Kanine pour cette histoire de chauve-souris.

Elle fit demi-tour, sans un mot, et traîna les pieds jusqu'à la cuisine. Mon ouïe de vampire m'indiqua qu'elle était arrivée quand j'entendis la porte du frigo.

Je m'intéressai de nouveau à mon amant, ne souhaitant pas me laisser envahir par la mauvaise humeur de ma progéniture.

— Eiirin, je suis tellement heureuse que tu puisses bénéficier d'un peu de lumière.

Il me répondit par un grand sourire et me cala contre lui face à la mer. Je décidai de le forcer à aborder le sujet qui m'ennuyait.

— Je suis tellement désolée que tu ne puisses plus me boire.

J'en étais même carrément triste. Nous avions fusionné à tout point de vue et là, il nous manquait un plaisir inestimable. Mon amant me caressait les cheveux. Il n'allait pas détourner mon attention comme ça.

— Eiirin, est-ce que ça te perturbe autant que moi ?

Ma colère montait devant son indifférence. J'avais peur d'être rejetée, maintenant qu'il ne pouvait plus me déguster dans tous les sens du terme.

— Tu ne vas pas te débarrasser de moi, Ismérie. J'espère qu'à force de me boire, tu vas redevenir comestible, affirma t-il en réponse à mes pensées.

— Tu crois ?

J'étais sceptique… mais pourquoi pas, finalement.

— Je ne sais pas, mais j'aime à le penser, avoua Eiirin, rêveur.

Je me tus, me blottissant davantage dans ses bras.

— Chuis prête, dit Emma.

— Okkaayyy, va chercher Kanine, s'il te plaît.

Elle sortit avec davantage d'entrain.

Eiirin m'embrassa et se leva.

— Je vais travailler, je vous laisse gérer ça.

— Mais tu travailles sur quoi ?

— Je te raconterai prochainement. De toute façon, tu fais partie de mon plan à partir d'un certain moment.

Puis il s'envola.

Kanine et Emma me rejoignirent. Cette dernière était impatiente.

— Alors, comment on s'y prend ? demanda-t-elle.

J'observais Kanine. Ne pouvant pas me transformer, je n'avais rien à répondre.

— Eh bien, c'est un don inné.

Emma redoubla de froncements de sourcils, s'agaçant que la suite ne vienne pas assez vite. Cela me fit sourire. Kanine ne sortait jamais trop de mots, le moins possible étant le mieux. La colère d'Emma monta devant sa réaction.

Kanine soupira et continua.

— Le pouvoir de l'intention est primordial. Tu dois te concentrer sur le résultat que tu veux obtenir : être une chauve-souris.

— Ça veut dire que je peux me transformer en autre

chose ?

— Pas à ma connaissance !

— Soit ! Alors, j'ai juste à penser à être une chauve-souris ?

— C'est sans doute un peu plus compliqué que ça. Mais oui, c'est l'idée.

Emma ferma les yeux, se concentrant. Son champ électromagnétique gonfla et bourdonna à nos oreilles. Cependant, je ne ressentais pas la même chose que quand mes autres vampires s'envolaient.

— Trop de pensées confuses, trop d'émotions en toi, Emma. Fais le vide dans ta tête au moins, conseilla Kanine.

Elle ronchonna, puis ouvrit les yeux.

— Montre-moi, Kanine !

— Regarde, alors, et ouvre tous tes sens.

Une vibration imperceptible s'éleva et... pouf, ses vêtements tombèrent. Une chauve-souris volait dans la pièce. Il tourna autour de nous, puis sortit.

Emma écarquilla les yeux, pleine d'envie.

Kanine revint. Il avait repris sa forme initiale et s'était rhabillé. Il s'assit devant le tas de vêtements tombés par terre et le ramassa.

— J'veux y arriver !

Bon, c'était un bon début. Je devais prendre le relais auprès de ma progéniture.

— Emma, je vais te guider. Alors, ferme les yeux. Fais le vide dans ton esprit. Concentre-toi sur ta respiration.

Elle s'exécuta, se mettant à respirer plus calmement.

— Très bien... Laisse passer tes pensées si elles

arrivent... Reviens sur ta respiration... L'air qui entre... L'air qui sort... C'est très bien...

Je n'entendais pas ses pensées mais je pouvais sentir son état émotionnel. Elle se calmait tranquillement. Au bout d'un certain temps, quand je la sentis totalement apaisée, je lui dis :

— Très bien. Pense maintenant que tu n'es que chauve-souris... Que tu voles telle une chauve-souris... Que tu perçois ton environnement telle une chauve-souris avec un sonar qui émet des ondes...

Son magnétisme enfla, bourdonna, s'amplifia. Mais tout retomba. Il ne se passa rien.

— Je ne peux pas, alors ? demanda-t-elle, effondrée.

Kanine nous observait à tour de rôle, ne sachant pas trop comment gérer la situation qui risquait de déraper.

— Peut-être pas, finit-il par avouer.

Elle se leva, en colère, prit une décoration en verre sur la table et la jeta dans une des fenêtres.

— Tes gènes sont vraiment pourris ! m'accusa-t-elle.

Elle sortit en trombe, renversant les meubles sur son passage. La porte d'entrée de la villa claqua de colère.

Je regardai le triste spectacle des petits morceaux de verre éparpillés par terre. La fenêtre avait seulement un impact. Je commençai à me lever pour ramasser les dégâts.

— Kanine, va la retrouver s'il te plaît, avant qu'elle ne fasse une grosse bêtise.

Il ne répondit pas mais partit immédiatement à sa recherche.

Je me retrouvai seule, face à moi-même, vexée. Je

m'étais longtemps sentie une vampire ratée. Je n'avais pas l'ensemble de leurs dons. Emma en avait encore moins que moi. Je pensai d'un seul coup à Léo et ses déboires avec Barbie gothique. Mouais... L'un comme l'autre, nous avions fait des choix dont il fallait assumer les conséquences maintenant. Que cela me plaise ou non. Et je n'étais pas au bout de mes peines.

Je remis les quelques meubles renversés en place. Hormis les deux lampes cassées, il n'y avait pas trop de dégâts.

J'allai à la recherche d'Eiirin. Je le trouvai installé derrière un bureau, un tas de chiffres posé devant lui.

En sentant ma présence, il releva la tête.

— Elle ne peut pas, affirma-t-il paisiblement.

Je fis non de la tête. Il l'avait déjà deviné ou senti. J'étais restée à la porte. Il soupira et regarda de nouveau ses documents. Je le laissai travailler. C'était le chef de notre clan. Nous lui devions notre survie.

Emma vint me retrouver plus tard. Sans un mot, elle se blottit dans mes bras.

— Je suis désolée, chuchota-t-elle.

— Moi aussi.

Je lui caressai la tête pour l'apaiser. Sa cicatrice avait disparu. Cependant, un petit rond resterait nu à jamais dans son cuir chevelu, rappelant le regrettable accident.

— Tu m'accompagnes surfer ?

— Okkaayyy.

Le lendemain, Emma, toujours égale à elle-même, s'était levée son casque sur les oreilles pour éviter toute discussion. Par contre, nous pouvions bénéficier de toute sa mauvaise humeur. Elle râlait sans arrêt, pour tout, pour rien, claquait tout ce qui lui passait par les mains. Vive l'adolescence ! Je préférais me dire que c'était un jour sans. Cela démangeait Eiirin et Kanine de l'attacher de nouveau au radiateur et de la bâillonner. Elle était tellement désagréable avec nous que nous ne voulions pas rester avec elle dans la même pièce. Cependant, elle me suivait partout.

J'apaisai tous ces mâles en mal de domination en leur disant que je prenais le relais.

À la fin de la nuit, j'étais prête à l'attacher moi-même. Je l'abandonnai dans sa chambre.

Heureuse de retrouver Eiirin, je me jetai sur lui. J'avais besoin de me défouler.

— Ismérie, nous devons parler !

— Pas ce soir, je n'en peux plus ! Change-moi les idées !

— Demain, alors, à la première heure, rigola-t-il. C'est toi qui n'as pas voulu l'attacher, finalement.

Mouais, c'était certain, mais je n'avais pas de regret. Tout de même, j'allais l'attacher, lui, pour qu'il voie un peu ce que c'était que d'être prisonnier.

Je revins assister au réveil d'Eiirin, histoire d'être dans ses bonnes grâces.

Il fut très content de me découvrir dès qu'il ouvrit les yeux, mais extrêmement surpris.

— Tu as fait une bêtise ?

— Pas encore, répondis-je d'un air canaille.

Je lui montai dessus, espérant lui voler encore deux ou trois gorgées de sang.

Comme il se laissa faire, j'en profitai pour en boire un peu plus. Je finis par lécher son cou pour activer la cicatrisation. Soudain, j'étais inquiète de son comportement et de ce qu'il avait à me dire.

— Ta soumission est louche ! Tu t'en vas, affirmai-je.

— Bientôt.

Nous nous buvions des yeux, moi essayant de deviner ses secrets.

— C'est quand, bientôt ?

— Je reste encore deux nuits avec toi.

Pfff... Deux nuits. Ce n'était pas beaucoup. Devant mon air désappointé, il tenta de me rassurer.

— Nous devons organiser tout ça et j'espère que tu vas me rejoindre rapidement.

Nous allâmes à la douche, profitant d'un maximum de moments ensemble. Nous continuâmes de discuter paisiblement.

Eiirin souhaitait que je m'installe Aux Mets Verts avec Kanine et Emma. Il ne voulait pas que nous restions à la villa Belza. Cela dit, nous pourrions en bénéficier à volonté puisqu'elle appartenait au clan Duroy. Tant mieux, c'était un très bel endroit.

Puis, il m'invita à l'accompagner dans son bureau pour me dévoiler son projet. Au passage, nous demandâmes à Kanine de s'occuper d'Emma. Cette nouvelle enchanta mon garde du corps à tel point que je ne savais pas qui de l'ado ou du mastodonte gagnerait le concours de mauvaise humeur cette nuit.

Eiirin avait déposé une marque pour le sang « Green Blood ».

— Du sang d'extraterrestre ? demandai-je, taquine.

— Mais non, sois sérieuse ! J'ai initié ce projet il y a quelques mois. Le temps de tout mettre en route légalement. Et maintenant, nous sommes prêts !

— C'est qui, nous ?

— Les humains-donneurs, les vampires qui vont travailler sur le projet et le laboratoire d'analyses sanguines pour nous accueillir.

— Et qu'a-t-il de particulier, ce sang ?

— Après les dernières statistiques sorties en matière de consommateurs d'alimentation biologique, il m'est venu à l'idée que l'on pouvait soutenir tous ceux qui souhaitaient bénéficier d'une meilleure nourriture. Avec nos restaurants, nous avons déjà un réseau de fournisseurs. Je n'ai fait qu'accroître la gamme pour nourrir nos donneurs sur l'ensemble de leurs repas.

J'étais choquée qu'il ait fait toutes ses recherches sans m'en parler.

— Tu avais déjà fort à faire, Ismérie. Tout est prêt depuis peu et il est temps que je rentre à Paris pour concrétiser ce projet.

J'étais déjà triste alors qu'il n'était pas encore parti. Je devais, pourtant, mettre Emma sur sa vie de vampire. Pfff... Je ne pouvais pas l'abandonner là. À moins que je la décide à venir à Paris. Je me reconcentrai sur le projet d'Eiirin.

— Et tu as des volontaires pour être donneurs ?

— Beaucoup plus que tu ne le crois. Une étude de 2019 m'a montré que les tendances changeaient. La jeune génération française est celle qui est le plus attachée au climat et au bio. Les 18-24 ans commencent à raisonner autrement. Regarde toutes ces marches pour le climat. Les prises de conscience augmentent.

J'étais ébahie d'être passée à côté de tout ça.

— Mais à quelle fréquence vont-ils donner du sang, alors ?

— Nous proposons un don tous les deux mois en échange de paniers bios couvrant quatre-vingts pour cent de leurs repas. Ils peuvent résilier leur contrat à tout moment par lettre recommandée.

— Et ça commence quand, alors ?

— La semaine prochaine.

Mmmm... Mes fourmis détestaient l'idée. Elles n'étaient pas enchantées par l'éloignement de leur maître. Et je leur donnais bien raison. Je me remettais tout juste de la vampirisation d'Emma.

— On va travailler avec quel labo, alors ?

— Il n'est pas loin de l'hôtel de Lauzun. Ce labo accueillait déjà les experts Duroy pour les analyses sanguines. Il n'a pas été difficile de les convaincre.

— Tu as dû payer suffisamment. L'argent reste un atout très convaincant.

— Notre labo va proposer aussi bien des analyses sanguines par nos experts, que des dons en direct aux vampires ou des prélèvements en poche, ajouta Eiirin.

— Okkaayyy. On va avoir une super qualité de sang.

Je me léchais les babines rien que d'y penser. Mes

crocs s'étiraient.

— Pour toi, il n'y a que le mien !

— Oui, enfin, tu parles de m'abandonner à Biarritz. Alors, je fais comment ?

— J'espère que tu vas vite remonter. Tu n'auras pas longtemps à attendre et tu sais très bien que tu n'es pas obligée de boire toutes les nuits.

Ce n'était pas faux, mais en même temps, c'était hyper confortable. Le sang d'Eiirin était puissant, je le soupçonnais d'augmenter ma magie.

— Je vais essayer de persuader Emma de venir vivre à Paris.

— Tu tiens tant que ça à moi finalement ?

Eiirin semblait surpris que j'évite de rester ici sans lui.

— À toi ou à ton sang, je n'ai pas encore décidé, dis-je, taquine.

Mmmm... Bon, okkaayy. Si je regardais bien au fond de moi, je voyais ce puits d'amour pour mon samouraï. Il ne me restait plus qu'à y plonger pour m'en enivrer. Car maintenant, je me savais amoureuse, même si je ne comptais pas le chanter sur les toits. Cette révélation me grisait, dressait mes poils sur mes bras, augmentant mon champ électromagnétique. Je passai ma main dans mes folles boucles rousses, tentant de les calmer. Je craignais qu'elles ne se dressent sur ma tête.

Était-ce la vampirisation d'Emma qui avait éclairci mes sentiments ?

Ou le départ imminent de mon amant ?

Peut-être que finalement je n'avais juste pas voulu l'admettre ?

Cet appel du sang était si puissant.

Eiirin m'observait, un petit sourire au bord des lèvres, savourant mes pensées. Il jubilait.

— Il me reste deux nuits pour t'attacher, si tu n'es pas mignonne.

Je lui sautai au cou en lui faisant le regard du Chat Potté de Shrek.

— Mais je suis toujours mignonne !

— Ça reste à vérifier ! Je t'invite donc à me le prouver ! Tu as sans doute plus de chances si tu te tais !

L'ingrat ! Je me faisais avoir à mon propre jeu.

Il continua de m'expliquer les détails et m'annonça qu'il espérait me voir travailler au labo.

J'accompagnai Emma surfer cette nuit-là. Kanine vint aussi. Il se taisait pendant que nous regardions notre progéniture virevolter sur les vagues. Ses capacités de vampire rendaient ses pirouettes très impressionnantes. Ce spectacle était grisant.

— Tu t'entends bien avec Emma ? lui demandai-je.

— Mmmoé.

— Vous parlez de quoi, tous les deux ?

— Rien.

Et ça devait bien l'arranger. Je devais reprendre ma technique pour en savoir un peu plus.

— Rien ?

— Rien, sourit-il.

Il ne se laissait plus avoir comme ça.

— C'est-à-dire ?

— Elle écoute toujours de la musique en ma présence.

Ça me chagrinait qu'elle n'ait pas plus de considération pour son entourage.

— Et c'est bien ?

— Mmmoé. Ça m'évite de parler, dit-il en me faisant un clin d'œil.

Je lui racontai le projet « Green Blood ». Il était bon en écoute. Quand j'eus terminé, je lui demandai :

— Tu crois qu'Emma se laissera convaincre de vivre à Paris ?

— Mmmon.

— Tu ne m'aides pas, dis-je, déçue.

— Fallait pas poser la question.

— Je peux peut-être trouver des arguments pour la persuader.

Kanine ricana de tous ses crocs. De mieux en mieux, je me sentais ridiculisée.

— Tu la vois surfer sur la Seine ? Il n'y a que ça qui compte dans sa vie.

— Mmmm... Mais je ne vais pas passer ma vie à Biarritz si Eiirin vit à Paris.

— Ah, enfin ! Tu avoues !

Je devins grognon.

— Je serais partie depuis longtemps dans le cas contraire.

— Mmmoé.

Je méditai tout ça.

Emma revint avec sa planche sous le bras.

— Nous remontons Aux Mets Verts, lui annonçai-je.

Elle fronça immédiatement les sourcils en signe de mécontentement.

— Et mes affaires ?

— Tout est déjà dans ta nouvelle chambre.

— Je veux pas vivre avec les autres ! On était bien à la villa Belza.

Elle nous regardait avec des yeux de chien battu. Je souris intérieurement, au moins je savais de qui elle avait hérité ce regard.

Je me tus. Nous commençâmes l'ascension vers notre restaurant.

— Quand même, elle est super chouette, la villa, dit-elle au bout d'un moment en se retournant.

— Tu la verras des Mets Verts. Et puis, nous pourrons y aller de temps en temps.

Aveline nous accueillit. Cela me fit chaud au cœur de la voir. Emma l'embrassa vite fait et demanda où était sa chambre. Aveline chassa une larme de sa joue discrètement.

Je soupirai et Miguel m'expliqua qu'elle était installée à côté de moi.

Par contre, il n'y avait plus de place pour Kanine. Miguel lui expliqua qu'il pouvait s'installer dans les combles. Ces derniers n'avaient pas de fenêtres et étaient plus ou moins aménagés. Une échelle pliable permettait d'y accéder. Un gros matelas confortable l'accueillerait là-haut.

J'étais désolée pour Kanine ; il fallait vraiment qu'on retourne à Paris.

Je montrai sa chambre à Emma. Elle fila à la douche directement.

Eiirin travaillait dans le bureau de Miguel et j'en profitai pour passer un peu de temps avec Aveline. Elle restait peinée qu'Emma ait acquis autant de détachement vis-à-vis d'elle. Et je ne savais pas trop comment la consoler. Comme elle préparait l'ouverture de son herboristerie pour le lendemain, je lui proposai de venir lui faire un soin. Ce serait en même temps l'occasion de faire un point sur ma magie après le conflit intérieur que j'avais vécu pendant la transformation d'Emma. Je sentais une subtile différence, mais je ne savais toujours pas quelles en étaient les conséquences.

J'attendais sagement Eiirin sur notre lit en nuisette sexy. J'étais bien décidée à revivre la chevauchée fantastique et à le vider de son sang. Pas totalement, évidemment, il était indispensable qu'il survive.

À peine fut-il entré dans notre chambre, je parlai avec les doigts pour faire signe à mon amant de venir s'allonger, ici.

Il s'exécuta, un grand sourire aux lèvres en enlevant son haut qui me gênait terriblement. Je sautai du lit pour m'activer sur son pantalon et son boxer. D'un mouvement de pieds, il balança ses chaussures. Il m'aida tout de même un peu quand il vit que je galérais, mon excitation ne m'aidant pas du tout.

— Mmmm... Mignon, grognai-je.

Une fois qu'il fut totalement nu, étendu et très excité, je me mis au bout du lit, retirai ma nuisette et rampai sur lui tel le cobra, me redressant arrivée au niveau de son visage.

J'écrasai mon corps sur lui, appréciant sa fermeté. Mes seins étaient suspendus au-dessus de sa bouche sans qu'il puisse y toucher.

Mon amant riait aux anges. Rirait bien qui rirait le dernier.

Puis j'écrasai ma poitrine sur son visage. Il prit un sein dans chaque main et les lécha, les suça, les croqua tour à tour. Je le laissai me donner du plaisir avec sa bouche. Mon ventre se crispait de désir. Les sensations étaient enivrantes. Mes yeux étaient braqués sur les siens, l'observant savourer ma poitrine tendue de désir. Mes mamelons étaient durs et s'étiraient, tourmentés tantôt par sa bouche, tantôt par ses doigts agiles. Il me faisait perdre la tête sous ses délicieuses caresses. Cependant, je devais rester concentrée. J'avais une mission.

L'écrasant davantage avec mes seins, je pris ses deux poignets, que je remontai au-dessus de sa tête. Et pendant qu'il continuait à me lécher ou me mordiller (l'un ou l'autre me convenait terriblement), je récupérai la paire de menottes que j'avais cachée sous le matelas. Je la passai derrière un barreau du lit et enfermai ses deux poignets. Il grogna pour toute réponse en tirant sur ses bras, sa bouche ne lâchant mes seins sous aucun prétexte.

J'écartai davantage les jambes et redescendis le long de son corps pour lui faire sentir mon excitation, libérant ma poitrine. Mmmm... Quel délice de sentir mes chairs épouser les siennes.

Je me redressai. Il me regardait de telle façon que je

me sentais splendide. Il était émerveillé et moi, déjà au comble de la béatitude, alors que je n'avais pas encore bu son sang. Nous n'en étions qu'au stade des caresses.

Il accepta d'être mon esclave sexuel un petit moment. Pour le récompenser, je le léchai partout, prête à le mordre. Mes crocs étaient très aiguisés ce soir. Je descendis plus bas sur son corps, le prenant dans ma bouche. Il était terriblement dur. Sa peau était douce et soyeuse sur ma langue, me mettant dans tous mes états. Son excitation coulait dans ma bouche, ravissant mes papilles. Je faisais durer le plaisir, tentant de le rendre fou. Les gémissements d'Eiirin de plus en plus pressants me comblaient. Il ondulait sous moi, s'enfonçant au plus profond de ma gorge. Ma bouche montait, descendait, le titillait langoureusement. Ses mains tiraient régulièrement sur les menottes. Je profitais de ses regards pour lui faire comprendre combien c'était bon pour moi aussi. Une fois que je le sentis au bord de la jouissance, je l'abandonnai sous un grognement de mécontentement. Puis, je remontai de nouveau et m'empalai sur lui, glissant délicatement, le plus lentement possible, dans une exquise torture.

D'un coup de reins, il me bascula sur le côté. Je me retrouvai sur le dos.

Devant ma surprise, il éclata de rire, me pénétrant au plus profond de moi-même.

— La prochaine fois, assure-toi que les barreaux du lit sont assez solides pour me retenir !

Espiègle, je lui pressai les fesses pour lui faire comprendre qu'il pouvait donner davantage.

Il m'attrapa par les hanches pour me retourner. Je me retrouvai face aux barreaux du lit, cassés. Ses mains étaient toujours attachées par les menottes mais ça ne le gênait pas le moins du monde pour faire de moi ce qu'il voulait.

Il me montra qui de nous deux était l'esclave sexuel maintenant. Pour notre plus grand plaisir, je le laissai faire. Mes fourmis étaient en extase.

Le lendemain, je me réveillai en pleine forme. Je sautai du lit pour me préparer et aller voir Aveline.

Je repris le chemin de l'herboristerie. Nous nous installâmes rapidement dans sa salle de soin.

J'observais Aveline, couchée. Elle semblait si triste.

Je fermai les yeux, me recentrai et me connectai à l'énergie du cosmos. Je mis un peu de temps avant de la sentir. Aveline me donna un petit coup de pouce en posant sa main sur mon ventre.

— Elle est là, me dit-elle. Je la sens.

Alors, je devais la trouver. Je continuai mon exploration. Elle m'apparut enfin, au creux de mon giron, blanche, scintillante, plus pure que jamais, pas plus grosse qu'une tête d'épingle mais très puissante. Peut-être même plus qu'avant. Je la fis grossir et se répandre en moi.

Je passai mes mains au-dessus d'Aveline et j'allai là où la magie me guidait.

Au réveil des vampires, j'allai voir Emma pour lui parler. Elle était peu loquace, mais notre lien faisait qu'elle aimait être près de moi.

— Et si on allait vivre à Paris ? lui demandai-je.

— Pour quoi faire ? On est bien ici.

— J'ai besoin d'être avec mon amoureux. Tu resterais ici, Aux Mets Verts, sans moi ?

— Non, j'ai besoin de toi. Je me sens mal à l'aise ici.

— Alors, viens à Paris !

— Tu me vois surfer sur la Seine ?!

Pfff... J'avais déjà entendu ça.

Désemparée, je la laissai et allai annoncer mes difficultés à Eiirin. Ce dernier m'écouta sans rien ajouter. En même temps, je sentais une certaine souffrance en lui. Je finis par lui demander quel en était l'objet.

— Te sentir, sans pouvoir te boire, devient très difficile.

J'étais décontenancée. Lui, pourtant si fort, faisant face aux événements avec détachement, vivait mal la situation.

Ma tristesse grandit encore. Mes fourmis me renvoyaient la douleur d'Eiirin. Ma morosité augmenta. Cependant, je le comprenais. Quand je me rappelais la soif insatiable que j'avais pu éprouver à son côté et toutes les ruses que je mettais en place pour éviter sa présence... Il me vint d'un coup une cruelle réalité.

— Tu avances ton projet « Green Blood » pour avoir l'excuse de t'éloigner.

Ce n'était pas une question. Au fond de moi, je savais.

Eiirin m'observait. Il soupira, puis acquiesça.

Okkaayyy... Je respirai pour éliminer la pression qui comprimait mon thorax. Je devais me détendre, prendre du recul. Après tout, je ne récoltais que ce que j'avais semé. La moisson était amère, mais je devais assumer.

Je hochai la tête puis sortis du bureau. Avant que je ne passe la porte, il m'ordonna :

— Amène-moi Emma, s'il te plaît. J'ai besoin de m'entretenir avec elle en ta présence.

Je me redressai. Je n'étais que son employée après tout.

— Quand souhaites-tu la voir, Senseï ?

— Tout de suite. J'ai pas mal de consignes à donner avant de partir.

Je traînais mon ado grincheuse derrière moi. Je frappai à la porte du bureau d'Eiirin et attendis, comme tout bon subordonné, qu'il nous permette d'entrer.

Mon Senseï nous invita à nous asseoir face à lui.

J'attendais, maussade, en l'observant. Il me jeta à peine un regard. Mes maudites fourmis s'agitaient, confuses, avides de sang, sentant leur maître. Calmez-vous, les filles, leur dis-je, va falloir vous en passer.

— Emma, annonça Eiirin avec calme, ta vie ayant radicalement changé, je te propose de commencer à emprunter un chemin. Tu pourras intégrer mon clan, comme l'a fait Ismérie, si tu le souhaites.

Elle acquiesça sans rien dire. Il poursuivit.

— Tu ne peux plus aller au lycée. C'était l'année de ton bac. Je peux t'inscrire à des cours par correspondance pour le passer en candidat libre.

Emma fit non de la tête.

— Très bien, alors je peux te proposer un travail aux cuisines, comme la plonge par exemple.

De nouveau, non de la tête.

— Tu préfères un autre travail ?

Toujours non.

On était vraiment mal. Qu'allais-je faire de cette ado récalcitrante qui ne pensait qu'à surfer ? Elle m'avait d'ailleurs demandé tout à l'heure de revoir ses copains.

Eiirin soupira et durcit son ton de maître.

— Tu dois choisir un travail. La plonge, si tu veux, ça ne fait que trois heures par nuit !

Emma soupira autant qu'elle pouvait, signifiant bien son mécontentement. J'étais exaspérée par leur comportement à tous les deux. Je me sentais prête à fuir.

À cette pensée, Eiirin se tourna immédiatement vers moi.

— Il n'en est pas question ! rugit-il.

C'était tout de même la meilleure. Il partait pour m'éviter, pour ne plus sentir l'appel de mon sang, mais m'interdisait de fuir. La colère pointait le bout de son nez.

— Ismérie, tu as deux semaines pour aider Emma à s'adapter. Après, tu reviens à Paris !

Se tournant vers Emma, il ajouta.

— Et toi, Emma, soit tu viens vivre à Paris avec Ismérie, soit tu restes avec Miguel. Sachant que je ne te laisse qu'un mois pour te décider à intégrer le clan Duroy. Un mois, ça passe vite, Emma !

Je me sentais trompée. Il m'avait fait croire qu'il était fou amoureux de moi, que je devenais indispensable à sa survie et maintenant je me sentais déconsidérée, abandonnée. Je le regardais, furibonde.

— Très bien, Senseï, nous avons compris. Pouvons-nous y aller ? Je crois savoir que tu as beaucoup de travail avant ton départ, annonçai-je fermement.

Après tout, il avait donné le ton. Il nous fit simplement un signe de tête pour nous congédier.

— Je te vois avant mon départ, Ismérie.

Je sentais un ton plus chaleureux dans sa voix. Cependant, ma désillusion était forte.

— Je ne crois pas, non. Au revoir, Senseï !

Je sortis sans me retourner, horrifiée, tellement j'étais lamentable.

Plus tard, j'observai son départ, cachée derrière une fenêtre. Oui, ce n'était pas très glorieux. L'âme en peine, j'étais incapable de faire plus. Il était entouré des vampires de Biarritz. Kanine avait tenté de me faire changer d'avis. Sa déception devant mon manque d'ouverture d'esprit l'avait déçu. Même Emma était avec eux.

Mon amant me sentit car son regard monta vers moi. Il me salua avec respect. Je répondis d'un signe de tête, tenant mon cœur, prêt à se briser.

Puis il monta dans son bolide et partit.

4 – Tensions

Deux nuits étaient passées depuis le départ d'Eiirin. Je traînais péniblement mes fourmis délaissées. Nous étions à l'unisson.

J'avais eu Eiirin au téléphone, mais notre conversation météo n'avait pas arrangé mon moral, bien au contraire.

J'avais repris mes rituels de plus belle, puis passais un peu de temps avec Aveline. Cette dernière allait mieux, elle faisait son deuil. Évidemment, Emma existait toujours physiquement, mais ce n'était plus tout à fait sa fille. Elle n'avait pas voulu gérer sa mort. Elle devait cependant gérer sa disparition. La mère et la fille se voyaient peu. Aveline commençait à se faire à l'idée qu'elle venait Aux Mets Verts uniquement pour son amant, Miguel. Cela me faisait plaisir qu'ils tiennent autant l'un à l'autre. La vampirisation d'Emma obligeait Aveline à se libérer de ses responsabilités de mère.

Aveline passait ses nuits avec Miguel. Ils emplissaient leur chambre de musique hot et langoureuse. Mmmm... Je ne préférais pas y penser. Quand même, la fille de mes filles. Elle avait même apporté ses affaires pour filer directement à l'ouverture de son herboristerie. Afin de profiter un maximum de son amoureux, elle avait décalé ses horaires et ouvrait plus tard dans l'après-midi. Ses clients l'avaient attendue avec impatience. Du coup, elle avait beaucoup de travail. J'étais ravie qu'elle poursuive sa vie. Tourner des pages n'était-il pas un des plus gros enjeux de notre existence ? Accepter que les choses aient pu exister un jour, puis soient terminées, et aller de l'avant ? Certains disaient que le hasard n'existait pas.

Nous avions eu une bonne soirée ce jour-là Aux Mets Verts. Le sort de protection posé par Aveline avait fait un bon tri dans la clientèle. Ceux qui venaient nous appréciaient ou étaient indifférents. Ils se déplaçaient surtout pour la cuisine et la vue imprenable sur la côte. Nous n'avions plus eu d'incident ou de tag sur les murs ou le parking. L'ambiance était rassurante.

Je passai voir Emma, surprise qu'elle n'ait pas exigé d'aller surfer.

Elle était avachie dans son lit et regardait *Dracula* de Copolla.

— Je peux entrer ? demandai-je.

— Mouais.

Je m'assis à côté d'elle. On en était au moment où Jonathan Harker, le futur marié de Mina, se faisait mordre par la belle et jeune Monica Bellucci. Scène d'une grande tension sexuelle. J'observais Emma.

— Mais comment veux-tu qu'on nous aime ? T'as vu ce qu'ils ont fait des vampires ?! s'exclama-t-elle.

— Alors, regarde *Twilight* ! Les Cullen sont de bons et gentils vampires végétariens.

— Je connais par cœur... Et puis, on n'est même pas comme eux !

— Tu peux boire uniquement du sang animal si tu

veux. Certains le font.

— Je ne me vois pas planter mes crocs dans la fourrure. Tous ces gros poils dans ma bouche ? Beurk... Non merci !

— Nous avons des poches de sang maintenant. C'est très pratique.

— Je ne t'ai pas vue beaucoup en boire !

— C'est vrai, je ne suis pas adepte du plastique.

Elle se tourna vers moi pendant qu'à l'écran la belle Monica s'en allait avec des pattes d'insecte. C'était beaucoup moins sexy.

Je redoutais la question qui allait suivre.

— Tu ne bois qu'à la veine ?

— En général, oui.

— Uniquement d'Eiirin ?

— Quand il est là, oui.

Il n'aurait pas voulu qu'il en soit autrement. Son sang étant un nectar pour moi, ça m'allait très bien. Je n'en avais jamais assez. Je commençais déjà à me sentir en manque. J'étais mal ! Mes fourmis, totalement d'accord, me suppliaient de monter à Paris. Pauvres filles qu'elles étaient.

— Et sinon ?

— Sinon, je bois les humains. Ça m'est arrivé de boire des animaux sauvages dans des conditions particulières. Leur fumet peut être exquis si on aime les arômes assez forts.

— Comment tu vas faire, là ?

— T'inquiète ! Je vais me débrouiller.

J'avais déjà fait comprendre à Amir que je n'étais pas

contre une petite prise de sang. Il savait que mon amant était parti. Je me régalais à l'avance des épices indiennes qui circulaient en lui. À bien y penser, je salivais et mes crocs s'allongeaient. Pfff... J'étais vraiment une pauvre fille comme mes fourmis ! Pendant que certains vampires ne buvaient qu'une fois par semaine, au bout de trois jours, je me laissais déjà distraire par les cœurs palpitants des humains autour de moi. Et j'évaluais leur sang, juste par réflexe, repérant la meilleure proie.

— Quand est-ce que je pourrai boire un humain ? demanda Emma.

— Je ne sais pas. Tu en as envie ?

— Chais pas.

Elle fronça les sourcils et ajouta :

— J'aimerais revoir mes poteaux.

— Pour les boire ? demandai-je, effarée.

— Nan... Pour surfer ! Mais après tout, pourquoi pas, si l'occasion se présente. J'étais sur le point de sortir avec l'un deux.

Emma fit la moue, se renfrognant. Elle se mit à regarder à nouveau le film.

— Okkaayyy... Pourquoi pas, pour surfer. Pour le reste, on verra comment ça se passe avec eux.

Il fallait que je me fasse à l'idée que j'allais devoir l'accompagner dans sa vie de vampire.

Je restai à côté d'elle jusqu'à la fin du film. Je l'aimais bien, celui-là. Une fois le générique arrivé, elle me demanda à survoler les vagues. Je la regardai se préparer et récupérai ma veste en sortant.

— Tu ne vas pas chercher Kanine ? demanda-t-elle.

— Nan ! Tu es une gentille vampire, fis-je avec un clin d'œil.

Elle éclata de rire.

— Chuis plus une ado ronchon ?!

— Pas toujours, rigolai-je.

Nous descendîmes le petit sentier qui menait à la plage.

J'entendais Emma soupirer de soulagement.

— Ça ne va pas, Emma ?

— Je trouve que l'atmosphère Aux Mets Verts est pesante. Il y a trop d'ondes négatives.

Je réfléchis à ces paroles. J'étais intriguée. Je n'avais rien senti de particulier. Peut-être était-elle touchée par le sort d'Aveline ?

— Tu sentais des ondes négatives à la villa Belza ?

— Nan.

— Tu sentais ça quand tu étais humaine et que tu venais Aux Mets Verts ?

— Nan. Mais j'ai peut-être pas fait attention. Et puis, chuis pas beaucoup venue.

D'ailleurs, je ne savais même pas si elle était venue après qu'Aveline avait posé son sort de repoussement pour les anti-vampires.

— Tu aimais les vampires avant d'être transformée ?

Je n'avais pas senti d'antipathie en elle mais mes dons pouvaient peut-être me tromper.

Elle réfléchissait à sa réponse... qui prenait trop de temps à mon goût.

— Nan. Je m'en foutais, des vampires, en fait !

— Comme des sorcières ?

— Ouaip, dit-elle.

Elle s'esclaffa. C'était rare. Ça m'apportait de la joie.

— Vampires, sorciers, humains, tu t'en fous ?

— Ouais, carrément. Mais les vampires, quand même, ils sont stocs !

— Stocs ?!

— Ouais, musclés, quoi ! Sont vraiment badass !

— Badass ?

Elle se tourna vers moi, incrédule.

— Ouais, vous êtes tous magnifiques ! Comme toi, t'es très belle ! Tu ne sors jamais de chez toi ?

— Bah, j'essaie de suivre le mouvement, mais c'est pas toujours facile.

— Mouais ! C'est bien d'intégrer des nouvelles recrues chaque siècle alors ?

— Oui !

Nous arrivâmes à la plage.

— Ad'talheure !

J'étais heureuse. Elle ne m'avait jamais autant parlé. Nous allions peut-être finir par faire quelque chose d'elle.

Elle avait peut-être un don particulier avec ses histoires d'ondes négatives. Je devais creuser la question.

Je la regardai surfer, joyeuse. Son sourire était contagieux. Je m'imprégnai de sa gaieté.

La nuit suivante, Mademoiselle Ronchon était revenue. Emma ne faisait que se plaindre. Elle en avait ras le bol de boire des poches de sang. Elle avait essayé de manger du chocolat car elle adorait ça... avant. Alors, je lui tenais les cheveux au-dessus de la cuvette des toilettes car les trois tablettes ne voulaient pas passer.

Je soupirais pendant qu'elle insultait tout et tout le monde.

Okkayyy... Il allait falloir que je m'y fasse, à ce foutu caractère.

Je racontai ça, plus tard, à Aveline, qui éclata de rire.

— Oh oui ! Elle est terrible, ma fille !

Bonjour la solidarité.

Heureusement, ce soir-là, Amir m'invita à passer chez lui pour un échange de bons procédés. J'acceptai avec grand plaisir et je le bus avant qu'il ait terminé son whisky. Il en était grand amateur. Je dois dire que j'appréciais particulièrement le fumé de la tourbe qui émanait de son verre. Je le laissai au comble de la béatitude pour finir de le déguster.

Quand je rentrai ce soir-là, Kanine me rattrapa pour m'accompagner. Il n'était jamais loin. Il avait relâché sa garde rapprochée, mais gardait un œil attentif sur moi ou sur ma progéniture.

— Alors, tu as tout fait pour m'éviter, ce soir !

— Mmmoé. Je n'en peux plus de Mademoiselle Pénible. Tu rentres quand à Paris ?

— T'es pressé ?

— Mmmoé !

Mon Golgoth était condamné à rester là, avec moi. Il ne s'éclatait pas.

— Je ne sais pas. Emma ne veut pas venir à Paris.

Il me jeta un œil, puis je sentis tous ses sens en alerte.

— Regarde-moi, ordonna-t-il.

Je m'arrêtai et me tournai vers lui, affolée par son attitude. Kanine était quelqu'un de calme, raisonnable. Lui aussi avait adopté le stoïcisme. Alors, son ton avait fait surgir de la peur en moi.

Il m'examinait, les sourcils foncés. Il leva la main pour prendre une mèche de mes cheveux.

— Tu as des cheveux blancs !

— Quoi ? Mais qu'est-ce que tu racontes ? C'est une plaisanterie ?!

— Mmmon !

Je pris la mèche pour l'examiner à mon tour. Même s'il faisait nuit, ma vue perçante de vampire me permettait de voir comme en plein jour.

Je scrutai mes cheveux normalement roux comme un feu flamboyant. Horreur ! Il avait raison.

— Mais c'est quoi, ce bazar ! criai-je.

— Peut-être le sang de sorcière d'Emma.

Mon Golgoth avait retrouvé son calme.

— Mais pourquoi maintenant ? Ça fait quoi ? Presque deux semaines que je l'ai vampirisée !

— Tu buvais uniquement le sang d'Eiirin jusqu'à ce qu'il parte. Il doit être plus régénérant.

J'étais sidérée. Qu'allais-je devenir ?

Si mes cheveux blanchissaient, à quel point étais-je toujours immortelle ?

Quelques nuits passèrent encore... Mademoiselle Ronchon nous faisait l'honneur de sa présence, se plaignant que tout était nul, trop nul, que l'ambiance était toute pourrie et que toutes ces ondes négatives étaient malsaines, que nous allions tous brûler en enfer... Si ce dernier existait, nous y étions déjà.

Quelle galère !

L'obscurité était à peine tombée que je me précipitai dans la chambre d'Emma. J'étais troublée mais je ne savais pas trop pourquoi. Elle n'y était pas. Interdite, je regardai autour de moi, ne comprenant pas. En sortant, je croisai Kanine.

— Tu as vu Emma ?

— Mmmon, répondit-il en fronçant les sourcils.

Un mauvais pressentiment m'envahit. Je plongeai à l'intérieur de moi-même pour me connecter au lien avec ma progéniture. Je sentais Kanine faire la même chose.

— Elle est sortie ! affirmâmes-nous en chœur.

Je sentais Emma, au creux de moi. Elle épiait un humain dehors, telle une prédatrice, prête à bondir. Je sentais ses instincts bestiaux prêts à craquer. Sa traque avait commencé. Elle avait soif... Faim de sang.

Kanine sortit en trombe. Je le suivis en courant. Nos capacités vampires nous permettaient d'aller très vite et de foncer comme des bolides. Je peinais tout de même à le suivre. Comment son gabarit lui permettait-il de courir aussi vite ? Je l'imaginais peser cent trente kilos, de muscles certes, mais quand même. Comment faisait-il pour survoler le sol ?

Évaluant l'agitation des humains autour de nous et le cortisol qu'ils sécrétaient, signe qu'ils étaient stressés, je jetai un voile de discrétion en poursuivant mon garde du corps. Le stress des badauds diminua immédiatement.

Ils regardaient autour d'eux, ahuris, cherchant quelque chose qu'ils ne pouvaient plus percevoir.

Je faisais confiance à Kanine pour trouver notre progéniture. Nous nous rapprochions. Je la percevais tout près.

D'ailleurs, mes yeux perçants la discernaient déjà. Elle était en lévitation dans un arbre, prête à bondir sur l'humain assis sur un banc. Elle était totalement sous l'emprise du sang et n'avait pas conscience du fait que nous arrivions.

Kanine commença à exercer son pouvoir sur elle. Il l'enferma dans une brume, lui cachant sa proie.

Soudain, Emma fronça les sourcils, ne comprenant pas.

À mon tour de passer à l'action : je la charmai pour la rendre aussi douce qu'un agneau.

L'humain assis sur le banc sortit de la transe induite par Emma. Il ne semblait plus savoir pourquoi il était là. Kanine et moi restâmes cachés, invitant sa proie à partir, tout en accentuant l'emprise sur notre vampirella. Cette dernière ne bougeait pas. On aurait dit une poule perchée pour la nuit.

Une fois l'humain sorti du square, nous allâmes jusqu'à notre vampire assoiffée d'hémoglobine. Elle fulminait. Mmmm... Je pouvais comprendre. C'était toujours rageant de se faire voler sa proie.

— Descends, Emma, ordonnai-je. Nous rentrons.

Avec un petit coup de pouce de ma part pour la mettre en action, Mademoiselle Ronchon sauta. Nous rentrâmes tranquillement. Notre progéniture marchait entre nous, prisonnière de la brume de Kanine et de mon charme pour la faire avancer malgré elle.

— Emma, tu ne peux pas te sauver comme ça pour chasser. Ça ne se fait plus. Si tu veux vraiment boire un humain, nous en trouverons un consentant.

— Mmmoé !

Au moins, Kanine confirmait. Il m'aiderait à trouver un casse-croûte et nous vérifierions que tout se passe bien.

Emma ronchonnait des trucs inaudibles. Je la laissais faire. Ses sens étaient engourdis. J'avais un contrôle total sur elle.

— Emma, si tu ne te tiens pas bien, je vais te menotter pendant ton sommeil, expliquai-je.

— Mmmoé !

Mouais... Évidemment, Kanine n'attendait que ça. Mon cœur se serra d'en arriver à de telles extrémités. Mais comment faire autrement ?

Emma me suppliait du regard de ne pas l'attacher.

— Tu seras sage ?

Elle hocha la tête plusieurs fois. Pfff... J'étais embarrassée et méfiante. Quoi faire ? J'étais responsable d'elle et de ses actes. Devinant que je craquais, Kanine marmonna des mots que je ne souhaitais pas entendre. Nous n'allions tout de même pas passer notre temps à l'attacher. Cependant, elle devait apprendre.

— La prochaine fois, c'est les menottes assurées, Emma, dis-je durement.

J'étais contente d'entendre que le ton de ma voix était ferme et assuré. Au fond de moi, la décision était prise.

Je serais capable de le faire. Je lui passai toutes ces informations par notre lien. Pour toute réponse, ma progéniture écarquilla les yeux devant ma détermination. Kanine m'observait, fier de moi. Mmmm... En cet instant, je l'étais aussi.

En arrivant Aux Mets Verts, nous attablâmes Emma devant deux poches de sang. Nous ne bougerions pas tant qu'elle n'aurait pas tout bu.

Ma morosité amplifiait avec la blancheur de mes cheveux. C'était peut-être ça, se faire des cheveux blancs. Ma progéniture était pénible et cela devait aggraver mon cas. Ou alors Dieu me punissait et je n'irais pas au paradis.

Mon amant me manquait terriblement, mais j'étais coincée ici, à Biarritz. Le lien avec ma progéniture était très fort, mais le trou dans ma poitrine causé par l'éloignement d'Eiirin était sans fond. Ce dernier me laissait régulièrement des messages vocaux. Mes réponses évasives par texto allaient user sa patience. J'en étais bien consciente. Malheureusement, je n'arrivais pas à faire mieux pour l'instant.

Miguel et Kanine me cassaient les pieds pour que je parle à Eiirin des changements dans mon métabolisme... En vain. Je les avais coincés avec la promesse de ne rien dire. Cependant, leur inquiétude était de plus en plus grande et je craignais qu'ils ne craquent prochainement.

Quelques ridules commençaient à venir au coin de mes yeux. La peur m'envahissait. Alors, je redoublai mes rituels pour prendre toujours plus de détachement.

C'était de plus en plus difficile.

Qu'étais-je devenue exactement ?

Aveline me fit un soin de guérison cet après-midi-là.

Nous étions heureuses du résultat. Mes rides avaient totalement disparu. Pas mal de mes cheveux blancs avaient roussi à nouveau.

Je rentrai rassérénée Aux Mets Verts. Nous avions peut-être trouvé la solution.

Kanine et Miguel étant soulagés, ils laissèrent de côté leur menace d'appeler notre Senseï.

Malheureusement, le lendemain, Aveline se leva épuisée avec des cernes très noirs sous les yeux. Miguel m'engueula en constatant l'état de son amoureuse. Je le comprenais et lui affirmai qu'elle ne me ferait plus de soin. Son état me faisait énormément culpabiliser. Je me blâmais déjà suffisamment toute seule, il n'avait pas besoin d'insister.

J'aidai Aveline à récupérer en lui faisant un soin immédiatement, puis un autre plus tard dans la nuit.

Le lendemain, elle avait totalement récupéré sa vitalité et moi mes cheveux blancs et mes rides. Du coup, Miguel me convoqua dès qu'il m'aperçut. Kanine m'emboîta le pas.

— Je te remercie, Ismérie, d'avoir remis Aveline sur pieds.

— Je t'en prie, Miguel. Son sort me tient autant à cœur qu'à toi.

Je n'avais pas voulu dire plus pour ne pas le blesser. Je le savais très attaché, son instinct protecteur de mâle le prouvait.

— Nous devons parler de ton état à Eiirin, tonna-t-il soudain. Il va être fou de rage dès qu'il va le savoir.

— J'ai besoin d'encore un peu de temps. Je vais tester ma magie sur moi. Je te supplie de me laisser trois nuits, Miguel. Je ne t'en demande pas plus. Si je n'arrive à rien, je te promets de le lui dire personnellement.

Miguel m'examina sous toutes les coutures pour déceler la quantité de vérité que j'avais mise dans mes paroles. Il savait que j'avais récupéré une partie de mes dons de sorcière. Il avait constaté qu'Aveline allait très bien. Cette dernière était même en pleine forme pour son plus grand bonheur.

— D'accord… Trois nuits… Pas une de plus !

Kanine soupira et sortit. Je sentais bien qu'il n'était pas d'accord avec cette décision. Mais il la respecterait. Enfin, pour l'instant.

Cette nuit-là, j'avais accepté qu'Emma revoie ses copains. Mieux valait contrôler ses sorties pour ne pas prendre de risque de mort prématurée ou d'accident… euh… mortel. Kanine devait nous accompagner. J'étais sur mes gardes, ne sachant pas trop à quoi m'attendre.

La marée était basse mais la lune était pleine. Conditions idéales pour des humains.

Ils étaient déjà sur la plage à nous attendre quand nous arrivâmes tous les trois. Ils avaient peur.

Kanine et moi restâmes un peu en retrait. Nos capacités nous permettaient d'entendre, voir et nous déplacer très vite en cas de besoin.

— Tu es superbe, Emma, dit l'un d'eux.

Son sourire éclatant faisait plaisir à voir.

Emma changea du tout au tout et redevint cette jeune fille hyper enjouée qu'ils avaient connue.

— Merci, on y va ! exigea-t-elle.

— Ouais !

Et ils partirent avec leur planche, à l'assaut de l'océan, pour trouver la meilleure vague.

Nous les regardâmes pendant deux heures. Nous souriions à force de les voir rigoler et blaguer.

Leur humeur déteignait sur nous, nous rendant heureux de contempler ce beau spectacle.

Ils revinrent. Le surf était fini et les humains devaient rentrer. Emma fronça immédiatement les sourcils. Pfff... Nous allions remonter avec Mademoiselle Ronchon.

Elle se mit à l'écart avec l'un d'entre eux.

— On se revoit demain ? demanda-t-elle

— Ouais.

Il avait un sourire éclatant à l'idée d'un nouveau rendez-vous. Je sentais que son cœur s'était accéléré. L'idylle qui était née reprenait.

— Alors, à demain !

Au moment où Emma commençait à se détourner, il lui prit le poignet, l'invita à revenir face à lui et se pencha pour déposer un chaste baiser sur ses lèvres.

J'étais très attendrie par la situation.

— Et eux, c'est qui ? demanda-t-il en nous regardant.

— Mes chaperons ! Ils ont peur que je te vide de ton sang.

Il caressait les cheveux d'Emma, pensif.

— Et tu pourrais faire ça ?

Elle réfléchit à son tour.

— Nan !

Je ne voyais pas son visage. Mais je savais qu'elle souriait. Elle prit l'initiative de l'embrasser plus profondément. Puis, elle s'écarta et se détourna pour nous rejoindre.

— À demain, alors ! dit-elle à la cantonade.

— À demain ! répondirent-ils en chœur.

J'étais très émue par la situation. J'espérais que nous n'allions pas au-devant de nouveaux problèmes.

Nous remontâmes avec Mademoiselle Radieuse. Elle était sur un petit nuage.

Nous en profitâmes pour nous imprégner de toutes ses émotions et surtout ne rien dire, de crainte que Mademoiselle Ronchon ne refasse surface.

D'un seul coup, Emma rompit le silence.

— Je veux le boire.

Oui, c'était à craindre.

— Pas tout de suite. Laissez-vous un peu de temps.

Elle ruminait.

— Et tu seras là aussi pour regarder ?

— C'est plus prudent, dis-je avec apaisement. Tu sais, j'étais seule pour faire mes débuts de vampire. J'ai malheureusement tué quelques humains avant de m'arrêter au bon moment. Si tu veux qu'il survive, il vaut mieux que je sois avec toi !

Elle m'examina, songeuse.

— OK !

Aux Mets Verts, c'était un tout autre spectacle qui

nous attendait.

Effarée, je ne pouvais détacher mes yeux des chauves-souris mortes qui avaient été jetées sur le parking. Emma était sidérée. J'entendais ses dents grincer, tellement elle serrait fort ses mâchoires.

Kanine fut le plus rapide à agir. Il nous empoigna chacune par un bras. Sa force herculéenne nous projeta à l'intérieur sans que nos pieds touchent le sol.

À peine entré, il appela Miguel. Ce dernier se précipita : le ton de Kanine l'avait alarmé immédiatement. Aveline arrivait derrière en courant.

— Des chauves-souris sont répandues sur le parking ! annonça Kanine.

Miguel fronça les sourcils et soupira.

— Ça recommence, alors.

— Mmmoé !

— Nous devons aller voir, mais attendons les gardes.

Ils arrivaient déjà, comme par magie.

Je commençais à leur emboîter le pas quand le bras de mon garde du corps me fit barrage. Je levai les yeux vers lui.

— Je veux voir à quel point nous sommes en danger, Kanine. Ne t'inquiète pas, je ne suis pas totalement démunie.

Il m'observait d'un air réprobateur, se demandant comment il allait m'empêcher de sortir. Je tentai un regard apaisé pour le convaincre. Il finit par acquiescer, me donnant son feu vert.

— Emma reste ici ! exigea-t-il.

— Nan !

Cette dernière était formelle.

— Quel foutu caractère vous avez dans cette famille !

Nous sortîmes donc tous prudemment. Nos gardes armés se déployèrent, à l'affût du moindre mouvement.

Les pauvres chauves-souris étaient là, éparpillées. Je passai ma main au-dessus d'elles pour les sonder.

— Elles ont été empoisonnées, affirmai-je.

Nous nous retournâmes vers l'entrée du restaurant. Des graffitis avaient commencé à être dessinés. Une tête de mort n'était pas terminée. L'inscription s'arrêtait à : « Nous allons vous renvoyer », mais ce n'était probablement pas au paradis.

Je fermai les yeux et me centrai pour appeler ma magie. Aveline vint me prendre la main. Ainsi connectées, nous serions plus fortes. Je sentis la présence rassurante de Kanine dans mon dos, en signe de protection. Je pouvais ainsi me laisser aller.

Ma petite tête d'épingle blanche, scintillante, était au creux de mon ventre, prête à jaillir. Elle grossit en une fraction de seconde. Je me sentis légère, en totale communion avec le cosmos, euphorique. Bon, je devais rester concentrée. C'était bien agréable tout ça, voire jouissif, mais j'avais un travail à accomplir.

Le sort d'Aveline était bien là, sur toute la façade et les côtés du bâtiment. Une aura verte très fine se répandait du haut des toitures jusqu'au sol. Ce qui expliquait que nos détracteurs n'aient pas fini leurs inscriptions. Malgré tout, ils avaient réussi à approcher. Et ça, ce n'était pas bon.

Je soupirai, ouvris les yeux. J'examinai le sol. Une

trace de vomi me confirma que ça n'avait pas été une partie de plaisir pour nos assaillants. Tant mieux.

Nous nous regardâmes, Aveline et moi, et je lui confirmai d'un signe de tête que son sortilège était bien en place.

— Le sort est toujours là, souffla-t-elle.

— Rentrons, ordonna Miguel. Je dois appeler Eiirin. Kanine, peux-tu m'aider à renforcer la sécurité ?

— Mmmoé !

J'étais encore plus inquiète, maintenant que Miguel devait téléphoner à notre Senseï, car il semblait soucieux et totalement désemparé. Qui pourrait le blâmer ? Il me jeta un regard et entra. Je me précipitai à sa suite.

— Miguel, je te rappelle que tu m'as laissé trois nuits.

Ce dernier examinait mes rides et mes cheveux de plus en plus blancs.

— Je t'ai donné trois nuits, confirma-t-il à contrecœur.

Puis, il alla dans son bureau.

Nous décidâmes, Aveline et moi, de poser d'autres sorts à l'intérieur du bâtiment pour nous protéger davantage. Après tout, nous ne connaissions pas nos ennemis. Il suffisait qu'ils s'acoquinent avec un sorcier, un mentaliste, un malfrat ou que sais-je encore... pour avoir plus de moyens ou de possibilités, nous causant plus de dommages.

Mon éternité était déjà suffisamment mal en point. Je me devais de redoubler de prudence et de trouver rapidement une solution. Ma mission consistait aussi à protéger les vampires de mon clan avec mes dons extraordinaires.

Alors, nous travaillâmes de concert pour déployer nos sortilèges. Magies blanches et vertes s'entrelaçaient pour augmenter nos protections. Nous posions des sorts de statufixion pour découvrir nos ennemis. Ceux qui entreraient dans le restaurant ou sur le parking n'en sortiraient pas indemnes. Ils seraient fixés en statue, gardant simplement l'usage de leurs yeux et de leur système nerveux autonome pour respirer. Et ils resteraient ainsi jusqu'à ce que l'une de nous deux les délivre. Nous pourrions ainsi les découvrir et analyser l'ampleur des dégâts. Emma nous observait, son casque sur les oreilles. J'avais cependant senti tous ces sens vampiriques ouverts, ainsi que sa magie de sorcière ne demandant qu'à jouer avec les nôtres.

Nous avions terminé. Mon téléphone sonna dans ma poche. Sans surprise, je vis le prénom d'Eiirin. Je n'étais pas prête à lui parler. J'éteignis la sonnerie et l'enfonçai profondément au fond de ma poche, espérant qu'il disparaisse à jamais.

Évidemment, je fus découverte par Kanine.

— Tu dois lui parler !

Je restai de dos, ne souhaitant pas affronter son regard réprobateur.

— Je sais, je vais le faire...

— Quand ?

— Dès que je serai prête.

— Si tu ne l'appelles pas cette nuit, je lui raconte dans quel état tu es !

— Mais c'est du chantage !

— Mmmoé !

Je filai me cacher dans ma chambre. J'avais bien travaillé. Nous avions tout vérifié, Aveline et moi. Emma était restée avec nous. J'espérais que ça lui donnerait l'idée d'utiliser enfin sa magie.

Je m'affalai sur mon lit, évaluant la situation. Eiirin me manquait, ainsi que son sang. Il fallait que je retourne vite à Paris car si mes cheveux n'avaient pas blanchi les premiers jours, c'est parce qu'il me gavait de lui. J'en étais maintenant persuadée. En même temps, pas sûr que ce soit le bon moment pour partir, alors que nos vampires couraient un réel danger ici.

Lasse de mes cogitations cauchemardesques, j'écoutai le énième message vocal laissé par mon amant.

« Isméríe, tu me manques. Je ne sais pas comment tu vas. Je soupçonne qu'il y ait même un problème plus grave te concernant, caché au milieu de la situation de Biarritz. Miguel et Kanine sont curieusement silencieux à ton encontre. Je sens qu'ils évitent le sujet pour ne pas me mentir ! Rappelle-moi s'il te plaît, sinon je te fais enfermer dans un cercueil qui prendra le chemin de Paris. »

Très perspicace, ce Senseï. Il fallait que je le rassure.

Je pris mon courage à deux mains et le rappelai.

— Enfin ! tonna-t-il.

— Moi aussi, je suis contente de te parler, Eiirin !

— Ne prends pas ce ton avec moi ! Je t'ai laissé plusieurs messages et tu ne m'as jamais rappelé, Isméríe.

— Tu n'as pas reçu mes SMS ? demandai-je, de mauvaise foi.

— Grrr… Je préfère ne pas répondre à ça. Comment vas-tu ?

— La situation est compliquée ici… Pour plein de raisons.

— Que me caches-tu ?

Il était très fort. Il savait que je lui dissimulais quelque chose. Notre lien de sang était puissant, même s'il ne m'avait pas bue depuis deux semaines. La distance ne devait pas le gêner. J'entendis son soupir d'exaspération.

— Je gère, ne t'inquiète pas.

— Et que gères-tu dont tu ne peux me parler ?

— Ton projet « Green Blood » avance bien ?

— Tu vas la jouer comme ça ?

Je restai muette.

— Je te remercie alors de t'en inquiéter. Notre projet avance bien. J'espère que tu reviendras rapidement pour l'intégrer. Ton poste t'attend. D'autant plus avec ce qui se passe à Biarritz.

Je sentais toute sa déception à mon encontre.

— Oui, c'est vraiment inquiétant !

— Et comment va Emma ?

— Égale à elle-même. Mademoiselle Ronchon est en pleine action la plupart du temps. Nous l'emmenons surfer toutes les nuits, ça la rend plus supportable, ricanai-je.

— Elle va s'y faire.

— Pourvu que tu aies raison. J'aimerais tellement rentrer, Eiirin, mais ce n'est pas possible pour l'instant.

— Je comprends. De toute façon, elle va devoir venir à Paris pour son intégration. Peut-être qu'elle trouvera des charmes à la vie parisienne pendant son séjour.

— Je ne crois pas, rigolai-je, elle m'a expliqué qu'il était impossible de surfer sur la Seine.

— C'est sûr !

Le sourire que j'entendais dans sa voix me fit chaud au cœur. Mes fourmis s'emballèrent... Moi aussi. Qu'est-ce qu'il me manquait !

— Moi aussi, soupira-t-il, tu me manques, Ismérie. J'ai hâte que tu reviennes.

— Même si tu ne peux pas me boire ?

— Même si je ne peux pas te boire !

Nos cœurs venaient de se caler à l'unisson dans une harmonie parfaite. Nous étions simplement à l'écoute de nos sensations. Puis, nous raccrochâmes à regret.

L'âme en peine, je me couchai, misérable. Si personne n'était venu me chercher, c'était que je ne pouvais rien faire de plus pour l'instant.

Fatiguée, je mis un peu de musique. J'en écoutais moins en ce moment, n'ayant plus assez de temps pour moi. *November Rain*(1) me berça, augmentant ma tristesse.

Je tombai dans l'inconscience.

Je commençai à revenir à moi dans un nuage brumeux, chargé d'ondes négatives. Que se passait-il ? Mon réveil n'était pas normal.

Un sursaut de mauvaises sensations activa brusquement mon éveil. Je me redressai précipitamment, les sens en alerte. Il n'était que 14 h.

Il se passait quelque chose. Des ondes négatives

m'encerclaient, me donnant la nausée.

Je me levai, enfilai vite fait mes vêtements de la veille et sortis de ma chambre. Mon appréhension était au paroxysme.

Toute la villa des Mets Verts émettait un écho qui ne me convenait pas du tout, comme un champ électromagnétique puissant, mais qui ne ressemblait en rien à celui des vampires. Les humains n'étaient pas encore arrivés pour préparer l'ouverture du restaurant. J'étais donc la seule à être debout. Je déambulai dans les couloirs. Au passage, je poussai la porte d'Emma. Elle dormait comme tout vampire, cachée de la lumière par ses volets fermés.

Je continuai mon investigation. Toujours à constater que quelque chose clochait, mais quoi ?

Un truc malsain se préparait. Les poils se dressaient sur mes bras.

C'était imminent !

Malgré ma nausée grandissante, j'ouvris mon odorat pour renifler la moindre odeur suspecte. Mon nez repéra de l'acide. Mon thorax se comprima. Ma tête se serra, comme prise dans un étau.

Un compte à rebours !

L'explosion fut terrible. Le bruit enfla et me paralysa. Mon corps fut compressé d'un seul coup. Mon champ électromagnétique bourdonna dans mes oreilles. Soudain, mes mains montèrent de chaque côté de ma tête comme si elles allaient diminuer l'étau qui se resserrait encore. Mes tympans étaient à la limite de l'implosion. Tous les volets de bois du bâtiment éclatèrent, relâchant enfin la pression. Les vitres des fenêtres suivirent dans un éclat. Une cascade de bois et de verre tomba avec fracas. Le souffle de la déflagration me projeta au sol. Je tombai à plat ventre et me recroquevillai. Sidérée, je serrais toujours mes oreilles qui sifflaient. La détonation me vrillait les tympans.

Les vampires ?!

(1) Chanson de Guns N' Roses.

5 – Piège mortel

Je me relevai péniblement et allai le plus vite possible jusqu'à la chambre d'Emma. Je poussai sa porte et entrai.

Horreur !

Il faisait grand jour. Les rayons du soleil pénétraient, inondant toute la pièce. Des cendres voletaient paisiblement dans le halo de lumière. Je me précipitai jusqu'à son lit. Mais je ne la voyais plus.

J'écarquillai les yeux devant les cendres qui représentaient ce qui restait d'elle. Je tentai d'en attraper avec ma main, espérant garder un peu de ma descendance. Mais ces cendres s'échappaient, refusaient d'être saisies. Totalement ahurie, je les regardai s'envoler par la fenêtre, monter vers le ciel. La brise les emportait petit à petit.

Les larmes dévalaient mes joues. Mon cœur était brisé. Mes poumons ne voulaient plus respirer. J'étais terrassée par une douleur abyssale. Ce gouffre allait m'engloutir. Mes pleurs inondaient mon visage. Je touchais les cendres. Voilà tout ce qu'il restait de ma progéniture.

Je tombai à genoux, les mains sur le cœur, prenant conscience du trou béant se creusant dans mon thorax.

Ce lien fusionnel fraîchement créé avec Emma venait de disparaître à tout jamais avec elle. J'étais choquée, totalement. Un hurlement à la mort me surprit. La frayeur remonta le long de ma colonne vertébrale. Qui poussait ce cri ?

Complètement ahurie, j'écoutais cette bête blessée.

Soudain, je réalisai que ce hurlement sortait de ma gorge. J'éclatai en sanglots devant tant d'horreur. La fureur s'empara de moi. Je tapai du poing sur le sol, ne ressentant même pas la douleur que je m'infligeais. Je pleurais de rage. Tant d'injustice. Emma était si jeune.

Un nouveau choc mental me secoua. Une pensée qui passait par là.

Et les autres vampires ?

Ravalant mes larmes et ma rage, je sortis en trombe dans le couloir et poussai les portes de toutes les chambres. Elles étaient toutes baignées par la lumière du jour. Le vent faisait voler les fines cendres qui s'éparpillaient.

Arrivée à la chambre de Miguel, je ne pus entrer. Elle était fermée à clé. Allez, Isie, t'es un vampire, utilise ta force un peu ! Je me motivai toute seule.

Je reculai autant que je le pouvais, pris de l'élan et mis un grand coup d'épaule dans la porte. Je me fis un mal de chien. Mais la porte céda et je tombai par terre. Mes genoux crièrent de douleur eux aussi. Je me redressai aussi rapidement que possible.

Le lit de Miguel était vide. Pas de cendres. Il devait être dans son cercueil hyper sécurisé. Je m'approchai de ce dernier. Je passai ma main sur le bois magnifiquement poli pour le sentir. Il était bien dedans. Son cœur battait très lentement comme celui de tout vampire en pleine régénération.

Son cercueil étant trop lourd, je ne pouvais le déplacer. À contrecœur, je devais le laisser là.

Hésitante, je jetai un œil par la fenêtre, mais je ne vis rien. J'étais terrassée par la peur. Je craignais pour mon immortalité. Seule, je me sentais maintenant démunie. Avant de regarder franchement, je me connectai à tous mes dons pour détecter des vies. Je n'en sentis aucune à l'extérieur. Je me penchai par la fenêtre... Toujours rien. Nos ennemis semblaient partis.

Choquée, je continuai mon exploration dans les étages, tous mes sens aux aguets. Aucun vampire n'avait survécu en dehors de Miguel et moi. J'avais fait toutes les chambres. Éberluée, je m'appesantissais sur mon triste sort. Un sursaut d'énergie me secoua.

Et Kanine ?

Je devais aller voir si nous avions toujours un toit. Kanine dormait dans les combles.

Le couloir qui y menait n'avait aucune fenêtre. Je pouvais donc accéder aux combles en toute sécurité. J'entendis les sirènes de pompiers arriver au loin. Des voisins avaient dû donner l'alerte.

Mes oreilles avaient récupéré une ouïe normale.

Pressée, je montai quatre à quatre l'escalier qui menait aux combles. Puis, je grimpai l'échelle escamotable et ouvris la trappe. Je pénétrai sous la toiture et inspectai les lieux. Le toit était toujours là. Tout semblait en ordre.

Je ne voyais pas mon Golgoth. Pourtant, avec sa

carrure imposante, je ne pouvais pas le rater. Paniquée à l'idée de l'avoir perdu, je scrutai le dessous de la toiture… en vain. Se pourrait-il qu'il ait dormi finalement avec un autre vampire ?

Abattue, je poursuivis tout de même mon investigation. Rien.

Je fermai les yeux et utilisai mes dons pour le détecter. Je le sentis… enfin. Tout à coup heureuse, je levai les yeux vers la charpente, là où mon instinct me guidait. Une chauve-souris était suspendue. Je soupirai, soulagée.

— Okkaayy, Kanine, ne bouge pas d'ici !

Je refermai bien derrière moi. Au fur et à mesure que je redescendais, l'étincelle de bonheur que j'avais ressentie grâce à Kanine diminuait à nouveau devant l'horreur de la situation.

Hébétée, j'allai accueillir les secours, même s'il n'y avait plus rien à secourir.

Le constat fut vite fait. Ils passèrent dans les étages. Aucun corps à secourir ou à déplacer, pas de feu à éteindre. Ils examinèrent les abords en attendant que la police arrive.

Totalement démoralisée, le cœur brisé, j'appelai Aveline.

Ce coup-ci, c'était moi qui avais des sanglots dans la voix et une terrible nouvelle à lui annoncer. Mes pleurs furent la première chose qu'elle entendit, l'alarmant immédiatement.

— Ismérie ?

— J'ai une terrible nouvelle à t'annoncer, Aveline.

Elle attendit patiemment que je sois prête à poursuivre. Son inquiétude montait.

— Les volets des Mets Verts ont explosé ! Les vampires sont partis en combustion spontanée.

Mes sanglots redoublèrent.

— Emma ?

— Partie !

Un sanglot en retour m'indiqua qu'elle avait pris la mesure de la situation.

— Miguel ? demanda-t-elle en pleurs.

— Indemne dans son cercueil.

Un soupir de soulagement me répondit.

— Il y a d'autres survivants, Ismérie ?

— Kanine.

— Je ferme l'herboristerie, j'arrive immédiatement.

— Merci, Aveline.

Je raccrochai. La police n'étant pas encore là, j'appelai l'hôtel de Lauzun.

Maxence me répondit, très heureux de me parler. Il devait donc être le majordome de garde aujourd'hui. Tous nos numéros de portables étaient enregistrés sur leurs téléphones.

— Ah, Ismérie ! Qu'est-ce que je suis heureux de t'entendre. Tu me manques ! Ta présence à l'hôtel de Lauzun rend la vie bien plus passionnante.

— Maxence, tu es adorable...

Mes pleurs et mes reniflements l'alarmèrent.

— Que se passe-t-il ?

— Quelque chose de terrible... Quasiment tous les vampires sont morts ici. Les volets viennent d'exploser.

Ils sont tous partis en cendres !

Mes sanglots redoublèrent.

— Il reste Miguel, dans son cercueil, et Kanine, caché dans la charpente.

Maxence était maintenant sous le choc, tout comme moi.

— Emma ?

— ... Combustion spontanée.

— Oh, Ismérie, toutes mes condoléances.

— Merci, Maxence.

— Tu dois te cacher. Il ne faut pas qu'il t'arrive quoi que ce soit !

— Aveline arrive... Et puis, je ne suis pas sans défense.

J'entendis de nouveau les sirènes de plusieurs véhicules.

— Fais attention tout de même. Je préviens Eiirin dès son réveil. En attendant, sois extrêmement prudente.

— Oui !

Je raccrochai.

D'un seul coup, j'eus un déclic. L'horreur me fit frémir. Les ondes négatives que j'avais senties à mon réveil, Emma les sentait depuis plusieurs jours. Elle avait dû avoir un don particulier. Et j'avais mis ça sur le compte de sa mauvaise humeur. Mais quelle mère je faisais ! Je n'avais même pas été capable de l'entendre. Ma colère contre moi montait. Je devais cependant aspirer à plus de calme pour gérer au mieux la situation en attendant que mon clan vienne me seconder.

Les véhicules de police investirent les lieux. J'étais

inquiète, ne sachant pas trop comment les aborder.

Trois hommes à l'air intraitable s'avancèrent vers moi. Les autres se déployèrent, cachés derrière leurs véhicules, arme au poing. Charmant ! C'était moi, le malfrat, finalement ? Sidérée, je levai les mains en signe universel d'innocence. Une balle ne me tuerait pas, sauf si elle était logée en plein cœur.

— Madame, que se passe-t-il ? Vos voisins nous ont appelés.

— Tous les volets de la villa ont explosé, tuant tous les vampires.

Les policiers levèrent les yeux pour vérifier. Un d'entre eux s'approcha des débris pour évaluer ce qu'il restait.

— Et vous êtes la seule survivante ?

— Deux autres vampires, à l'abri de la lumière du jour, ont survécu.

Ils m'observaient, tentant de détecter des mensonges.

— Et vous êtes quoi ?

— Vampire.

— Que faites-vous sous le soleil ?

— Je suis une vampire un peu particulière…

Ils commençaient à me détailler d'un air suspect. Les pompiers firent le point des dégâts avec un des policiers, puis ils repartirent, ne pouvant rien faire de plus.

Heureusement, Aveline arrivait presque en courant. Elle dut s'arrêter immédiatement, une partie des armes se braquant sur elle. Elle mit les mains en l'air, m'interrogeant du regard.

Le policier poursuivit son interrogatoire.

— C'est votre sœur ?

— Non, mais elle est de ma famille.

— Elle est vampire, elle aussi ?

— Euh... Non.

Je préférais ne pas révéler qu'elle était sorcière.

Le policier fit signe à Aveline d'approcher. Je sentais que les émotions de celui-ci étaient de plus en plus confuses. Il avait peur d'être piégé et que je sois finalement coupable. Beaucoup de colère en lui et un besoin de vengeance le débordaient.

Je décidai de le manipuler, car il nous regardait de façon suspecte, Aveline et moi, et j'avais peur de finir au poste. Je me connectai à ma magie pour amplifier la force de la manipulation que je m'apprêtais à déverser sur eux. Ils devaient tous partir car j'avais un mauvais pressentiment.

Je diffusai mes fines ondes de magie scintillante pour les envelopper tous dans mes charmes. Mes vagues continues les encerclaient.

Puis, je commençai à envoyer des messages mentaux à cet agent en colère. Les autres bénéficieraient par ricochet du résultat.

« Tout va bien... »

« Baissez vos armes... Je suis la victime... »

Ils baissèrent leurs armes tranquillement. Celui que je pensais être leur chef avait tout de même plus de difficultés.

« Tu vas remonter dans ton véhicule et demander à tes hommes de faire pareil... »

Mon policier en colère fronça les sourcils. Il tentait inconsciemment de me résister. Je redoublai de magie à son encontre pour mieux le persuader.

« Tu te trompes de cible. Je ne suis pas un assassin… »

« Tu vas partir… temporairement… Tu reviendras ce soir pour résoudre cette enquête… »

Il me regardait maintenant, sans me voir, les yeux dans le vague, les pupilles dilatées. Aveline m'observait, curieuse, sentant ce que je faisais. Elle ne bougeait pas, n'osant plus respirer. Elle regardait autour d'elle. Elle devait voir ma magie scintiller sur chacun d'eux. Je lui fis un petit sourire rassurant pour lui indiquer que je maîtrisais la situation.

J'étendis mes ordres mentaux à l'ensemble des policiers. Facile, ils étaient tous dans un rayon de dix mètres.

« Tout va bien, messieurs, je suis une gentille vampire… innocente… »

« Vous allez ramasser les indices à l'extérieur pour trouver les méchants qui ont tué mes vampires… »

Les policiers les plus faibles mentalement bougèrent pour ramasser un maximum d'indices.

« C'est très bien, messieurs, vous êtes parfaits… »

Je me tournai de nouveau vers leur chef.

« Dès qu'ils ont ramassé les indices, ils peuvent remonter en voiture… »

« Dis à ceux qui ne font rien de rengainer leurs armes maintenant… Il n'y a plus de danger. »

— Très bien ! Rengainez vos armes, il n'y a plus de danger ! tonna-t-il.

Puis, il se tourna de nouveau vers moi. Je repris ma

discussion mentale avec lui.

« Tu es un très bon chef. Tu peux leur dire de monter en voiture MAINTENANT... »

Il se redressa et cria.

— Montez en voiture MAINTENANT !

Tous s'exécutèrent, engourdis par ma magie.

« C'est parfait... »

Je regardai tous ceux qui avaient les mains gantées pleines d'indices.

« Dis à ceux qui ramassent des indices qu'ils en ont assez pour l'instant et qu'ils peuvent remonter en voiture... »

— Vous avez assez d'indices ! Emportez tout ça et remontez en voiture ! aboya-t-il.

Les épaules voûtées, ils se dirigèrent tous vers leurs véhicules.

« C'est parfait... Tu reviendras ce soir avec seulement deux policiers... et tu nous diras tout ce que vous avez trouvé. »

Il acquiesça.

« Va, maintenant... »

En se détournant, il se cogna à son collègue qui était planté là, totalement absent. Il l'engueula et le poussa.

— Qu'est-ce que tu fous là ?! Monte en voiture !

Tous dans leurs véhicules, ils repartirent calmement. Je soupirai de soulagement. Nous verrions ce soir, avec Miguel et Kanine. J'avais eu peur de finir au poste. Cette pirouette mentale me serait probablement reprochée, mais je ne me sentais pas de taille à finir dans une salle d'interrogatoire avec un policier haineux me braillant dessus.

Nous nous tournâmes en chœur l'une vers l'autre, Aveline et moi, et pleurâmes, enlacées. Nos sanglots nous libérèrent de cette fille que nous avions toutes les deux perdue à jamais. Nos cœurs brisés n'en finissaient plus d'évacuer toute cette douleur qui nous meurtrissait.

Amir arriva, nous surprenant. Nous prîmes conscience du fait que nous étions toujours dehors, exposées à nos ennemis. Surprises de notre inconscience, nous rentrâmes à sa suite, nous tenant toujours l'une par l'épaule et l'autre par la taille, lui expliquant les événements.

Le reste de nos employés humains arrivait. Je leur expliquai ce qu'il s'était passé. Nous fermâmes le restaurant. Nous les aviserions de la suite des événements. Ils seraient sans doute interrogés par la police, car nous donnerions la liste de tous nos employés.

Amir, le gérant de jour, appela tous nos clients pour annuler les réservations du soir, et mit un écriteau sur la porte. Il fit partir tout notre personnel, sauf Pablo, le chef de la sécurité, et s'installa dans son bureau, commençant à régler nos affaires, en attendant le réveil de Miguel.

Finalement, le soleil se mit à décliner. Nous attendîmes patiemment dans la chambre de Miguel qu'il ouvre son cercueil.

Moment très curieux où nous entendîmes le système de sécurité se débloquer. Miguel ouvrit le lourd couvercle très facilement et se redressa d'un bond. C'était surréaliste.

— Que se passe-t-il ?

Nous baissâmes toutes les deux la tête. Nos larmes recommencèrent à couler. Miguel me prit par les bras et me secoua.

— Ismérie !

Je tournai la tête vers la fenêtre.

— Tous les volets ont explosé, Miguel. Tous nos vampires sont morts, sauf Kanine !

Ce dernier déboula.

— Mais c'est quoi, toutes ces cendres? tonna Kanine en colère.

Il serrait les poings, prêt à en découdre avec le premier ennemi qui se présenterait.

Nos portables sonnèrent en même temps, excepté celui d'Aveline. Et pour cause, Eiirin apparaissait sur chacun de nos écrans.

Nous décrochâmes tous les trois pour être en visioconférence.

Léo était à son côté.

— Comment allez-vous ? demanda Eiirin calmement.

Son flegme à toute épreuve crevait l'écran.

Pour ma part, je soupirai. Tant de pertes. Que dire de toute cette haine à notre encontre que je ne comprenais pas ? Nous ne faisions de mal à personne. Au contraire, nous essayions d'aider les humains à retrouver une meilleure santé, une meilleure alimentation. Nous nous battions contre les lobbies industriels pour diminuer leurs méfaits. Et voilà les remerciements. Mon écœurement montait, transformant ma tristesse en une colère grandissante. La fureur gagnait tout mon corps. Je fulminais à l'intérieur. Ce n'était pas bon. Je devais me calmer.

Personne n'avait répondu. Je sentais cependant le regard inquisiteur d'Eiirin et Léo. Soudain, je vis ce dernier montrer du doigt quelque chose sur l'écran à notre Senseï. C'était plutôt quelqu'un.

— Ismérie, tes cheveux ! cria Eiirin.

Ah ! Finalement, c'était moi, l'objet de ce pointage de doigt.

Pfff... Quoi dire ? C'était finalement le cadet de nos soucis pour l'instant.

— Ce n'est rien, Eiirin.

Miguel et Kanine grognèrent.

— Pourquoi personne ne m'a rien dit ?! C'est quand même incroyable qu'elle vous embobine tous comme ça ! Qui commande ce clan ?

— C'est toi, Senseï !

— On réglera ça quand vous rentrerez ! Et toi, Ismérie, tu ne perds rien pour attendre !

Mmmm... Je m'en arrangerais bien encore une fois. Je pris la parole.

— Là n'est pas la question. La situation est terrible ici ! Nous avons été victimes d'un attentat ! C'est du terrorisme, Eiirin ! Et je suis en colère contre moi ! Emma sentait que quelque chose allait se produire ! Je ne l'ai pas écoutée. J'ai tout mis sur le compte de sa mauvaise humeur.

D'un coup, je sentis le regard scrutateur de Kanine. Je

levai les yeux, découvrant tous les rouages se mettant en place dans sa tête. Puis, il écarquilla les yeux. Il comprenait lui aussi que nous étions passés à côté d'un don particulier.

Mes yeux se remplirent de larmes à nouveau.

Eiirin soupira.

— Nous ne pouvons pas revenir en arrière. Il faut aller de l'avant et vous devez rentrer rapidement, ordonna calmement Eiirin.

— Nous ne pouvons pas, expliquai-je en les regardant tour à tour, la police va revenir d'ici un moment. Je les ai manipulés pour qu'ils partent en emportant des indices à analyser, et qu'ils reviennent ce soir. Ils étaient hostiles, je ne voulais pas finir au poste.

Mes épaules se voûtèrent en symbole de culpabilité et de regrets. Ils m'observaient tous. Je n'osais les regarder. J'avais encore transgressé les règles.

— Tu as bien fait, Ismérie, affirma Eiirin.

Son sourire et la douceur de ses yeux sombres me firent chaud au cœur. J'étais libérée du fardeau de ma culpabilité.

Nous fûmes interrompus par un coup à la porte. Miguel ouvrit. C'était Amir. Trois inspecteurs de police venaient d'arriver.

— Très bien, j'arrive, dit Miguel. Je vous laisse voir avec notre Senseï et rejoignez-moi dès que possible.

Nous acquiesçâmes, puis reportâmes notre attention vers notre maître.

— Très bien, dit ce dernier. Léo va partir sur le champ avec toute une garde pour vous protéger, ainsi qu'un véhicule et des cercueils haute sécurité pour vous ramener le plus rapidement possible. Je veux vous voir à mon réveil dès demain.

La panique me pénétra jusqu'au sang à l'idée d'être enfermée dans un tombeau. Ce n'était pas concevable pour moi. J'étais vivante.

Eiirin sentit ce qui se passait en moi : il captait mes pensées malgré la distance entre nous.

— Ismérie, fulmina-t-il, tu n'es pas en position de force ! Kanine, enferme-la dans un cercueil. De force s'il le faut !

— Oui, Senseï !

Je regardai ce traître, face à moi. Je l'avais entendu dire « oui » ! Il me fit un sourire penaud pour s'excuser.

— Usez de tous vos pouvoirs s'il le faut, compléta notre Senseï. Et revenez-moi vivants tous les trois. Maintenant, allez aider Miguel. Léonard a déjà donné des ordres pour tout préparer, il est sur le point de partir.

Nous raccrochâmes et rejoignîmes Miguel et Amir sans un mot. L'idée d'être enfermée dans une si petite boîte ne me plaisait pas du tout. Kanine, sentant mon angoisse, me pressa l'épaule pour me rassurer.

Miguel fut soulagé de nous voir apparaître. Il nous présenta aux trois policiers. Ces derniers étaient plus calmes que cet après-midi. Nous écoutâmes leurs conclusions.

Nous étions bien des victimes. Nos ennemis avaient utilisé le même explosif que les djihadistes, le TATP, encore nommé la « mère de Satan » comme ils disaient dans le milieu. Des terroristes ! Alors, nous en étions là.

Ma colère bouillait en moi, activant ma magie. Je commençais à voir des brasiers autour de moi, des bûchers de vengeance alimentés par nos ennemis. Que m'arrivait-il ?

Miguel leva brusquement les yeux vers moi, sentant mon émoi. Kanine se colla à moi et m'envoya une brume invisible de calme et des images de petits oiseaux dans les arbres. Était-il fou ?

Je le regardai, incrédule, en fronçant les sourcils. Son esquisse de sourire m'indiqua qu'il avait gagné : il m'avait détournée de ma rage.

Je me concentrai à nouveau sur les explications du policier.

Cet explosif était très facile à fabriquer. De l'acétone, de l'eau oxygénée et un acide de type sulfurique, chlorhydrique ou nitrique, astucieusement mélangé et relié à un simple détonateur. Le tour était joué. Explosion assurée.

J'avais envie de secouer ce policier et de lui hurler : « Mais ça va pas ! Tu parles d'un tour ! C'est pas de la magie quand même ! ». Bon, à la place, j'inspirai... puis j'expirai... m'obligeant à recommencer. J'étais maintenant sous haute surveillance de la part de Miguel et Kanine. Ils étaient comme devant une casserole de lait sur le feu.

Le policier, presque admiratif devant la technologie employée, nous montra une cartouche perdue sur place. J'avais vraiment envie de le claquer.

— Ce qui est encore plus malin, c'est qu'ils ont modifié

les munitions de flashball. Ils ont créé un dispositif astucieux avec une poche de glu extra collante au-devant du projectile, là... qui éclate à l'impact sur le volet pour s'y coller instantanément... En s'écrasant, la poche de colle amortit le TATP afin d'en empêcher l'explosion à l'impact... Vous voyez, à l'arrière, ce petit détonateur est déclenché par ondes radio. L'efficacité et la précision de ce type de fusil sont de douze mètres. Ils ont donc pu poser toutes les charges à distance, sans s'approcher. Puis faire exploser simultanément tous les volets avant de partir... Vraiment malin.

Nous l'observions, ne comprenant pas l'admiration qu'il pouvait avoir pour ces terroristes.

C'était pour cela que le sort de statufixion n'avait pas fonctionné. Nos ennemis ne s'étaient pas suffisamment approchés.

Son chef se gratta la gorge devant nos regards courroucés et reprit la parole.

— Il va sans dire que nous allons bien sûr enquêter. Voulez-vous porter plainte ?

— Bien sûr ! répondit Miguel, choqué qu'il puisse en être autrement.

— Très bien, pouvez-vous nous accompagner au poste ?

Miguel nous regarda, se demandant si ce n'était pas un piège.

— Uniquement si vous m'assurez que je sortirai du poste avant 5 h du matin.

— Bien sûr ! affirma le chef. Je vais prendre votre déposition moi-même dès que nous arriverons. Madame peut-elle nous accompagner ? demanda-t-il en se tournant vers moi.

— Pourquoi ? interrogea Miguel.

— C'était la seule à être... éveillée... au moment de l'explosion.

— Uniquement si son garde du corps, ici présent, peut l'accompagner et rester avec elle en permanence ! exigea Miguel en montrant Kanine, qui se redressa d'un air féroce.

— Ah ! Parce qu'elle a un garde du corps ?

— Oui ! Mmoé ! grognèrent Miguel et Kanine en chœur.

Le policier nous regarda, incrédule, mais accepta.

— Alors, allons-y tout de suite.

Miguel se leva et murmura à Aveline qu'elle pouvait l'attendre dans leur chambre ou rentrer chez elle si elle ne se sentait pas en sécurité ici.

— Tu vas repartir à Paris ? demanda Aveline, apeurée.

Miguel acquiesça simplement de la tête.

— Je veux venir avec toi, je n'ai plus rien ici, implora-t-elle.

Son amant acquiesça de nouveau et posa ses lèvres sur les siennes pour sceller leur accord.

J'allais garder Aveline avec moi. J'étais bien égoïste de penser à moi en pareille situation, mais je n'avais plus qu'elle comme descendante maintenant.

À l'hôtel de police, nous fûmes séparés, Miguel et moi.

Kanine resta dans un coin de la pièce où j'étais. Il ne devait pas bouger, ce qui n'était pas un problème pour lui puisqu'il excellait dans son rôle de garde du corps.

Je répondis avec honnêteté à toutes leurs questions. Nous n'avions rien à cacher. Notre activité de restauration était totalement légale. Nous n'abusions pas des humains. Nous employions des gens du pays, comme ils disaient. Et puis, nous faisions marcher l'économie locale. Bref, nous n'avions rien à nous reprocher.

Nous sortîmes du poste trois heures plus tard. Ils savaient que nous quitterions Biarritz rapidement. Et c'était mieux comme ça car ma colère due au meurtre de ma descendance me jouait des tours et je craignais de chercher nos ennemis pour nous venger. J'avais cherché à apaiser mon mental et mes émotions depuis des décennies et là, tout était foutu. C'était la révolution à l'intérieur. J'étais dans une fureur terrible, aveuglée. Mes muscles étaient tendus. Je m'astreignis à respirer pour retrouver mon calme.

Les policiers nous raccompagnèrent.

En regardant l'heure, je pris conscience du fait que Léo allait bientôt arriver.

En effet, un bolide entra en trombe dans notre parking quand les policiers repartirent.

À peine fut-il descendu de voiture, je sautai dans ses bras, contente de le retrouver malgré notre situation dramatique. Léo me caressa les cheveux.

— Ça va aller, maintenant, Isie, je vais te ramener auprès d'Eiirin.

Sa voix apaisante me calmait.

— Quelle musique funeste chante ton sang...

Je sentais toute la tristesse de Léo.

Kanine et Miguel vinrent nous prendre par les épaules. Je me retrouvais au milieu d'eux, dans un cocon. Nous calâmes nos champs électromagnétiques sur une même fréquence. Je sentis la communion de notre clan et la puissance d'Eiirin résonner en nous. Curieuse et agréable sensation qui me revigora et me redonna instantanément le besoin de retourner au nid, retrouver mon maître. Mes folles fourmis s'emballèrent, ruant en moi pour accélérer le mouvement. Nous n'avions que trop attendu.

— Le camion arrive dans l'heure avec les quatre cercueils sécurisés, accompagné de la cavalerie.

Kanine et Miguel hochèrent la tête, pressés d'en finir et de partir. Je jetai un coup d'œil vers le coupé garé à côté de nous. Il fallait bien ramener cet engin à Paris.

— N'y compte même pas, Isie, rigola Léo. Tout est arrangé. J'ai l'ordre de t'assommer s'il le faut pour te mettre dans le cercueil. Sois gentille et obéissante pour une fois !

Je les regardai tous les trois. Évidemment, ils étaient tous contre moi. Je soupirai, je n'aurais pas gain de cause.

— Bravo, Isie, me taquina Léo.

Je le regardai, émerveillée. J'étais tellement contente de retrouver sa bonne humeur.

Nous nous engageâmes vers le restaurant. Amir venait au-devant de nous, accompagné de Pablo.

— Amir, nous allons fermer les Mets Verts... Malheureusement, définitivement, sur ordre de notre

Senseï, expliqua Miguel. Vous conservez votre emploi tous les deux, le temps de clôturer les affaires ici. Je vous laisse faire le nécessaire car je dois aider Aveline à organiser son départ. Elle va venir vivre avec moi à Paris. Léo va prendre le relais pour tout vous expliquer.

Eiirin avait laissé des consignes strictes pour fermer le restaurant, indemniser nos employés qui perdaient leur travail, arrêter les contrats avec nos fournisseurs.

J'appris aussi qu'Aveline aurait un travail au sein du clan Duroy. Sa vie n'était plus ici dorénavant.

C'était une maigre consolation que tout se clôture si rapidement. Évidemment, il restait le deuil à faire de nos disparus. Beaucoup de vampires avaient trouvé finalement leur place ici. Même Natacha, exilée car amoureuse de Léo, avait trouvé un compagnon parmi nos employés. Paix à son âme.

Au moment de partir, quand je vis les quatre cercueils alignés, la tension monta illico presto, me coupant la respiration.

Je mis soudain ma main sur mon thorax. Léo, alerté par ma soudaine symphonie de cymbales, tenta de m'apaiser immédiatement.

— Isie, on respire très bien là-dedans. C'est super sécurisé. Tu ne crains absolument rien.

Je le regardai, en proie à la panique. Kanine nous rejoignit. Il se posta derrière moi. J'aurais dû me méfier. Mais j'étais tellement concentrée sur mon angoisse que mon cerveau n'eut pas le temps de réagir quand mes yeux virent le signe d'assentiment de Léo.

Les mains de mon garde du corps déversèrent une charge de chamallow dans mes muscles et mes veines. Mon corps devenait tellement mou que mes jambes allaient plier. Léo me récupéra dans ses bras et me porta pendant que Kanine gardait bien ses mains en contact avec mes épaules. Mes yeux étaient au spectacle. Mon cerveau était totalement indifférent. Mes oreilles entendirent Aveline arriver et demander, craintive.

— Elle va bien ?

— Royal ! répondit Léo, charmeur.

Une étincelle de ma conscience me rappela que la vengeance était un plat qui se mangeait froid.

Léo m'allongea délicatement.

— Quand je vais raconter à Eiirin que tu t'es soumise sans aucun problème, il va être très fier de toi ! me dit-il.

Son clin d'œil réveilla une autre partie de ma conscience, commençant à faire l'état des lieux et rassemblant les parties en état de fonctionnement.

— Arghh ! Arrête de la taquiner, Léonard ! Elle est en train de reprendre ses moyens ! s'exclama Kanine.

— Ah oui ?! Tu es trop forte, Isie ! s'étonna ce dernier. Sois sage et profite bien du voyage maintenant.

Il passa sa main sur mes yeux et claqua le couvercle.

Une lumière s'alluma.

Je grognai. Ils m'avaient enfermée. Je me sentis d'un coup libérée du pouvoir de Kanine.

— Vous êtes des salopards ! criai-je.

Pour toute réponse, je n'eus que des ricanements. Même Aveline rigolait, la vilaine !

Puis j'entendis la voix de Léo en sourdine.

— Isie, tu peux éteindre la lumière quand tu veux avec le bouton à hauteur de ta main gauche.

J'appuyai avec ma main gauche... Nuit... J'appuyai à nouveau... Jour.

— Okkayyy, grognai-je.

Il n'avait qu'à tendre l'oreille car je ne ferais pas d'effort.

— Bien, Isie. Gentille fille ! se moqua-t-il. Avec ta main droite, tu as un bouton qui allume ton écran pour les caméras. Et une boule qui permet de changer de vue pour pouvoir faire le tour de ta boîte sécurisée, inviolable et ignifugée !

Je jouai avec le bouton et la boule. Face à mes yeux, un écran très haute définition me permettait de voir à cent quatre-vingts degrés. J'avais très peu de recul. C'était très curieux de voir comme ça, ma vue exceptionnelle me permettant de faire la mise au point et discerner les moindres détails tout autour de moi. Je fis le tour des caméras et vis Léo et Kanine vautrés sur mon cercueil pendant que Miguel et Aveline souriaient. Pfff... J'étais le clou du spectacle. En observant plus particulièrement Aveline, je remarquai que son sourire ne montait pas jusqu'aux yeux. La tristesse l'envahissait. Miguel allait devoir soutenir ma descendance pour surmonter la perte définitive d'Emma.

— Okkayyy, grognai-je encore.

— Eiirin t'a choisi un cercueil grand luxe, rigola Léo. Je suis sûr que tu sauras le remercier. Il est plus large que les nôtres.

J'écartai les jambes pour tester. Effectivement, je

pouvais bouger... un peu.

Je grognai simplement.

Eiirin serait très mécontent quand il verrait mes cheveux blancs, mes rides et mon immortalité en péril.

— Une dernière chose, je t'explique comment ouvrir ta porte, mais promets-moi de ne pas ouvrir avant que tu ne sois en sécurité à l'hôtel de Lauzun !

— Mmmouais...

— Promets-le-moi, Isie, sinon je ne te dis rien !

— Pfff... Je promets, Léo !

— Très bien. À hauteur du ventre, tu as un bouton. Tu peux le repérer. Mais n'appuie pas ! Il faut l'actionner assez fort pour qu'il ne soit pas possible de l'ouvrir par inadvertance. OK ?

— Okkaayyy !

— Tu es une gentille fille... Reste là-dedans ! Allons-y, maintenant.

Je profitai des caméras et les regardai. Ils avaient tous repris leur visage sévère après ce petit intermède. Ils s'installèrent pour faire un bon voyage. Les portes se fermèrent et le camion démarra. J'éteignis la lumière et l'écran des caméras.

Soudain, la tristesse m'envahit. Mes mains se posèrent instinctivement sur ma poitrine, tentant de combler ce trou béant. Emma avait définitivement disparu, me laissant ce gouffre à l'intérieur. Cependant, j'étais heureuse de quitter Biarritz. Tous nos pauvres vampires assassinés. Tous ces ennemis que nous laissions sur place.

Direction Paris, le retour au nid. Le sang d'Eiirin allait

bientôt couler dans ma bouche. Mes pauvres fourmis perdues frétillèrent.

6 – Retrouvailles

Je revins à la conscience dans mon cercueil capitonné grande largeur. J'allumai l'écran des caméras.

J'avais été déposée dans mon sanctuaire de méditation, intégré à nos appartements, à Eiirin et moi. Il faisait grand jour. Le soleil inondait mon tombeau. Était-ce ça, le paradis ?

Je fis un petit tour avec mes caméras de contrôle. J'étais seule. J'actionnai le fameux bouton interdit jusqu'ici et le couvercle s'ouvrit en douceur.

Je me redressai, m'étirai et sortis de ma boîte de transport. Ce n'était pas mal, finalement, mais je n'allais pas le leur avouer.

Je fis quelques postures de yoga pour délier mon corps. Heureuse de profiter de mon environnement que je n'avais pas eu le temps de savourer.

Repenser aux causes de mon départ et à la mort définitive d'Emma m'attrista. Cependant, que pouvais-je faire ?

Une sourde colère bouillait en moi. J'allais devoir apprendre à la canaliser.

Une urgente envie d'Eiirin me fit frémir. Je sentais son cœur battre à travers la cloison. Je me précipitai dans notre chambre, sentant le garde derrière notre porte. En arrêt, j'ouvris tous mes sens vampiriques au maximum pour m'imprégner des lieux. Je sentis deux humains devant notre appartement. Le reste de l'hôtel était calme. Le personnel vaquait à ses occupations. Le champ électromagnétique des vampires était au plus bas.

Je constatais que la sécurité avait été renforcée. Je ne savais pas trop si c'était bon signe, finalement.

Me tournant de nouveau vers le lit, je vis mon amant étendu, superbe. Un profond bonheur m'envahit. Galvanisée de le sentir si près, je caressai la peau douce de sa joue.

Et en même temps, une intense tristesse m'envahit.

Avais-je perdu mon immortalité ?

Combien de temps allais-je profiter de sa présence ?

Depuis peu, je prenais conscience de l'amour que je ressentais pour lui, de l'éternité que nous avions eue devant nous, avant que je ne prenne cette terrible décision. Je n'en avais encore fait qu'à ma tête.

Le bonheur et le malheur se mêlaient en moi, me faisant vivre des montagnes russes émotionnelles. Perplexe devant mon mental totalement chaviré, je soupirai. J'avais du travail à faire pour retrouver mon équilibre.

Vivre ici et maintenant. En ce moment, tout allait bien !

Je me déshabillai et me glissai totalement nue sous le drap. Je me collai à lui, peau à peau, me lovai contre lui, épousant parfaitement son corps.

Je le humai. Qu'est-ce qu'il m'avait manqué. Je posai mon oreille contre son cœur et me laissai bercer. Le mien se cala sur celui de mon puissant samouraï. Mes fourmis étaient au comble du bonheur. Attendez qu'il se réveille, leur dis-je mentalement, et vous allez voir.

Bien au creux de mon cocon, je me concentrai sur ma magie. J'allumai les bougies flottantes dans nos vasques d'eau et commandai à notre enceinte connectée de mettre *Sanvean*(1). Ce chant mélodieux m'apaisa. Je restai tranquillement à écouter.

Eiirin commençait à se réveiller. Son champ électromagnétique s'élevait. Il m'enveloppa dans ses bras puissants. Son nez dans mes cheveux, il s'imprégnait de mon odeur. Au bout d'un moment, il ouvrit les yeux et prit du recul, me relevant le menton pour mieux m'observer.

Ce n'était plus un regard contemplatif plein d'amour que j'avais face à moi, mais un examen soucieux, tourmenté. Je sentais la peur en lui, probablement celle de me perdre. Comme je le comprenais : après tout, c'était ce que je vivais moi aussi.

— Te voilà dans un bien triste état ! soupira mon amant.

Je fis la moue devant cette observation perspicace. Je n'étais pas sûre que le sarcasme nous mette dans de bonnes dispositions. Devant mes efforts pour rester sage, il m'attira à lui pour remonter ma bouche jusqu'à son cou. Je ne représentais qu'un poids plume dans ses bras vigoureux.

Mmmm... Je sentais son sang circuler à flots dans ses veines. Mes crocs avides descendirent. Je les plantai avec force dans sa jugulaire avant de me mettre à baver.

Son sang envahit immédiatement ma bouche. Ce nectar divin s'écoulait en moi, faisant pulser mon cœur plus vite. Nos sangs, heureux de se retrouver, se mélangeaient harmonieusement. Je sentais des crépitements dans mes veines. Mes fourmis s'étaient prosternées devant cet élixir de vie.

L'excitation monta entre nous, anéantissant ce moment de tendresse. Eiirin m'allongea sous lui. Nos corps se mélangèrent. Des étoiles plein les yeux, je me laissais aller à ce nirvana qui m'avait tant manqué.

Je me contemplais dans le miroir de la salle de bains. Mes cheveux roux flamboyaient de nouveau de mille feux. Ma peau était enfin lisse au coin de mes yeux bleu glacier pétillants.

Avais-je retrouvé mon immortalité ?

Malheureusement, j'en doutais.

Eiirin m'embrassa l'épaule au passage.

— Allez, au boulot, maintenant ! Tu as assez traîné !

Je le suivis et m'habillai. Je lançai mes fourmis en quête de ses émotions. Il était heureux et comblé. Je fus rassurée.

Nous saluâmes nos gardes en sortant. Pendant que nous allions directement à son bureau, notre Senseï m'expliqua que la sécurité avait été renforcée. Les volets avaient été doublés d'un alliage difficilement destructible. L'île Saint-Louis était sous haute protection. Nous avions même maintenant un bateau de sécurité nous permettant de surveiller l'île depuis la Seine.

À peine avions-nous pénétré dans le bureau d'Eiirin que Léo arriva. Il se planta face à moi, très près, commençant à mettre sa main dans mes cheveux. Fronçant les sourcils, il déclara :

— Isie ! Je te retrouve enfin, égale à toi-même. Ta musique a repris ton empreinte, mais ce n'est pas encore tout à fait la bonne gamme. Tes cheveux sont flamboyants ! Les contours de tes yeux ont retrouvé toute leur jeunesse. J'en suis enchanté.

Cela me faisait plaisir de voir à quel point Léo était rassuré.

— Léonard ! Si tu as fini ton examen, lâche ma compagne et recule-toi, maintenant !

Mon amant commençait à montrer ses crocs, tout en continuant à lire son courrier. Léo me fit un clin d'œil et souligna.

— Tu oublies que j'ai dormi probablement aussi longtemps que toi avec cette vampire !

Oh, quelle canaille, ce Léo.

— Dormi ! Tu as trouvé le mot juste. Et non, elle est à moi depuis plus longtemps maintenant. Bas les pattes !

Nous éclatâmes de rire, Léo et moi. Eiirin finit par en sourire.

— Les Senseïs ne sont plus respectés de nos jours.

Nous riions tous en chœur.

Finalement, nous nous installâmes tous au salon d'Eiirin. La gaieté était terminée, place à l'austérité.

Bien sûr, notre maître dégageait une certaine tristesse. Il devait sentir la perte de ses vampires. En même temps, il en avait vu, des vampires disparaître pour l'éternité. Il ne s'appesantit pas sur l'attentat de Biarritz, affirmant qu'il fallait attendre les conclusions de l'enquête.

Ils me mirent au courant des dernières nouvelles de Paris.

Le projet « Green Blood » était bien parti. Eiirin me confia un dossier à étudier. Il souhaitait que je prenne rapidement mes nouvelles fonctions.

Les Merconi étaient très surveillés. Nous étions étonnés de constater que la plus jeune des filles avait pris la tête de l'entreprise. C'était bien la dernière personne que nous aurions soupçonnée. Il restait à savoir si elle servait de potiche. Et dans ce cas-là, qui tirait les ficelles ? Nous étions à l'affût des moindres détails.

Le restaurant Aux Mets Verts dont les vitrines avaient été explosées allait rouvrir dans quelques semaines.

Nous n'avions plus de nouvelles de nos deux inspecteurs spécialisés dans les affaires liées aux vampires. Pas de nouvelle, bonne nouvelle ? Ou tout était simplement classé. Nous ne pouvions compter que sur nous-mêmes pour garantir nos intérêts.

Barbie gothique continuait de mener la vie dure à Léo. Cette dernière méritait d'être surveillée de près.

Quelqu'un toqua à la porte.

— Miguel et Aveline, annonça Eiirin, alors que la porte était fermée. Je dois m'entretenir avec eux, puis avec Miguel seul.

Nous nous levâmes, Léo et moi. J'en profitai pour prendre mon dossier « Green Blood ».

Nous nous saluâmes tous et j'indiquai à Aveline que je

serais dans le bureau de Léo. N'ayant pas pris la peine de demander à ce dernier la permission de le suivre, je lui lançai un regard interrogateur. Il acquiesça.

Nous croisâmes quelques vampires qui me saluèrent avec plus de déférence qu'avant. Que se passait-il ?

— J'ai raté un épisode ? demandai-je à Léo.

— Comment ça ?

— Les vampires Duroy me montraient un certain respect avant, mais là, c'est autre chose !

— Ah oui ! Isie, tu es la vampire qui peut boire les sorcières ! Te rends-tu compte ?

Je me sentis soudain triste. Cette vampirisation avait été très difficile, affreuse même. Quand j'y repensais, l'amertume me revenait dans la bouche. La tristesse et la colère m'envahissaient. Oui, j'avais réussi à la transformer. Cependant, on m'avait enlevé ma progéniture.

Léo, se rendant compte de mon émoi, me poussa dans son bureau et ferma la porte.

— Où est passée l'Isie sereine, contrôlant son mental et ses émotions ? Tu ne médites plus ?

Je soupirai, m'avachissant dans mon fauteuil préféré. Léo s'installa à côté de moi.

— Ma vie a été chamboulée. Ma décision de vampiriser Emma a été lourde de conséquences. Je crains d'avoir perdu mon immortalité. Et puis, la haine de ces humains, là-bas, est difficile à accepter.

Léo souffla.

— Tu dois reprendre le contrôle de ta vie et tes rituels. Ça n'est peut-être que passager pour ton immortalité. De toute façon, il faut avancer, Isie !

Je ricanai, interdite devant la réaction de Léo.

— Depuis quand es-tu devenu si sage ?

— Depuis que j'ai fait une grosse bêtise, répondit-il, honteux. Et je ne suis pas au bout de mes peines avec ma progéniture, crois-moi !

Je réfléchis à ses propos. Il était vrai que Mathilde n'avait pas vraiment décidé de se mettre à travailler, même si elle avait choisi un emploi à la Païva. Elle aimait la fête et les excès. Elle était dans son élément, là-bas.

Léo n'avait sans doute pas tort. Il interrompit mes réflexions, avec un grand sourire.

— Isie, le projet « Green Blood » est très intéressant. Étudie rapidement tout ça. Eiirin compte beaucoup sur toi pour trouver une formule magique nous permettant de conserver le sang plus longtemps.

— Une formule magique ?! Vous y allez un peu fort ! Je n'ai pas de baguette !

Inquiète, quant à la tâche qui m'attendait, j'étais curieuse d'ouvrir ce dossier.

Léo se pencha vers moi, pour déposer un baiser sur ma joue. Je relevai la tête, surprise.

— Je suis tellement heureux que tu sois revenue, Isie. Ton espièglerie me manquait, rigola-t-il. Évidemment, les circonstances de ton retour sont bien tristes.

Je le pris dans mes bras.

— Moi aussi, je suis heureuse d'être là.

Puis je lui tapotai le dos.

— Allez, au boulot, Léo ! Notre Senseï ne nous paie pas à ne rien faire !

— Comme tu y vas ! Ce n'est pas parce que tu as du sang de maître dans les veines que tu dois me donner des ordres.

Il contourna son bureau pour s'y installer et me fit un clin d'œil avec son grand sourire. Cela me faisait chaud au cœur de le retrouver, lui aussi.

Allez, il avait raison, je devais avancer et laisser Biarritz derrière moi.

J'ouvris mon dossier.

Nous avions déjà une centaine de donneurs. Plus d'hommes que de femmes et quelques couples. Nous privilégiions les donneurs masculins car ils pouvaient donner du sang tous les deux mois. Les femmes devaient espacer un peu plus les dons. Nous prenions presque un demi-litre à chaque fois, suivant le poids du donneur. Même si cela nous coûtait cher en alimentation, cela nous permettait de nous faire une bonne publicité et d'encourager une autre consommation, davantage raisonnée et plus écologique. Nous nous incluions totalement dans les mouvements qui s'étaient créés en France. Le laboratoire d'analyses L-Vie s'était associé avec le clan Duroy, il y avait déjà plusieurs années. En plus de faire des analyses sanguines, c'était un des labos qui avaient accepté les vampires « Experts », ceux qui étaient redoutables en bilans sanguins. Donc, tout naturellement, ils avaient accepté que nous louions une de leurs salles à des créneaux bien particuliers, de jour comme de nuit, afin que les humains puissent venir aisément.

La problématique restait la durée de vie du sang :

quarante-deux jours grand maximum, selon l'additif choisi. Mmmm... C'était donc là que j'intervenais.

Je réfléchis... Si je trouvais une solution, elle me servirait peut-être à moi aussi. Et si je trouvais le moyen d'enrayer mon problème d'immortalité ?

Je sursautai quand quelqu'un frappa à la porte. La voix virile de Léo invita à entrer. C'était Aveline. Je sautai du fauteuil pour la prendre dans mes bras, rassurée qu'elle nous ait suivis.

Elle m'écarta d'elle pour m'observer et fit un sourire radieux à la vue des cheveux blancs et des rides envolés.

Je me tournai vers Léo.

— La ressemblance est saisissante, affirma-t-il en nous observant.

Il était vrai que la veille, il y avait eu bien trop d'agitation pour qu'il nous observe de plus près.

Je souris tristement, pensant encore une fois à Emma. S'il l'avait vue. Elle était belle, ma lignée.

— Nous te laissons, Léo. J'ai plein de choses à voir avec Aveline.

J'emportai le dossier et pris Aveline par l'autre main.

— La porte, Isie ! entendis-je derrière nous.

Pfff... Il n'était pas capable de la fermer, sa porte ? Aveline me tira en arrière, lui fit un petit sourire d'excuse et ferma sa porte.

— Ah ! Il y en a au moins une des deux qui est sage !

On entendait ricaner Léo dans son bureau.

— Il a une drôle de façon de te considérer, Ismérie !

— Ne t'inquiète pas, il m'adore, c'est un coquin... Et puis, je ne suis pas un ange, ici, tu sais... Je ne me suis pas toujours bien comportée.

Je tirai Aveline pour qu'elle accélère le pas.

Les vampires qui nous croisaient me faisaient un petit signe de tête en guise de respect mais regardaient la sorcière que je tenais par la main de manière beaucoup plus douteuse. Je tentais de leur répondre par un sourire rassurant. Je n'étais pas sûre de bien réussir.

Enfin arrivée dans nos appartements, je présentai Aveline à nos deux gardes et nous entrâmes dans ma salle de méditation, qui jouxtait le reste de nos appartements.

Aveline était ébahie devant toutes ces splendeurs et la paix qu'il régnait dans ce lieu.

Je l'encourageai à aller jusqu'à ma pièce de travail. Nous nous installâmes au sol sur des coussins énormes.

Je commençai par lui demander comment elle allait et la sondai. Sa peine faisait écho à la mienne. Aveline avait commencé le deuil de sa fille à sa vampirisation. Car elle l'avait perdue à ce moment-là. Évidemment, la mort définitive d'Emma résonnait en elle sous forme de colère et d'injustice. Malgré tout, son émoi était moins virulent que le mien. Ma belle sorcière blanche semblait mieux s'en sortir que moi. Elle ne semblait pas animée par la vengeance. Nous échangeâmes des paroles de soutien.

Puis, j'ouvris devant elle le dossier « Green Blood » et lui parlai du challenge qui nous attendait : augmenter la durée de vie du sang.

Nous débattîmes des différentes possibilités et du matériel qu'il nous fallait.

Enfin d'accord sur une stratégie, nous redescendîmes

voir si Eiirin était disponible.

Ce dernier nous invita à entrer. Il était déjà debout pour nous accueillir.

Excitée, je commençai à parler de nos idées. Je m'interrompis d'un seul coup, voyant qu'il n'écoutait plus. Ses yeux étaient fixés sur mes cheveux.

— Quoi ? demandai-je.

Il prit une mèche entre ses doigts pour les examiner de plus près. Aveline poussa un gémissement en observant elle aussi.

— Tes cheveux redeviennent blancs, répondit tristement Eiirin.

Il passa ses doigts avec douceur sur le pourtour de mes yeux.

— Tes rides reviennent.

Il soupira. La tristesse de mon amant résonna en moi. Je sentais sa crainte de me perdre augmenter.

— Je vais vous aider à trouver une solution, Eiirin. Tout ça, c'est de ma faute. Je n'aurais jamais dû exiger un tel sacrifice d'Ismérie.

Eiirin nous regarda tour à tour.

— Elle a choisi toute seule, Aveline. Comme d'habitude, hélas.

Je me sentais d'un coup désespérée.

— Eiirin, Ismérie n'est plus humaine, c'est certain. Je le sentirais dans le cas contraire. Mes instincts de sorcière me disent qu'elle est toujours vampire. Quelle est votre durée de vie exactement ?

Eiirin réfléchit. Pour ma part, je n'en avais aucune idée. Mon amant finit par avouer.

— Je ne connais aucun vampire mort de vieillesse. J'en ai vu beaucoup mourir, ou même se donner la mort. Je connais des vampires millénaires. Il paraît que certains ont plus de quatre mille ans. Mais ils sont très peu nombreux. Est-ce une légende ? Je ne saurais le dire.

Cette fin de nuit là, je repris mon élixir de jouvence. Il me permettrait de totalement me régénérer. Finalement, le sang humain n'était pas assez puissant. Il n'avait pas les mêmes vertus que celui de mon Senseï.

Les trois nuits suivantes, je me réveillai rousse, mais m'endormis avec mes mèches blanches. Maudite immortalité.

Mon incapacité à nourrir mon amant me rendait morose, m'handicapant pour rester sereine.

Pour des raisons de sécurité, Eiirin ne souhaita pas qu'Aveline vienne travailler dans nos appartements. Personne d'autre que mon amant ou moi ne devait pouvoir y entrer. Aucune exception ne serait faite. Tous les gardes furent alertés sur la question. Son manque de confiance me blessa plus que je ne l'aurais imaginé. Pourtant, il avait raison. J'avais dérogé à tellement de règles.

Par contre, il condamna un petit salon de l'hôtel, qui deviendrait notre atelier de sorcellerie.

Nous avions installé tout ce qu'Aveline avait rapporté et réceptionné notre matériel commandé. Nous étions fin prêtes.

Notre atelier n'avait plus rien de baroque. Les murs

avaient été repeints en blanc pour refléter un maximum de lumière.

Nous avions un petit balcon intérieur accessible par une échelle escamotable. Aveline y avait entreposé ses poupées vaudoues d'argile qui servaient à soigner ses clients contre les maladies chroniques.

Quelques étagères nous avaient permis de poser des bocaux de plantes, pierres, amulettes, symboles en tout genre nous permettant de nous connecter plus facilement à la magie. Une délicieuse odeur d'herbes médicinales planait dans l'air. C'était bien agréable de revenir à mon passé de sorcière.

Les murs portaient nos herbiers, calendrier lunaire, runes...

Une paillasse de laboratoire, avec évier, allait nous permettre de travailler sur le sang. Et puis, dans un coin, notre table de soin complétait tout ce dont nous avions besoin.

Notre pièce était hautement sécurisée. Un contrôle d'accès rétinien laissait entrer Aveline, Eiirin, Léo, Miguel, Kanine et moi. Nous pouvions arriver les mains pleines et notre œil ouvrait la porte. C'était magique. L'unique fenêtre bénéficiait d'un volet qui se fermait automatiquement et soudainement au moindre mouvement extérieur. Ce dispositif nécessitait encore quelques réglages car le moindre pigeon se posant sur le rebord de notre fenêtre nous précipitait dans le noir. Le volet tombait comme un couperet. Quelques volatiles y avaient laissé des ailes. Heureusement, maintenant, la pièce s'allumait instantanément dans ces cas-là.

Sacha, notre futur médecin, avait accepté de nous aider dans notre entreprise en faisant les prises de sang. Les humains de l'hôtel de Lauzun étaient bénévoles pour nos expériences, Maxence en tête. Il vint pour son premier don. Aveline et moi n'avions pas voulu nous improviser infirmières. Chacun son métier. Et puis, les seules prises de sang que je savais faire, c'était avec mes crocs. Si je buvais au fur et à mesure, nous n'arriverions jamais à rien.

Pendant ces trois jours de travail, nous avions lu un tas de recherches scientifiques sur l'hémoglobine humaine. Fort occupée, je ruminais moins. Nous étions deux sorcières qui n'avions jamais eu à travailler directement sur le sang. Quand nous cherchions à guérir une personne ou un animal, nous nous laissions simplement guider par notre magie et les maladies. Pas besoin de réfléchir, nous agissions là où notre instinct nous guidait.

Or, il y avait une sacrée problématique avec le sang. Il perdait de sa qualité dès le prélèvement. Au bout de quarante-deux jours, nous pouvions le jeter.

À force d'études, nous avions eu une idée géniale : jouer avec les mitochondries. Ces petites structures étaient à l'intérieur des cellules et représentaient, entre autres, une réserve d'oxygène. Le sang était composé de quarante-cinq pour cent de cellules. Si nous arrivions à lui donner de l'oxygène il vivrait plus longtemps et cela nous permettrait de mieux gérer notre stock de « Green Blood ». En plus, si nous arrivions à nous passer d'additif, nous serions complètement dans les idéologies du clan Duroy.

Il ne nous restait plus qu'à transformer ces mitochondries en une réserve d'oxygène, la plus grosse et la plus stable possible, pour que le sang respire.

Nous avions été surprises de constater, Aveline et moi, que pendant que Sacha faisait son internat en médecine, David, notre médecin attitré, s'était lancé dans un master pour devenir hématologue. Nous aurions un spécialiste du sang. Ça tombait à pic. Du coup, Sacha et David pourraient contrôler nos travaux. Ils avaient proposé d'étudier mon sang, ceux de notre Senseï et de Léo, pour tenter de trouver ce qui clochait dans le mien depuis que mes cheveux blanchissaient et que des rides envahissaient le coin de mes yeux.

Cette problématique donnait beaucoup de tourments à mon amant. Chaque fin de nuit, il me donnait bien trop de sang. Je vivais de plus en plus mal le fait qu'il ne puisse plus me boire. Même si j'avais retrouvé mon empreinte musicale, comme disait Léo, Eiirin évaluait ma comestibilité toutes les nuits, en vain. Je savais qu'il buvait maintenant quotidiennement Etsuko, sa geisha. Je la sentais dans le sang de mon amant, m'attardant parfois trop à le renifler. Mon besoin de possession me poussait à l'envie de grogner pour marquer ma propriété. Je devais maintenant mettre au diapason mes instincts bestiaux et mes fourmis furax. Tout cela ne faisait qu'alimenter ma frustration. Piètre maîtresse vampire que je faisais. J'entretenais une colère sourde contre moi. Néanmoins, je n'en voulais ni à Eiirin, ni à Etsuko d'ailleurs. C'était bien grâce à elle que mon amant pouvait me donner tout ce sang.

C'était une chance qu'Aveline ait besoin de plus de sommeil que moi. J'avais repris de plus belle mes rituels afin de ne pas sauter à la gorge d'Etsuko quand ma mortalité nouvelle me titillait de trop.

Pour l'heure, j'observais tous nos échantillons de sang étiquetés. Eiirin, Léo, moi pour les vampires. Je me qualifiais encore de bête à crocs car mon organisme rejetait toute alimentation excepté le sang. J'avais encore le comportement de mes congénères. Les sangs de Maxence, ainsi que de onze autres humains de l'hôtel de Lauzun, reposaient, eux aussi, dans des éprouvettes. Tous les prélèvements avaient été doublés. Je rangeai la moitié des échantillons dans un des petits réfrigérateurs. Ils serviraient de témoin. Ces derniers ne connaîtraient pas de magie.

Aveline me rejoignit, ouvrant la fenêtre au passage. Il était temps d'unir nos magies pour commencer notre expérience. Nous allions jouer avec l'élément air pour charger nos mitochondries à bloc. Nous avions mis plusieurs pots d'aloe vera pour libérer un maximum d'oxygène dans la pièce.

— Prête ? demandai-je à Aveline.

— Oui !

Nous nous connectâmes chacune de notre côté à notre magie. Ma petite tête d'épingle blanche, scintillante, était redevenue de la taille d'une bille. J'en étais soulagée. Elle était plus facile à trouver. J'invoquai l'énergie du cosmos pour la faire grossir en moi et m'envahir. Une fois que je la sentis briller dans toute ma personne, je tendis ma main vers Aveline. Elle était déjà là à m'attendre.

Magie blanche et magie verte se mêlaient en volutes étincelantes d'un jade très clair. Nous ne formions plus qu'une.

Une première pression de nos mains jointes et nous évoquâmes la rune de l'air. Ce symbole triangulaire apparut dans mon mental très clairement.

Deuxième pression, nous appelâmes la tri-unité des forces créatrices du monde. Nous la superposâmes sur la rune de l'air.

Le carillon que nous avions accroché devant la fenêtre tinta gaiement et de manière mélodieuse. La gaieté m'envahit devant ce résultat et le marmonnement d'Aveline me ramena à plus de concentration. Qu'est-ce qu'elle était sérieuse ! Bon, elle avait raison, je devais me reprendre.

Troisième pression, nous rajoutâmes le cycle de vie universel.

Je voyais ces trois symboles très clairement, imbriqués les uns dans les autres, chacun de couleur différente. J'entendis le carillon poursuivre sa douce mélodie harmonieuse. Nous étions prêtes pour l'incantation.

Quatrième pression, nous ramenâmes nos mains libres de chaque côté des éprouvettes de sang fraîchement prélevé devant nous, formant comme un cocon de protection. Nous recherchions les mitochondries dans les cellules de sang. Mes yeux fermés commençaient à les visualiser. Elles apparaissaient comme de petites centrales, des provisions d'oxygène. Nous allions les gonfler à bloc, leur donner encore plus de vie.

Nous commençâmes à psalmodier en une communion parfaite.

— J'invoque l'Énergie de l'Air…

— J'invoque l'Énergie des Anciens…

— Puissiez-vous renforcer notre magie…

Tout brillait derrière mes yeux... J'étais éblouie de cette magnificence.

— J'invoque la Puissance du Cosmos…

— Puissiez-vous purifier ces cellules de vie…

— J'invoque toutes les Énergies créatrices…

— Puissiez-vous remplir ces cellules de l'Énergie de l'Air, de la Vie…

— Puissiez-vous remplir ces cellules d'Amour de la Vie.

— Puissiez-vous me permettre d'atteindre mon but…

Nous bouclâmes sur cette litanie jusqu'à voir chaque mitochondrie suffisamment remplie d'oxygène, de vie. Elles s'allumaient au fur et à mesure, les unes après les autres.

Une fois qu'elles furent toutes illuminées, nous terminâmes notre incantation en nous connectant à toute la gratitude que nous pouvions puiser en nous et dans l'univers.

— Je te remercie avec respect et gratitude, ô Énergie de l'Air…

— Je te remercie avec respect et gratitude, ô Énergie des Anciens…

— Je te remercie avec respect et gratitude, ô Puissance

du Cosmos…

— Je vous remercie avec respect et gratitude, ô Énergies créatrices…

— Que cet instant de privilège retourne à l'énergie du Cosmos…

— Que je sois meilleure, ici comme ailleurs, humble servante…

Nous baissâmes la tête, toujours en communion. Le carillon s'apaisa, nous ramenant au silence. Un bonheur intense monta en moi. Je sentais Aveline dans le même état.

Ma descendante me pressa la main une dernière fois en signe de fin de sortilège.

Nous nous observâmes, totalement exaltées, un grand sourire bienheureux aux lèvres, les yeux scintillants, remplies d'harmonie d'une mission accomplie.

(1) Chanson de Dead Can Dance.

7 – Scandale

Assise dans l'entrée de l'hôtel de Lauzun, j'attendais Kanine et Paul, mon garde du corps humain. Ces derniers m'accompagnaient pour prendre mes nouvelles fonctions au labo L-Vie. Mais enfin, que faisaient-ils ? Ils ne m'avaient jamais fait attendre. J'étais impatiente de quitter les lieux, il y régnait une drôle d'ambiance. Le champ électromagnétique des vampires était plus fort que d'habitude, me titillant à m'en rendre les cheveux électriques. Comme Méduse, l'une des trois Gorgones de la mythologie grecque, j'avais la sensation d'avoir des serpents plein la tête. Je pris mon casque audio et mon smartphone, commençant à rechercher dans mes playlists. *Dangerous Woman*(1) attira toute mon attention, résonnant avec mes méfaits impulsifs et mes faiblesses. Bon, nous devions nous accepter tels que nous étions. Et puis, j'avais l'éternité pour m'améliorer, enfin... j'espérais encore l'avoir.

Renfermée dans ma bulle, je sentis une pression sur mon épaule. Je découvris Maxence. Heureuse de le voir, je lui fis de la place à côté de moi sur le petit canapé rococo.

— Comment vas-tu, Isie ?

— Pas si mal que ça ! J'attends ceux qui sont censés

garder mon corps et le transporter chez L-Vie.

— Ils sont retenus chez notre Senseï, répondit-il en souriant.

— Mais que se passe-t-il, Maxence ? Les vampires semblent en ébullition !

— Ils vivent avec deux sorcières, c'est beaucoup demander pour une espèce qui peut mourir au contact de leur sang.

— Deux ?

— Apparemment, ton sang est similaire à celui d'Aveline pour eux, maintenant. Vous êtes deux à les stresser ! Comme tu es la compagne d'Eiirin, tu poses moins de problèmes, Isie. Mais Aveline...

J'étais heureuse qu'il ne m'ait pas qualifiée de maîtresse ; même si je restais une handicapée de l'engagement, compagne me convenait mieux.

— Mais Aveline est ma descendance, ils ne craignent rien.

— Oui, mais ils ne la connaissent pas. À part Miguel et Adrien qui adorent les sorcières, les autres s'en tenaient loin jusqu'ici.

— Enfin, nous n'allons pas faire une hémorragie d'un seul coup et nous répandre partout sur leur langue.

— Ils sont choqués par ce qu'il s'est passé à Biarritz. Ils essaient de protéger leur immortalité.

— Aveline va nous aider. Elle va être une alliée précieuse pour le clan Duroy.

— Je n'ai aucun doute là-dessus.

Il détourna la tête vers le couloir et ajouta :

— Ah ! Voilà ceux qui gardent ton corps !

Je rigolai que Maxence reprenne mes mots.

— Alors, les gars, vous êtes enfin prêts ! Il vous en a fallu, du temps, pour vous préparer. Vous êtes sûrs d'avoir choisi la bonne toilette ? pouffai-je.

Ils avaient tout à fait la tenue et la tête de l'emploi. Redoutables.

Ils m'examinèrent de toute leur hauteur, moi, petite chose insignifiante pour ces mastodontes. Paul, ne me connaissant pas encore suffisamment, me regardait, choqué.

Par contre, Kanine ne se gêna pas pour m'empoigner par le bras et me fit avancer à côté de lui, mes pieds touchant à peine le sol.

— Tais-toi et viens, marmonna-t-il.

J'avais de la chance, car il aurait aussi bien pu me traîner par les cheveux derrière lui sans que je puisse faire grand-chose.

Nous montâmes en voiture pendant qu'une flopée de gardes armés surveillait les extérieurs. Quand Eiirin m'avait expliqué que la sécurité avait été renforcée, il ne plaisantait pas.

Nous n'avions pas beaucoup à parcourir pour arriver au labo. Il n'était qu'à trois rues. Cependant, devant la réaction d'Eiirin face à ma proposition d'y aller à pied, je n'avais pas insisté. Tout dans son attitude ou ses expressions me reprochait la demi-perte de mon immortalité. J'étais toujours vampire, mais apparemment davantage sorcière qu'avant. Nous ne savions pas combien de temps durerait mon éternité mal en point. Après ces quelques nuits à me gaver du sang d'Eiirin, je continuais à me coucher avec les cheveux blancs. Mes amis les plus proches me regardaient tristement… Les autres, comme une curiosité.

J'attendis le feu vert de Kanine pour descendre de voiture et m'engouffrer dans le labo. Ici aussi, deux gardes contrôlaient les entrées.

Je découvris mon nouveau lieu de travail. C'était assez luxueux. Une salle d'attente confortable permettait de patienter tranquillement.

Le directeur de L-Vie, Antoine, m'accueillit courtoisement. Il faisait lui-même partie de nos donneurs. Une rapide évaluation m'indiqua que son sang était sain.

Mon rôle dans un premier temps était d'évaluer les donneurs avant le prélèvement. Je n'avais pas le droit de les goûter… Mmmm… Dommage. Je me réconfortai en me disant que tout ce sang allait parfaitement nourrir Eiirin et que je pourrais ainsi continuer de m'enivrer de son nectar. Je me secouai pour arrêter mes divagations sanguines. Mes crocs étaient prêts à percer Antoine et mon petit doigt me disait qu'il ne serait pas contre. Kanine grogna, me ramenant à l'instant présent. Je levai les yeux au ciel. Bah, je n'étais qu'une vampire, après tout.

Je restai un moment au labo. J'avais fait une pré-évaluation du sang de nos donneurs. Ils paraissaient tous parfaitement sains. Deux infirmières travaillaient pour notre compte et s'occupaient des prélèvements à tour de rôle. J'avais étudié notre matériel, les réfrigérateurs pour nos poches, tous les protocoles mis en place. J'avais noté tout ce que nous pouvions améliorer pour la conservation et où insérer la magie de ma lignée. Voyant que tout était en place, je pouvais rentrer.

Paul et Kanine m'avaient suivie comme mon ombre tout ce temps. Nous repartîmes sans accrocs.

Je passai par le bureau d'Eiirin pour lui faire un état des lieux et une petite ponction. Sentant mon excitation, il me mit immédiatement à la porte de son bureau sans rien écouter de ce que j'avais à lui apprendre. Il avait du travail, disait-il. Maudit Senseï. Mes fourmis me rappelaient que nous n'allions pas dans le bon sens.

Je traînai mes pieds lamentablement jusqu'au bureau de Léo. Je tentais de me réconforter en me disant que si mon amant n'avait pas voulu me voir, c'était que j'étais irrésistible. Certes, c'était une piètre consolation, mais je n'avais pas autre chose en stock.

D'un seul coup, une énorme tension nerveuse me balaya. J'avançai prudemment. Cette sensation désagréable venait du bureau de Léo. J'ouvris tous mes sens pour évaluer la situation.

Il était avec Mathilde. Mais ils n'étaient pas sur la même longueur d'onde tous les deux. Je m'approchai de la porte car ce qui s'y passait était malsain et je sentais la terreur de Léo. Que lui faisait-elle pour qu'il ait peur à ce point ?

— Je veux que l'on parte tous les deux ! exigeait Mathilde.

— Impossible, répondait Léo.

— Rappelle-toi comme c'était bon, nous deux.

Mes narines sentaient les fragrances d'excitation de Barbie gothique. J'imaginais bien qu'elle avait sorti l'artillerie lourde.

— Tout ça n'est plus, Mathilde. Nous ne pourrons jamais revivre ces moments. Tu as changé.

— Changé ?! se fâcha-t-elle, mais tu m'as faite vampire pour me garder. Regarde de quoi tu as l'air maintenant... À la botte de ce Senseï de pacotille qui ne se comporte même pas en vampire digne de ce nom.

Un choc résonna sur le mur.

— Oh oui ! Prends-moi, ronronna-t-elle. Je suis prête, déjà nue. Je me donnerai à toi, comme tu voudras, quand tu voudras. Tu me manques, Léo.

Léo grogna. Je ne savais pas si je devais rester ou intervenir. Après tout, Léo était grand. Il était puni, certes, mais cette épreuve constituait un choix pour lui.

Un autre bruit.

Je décidai d'arrêter de les espionner et commençais à faire demi-tour quand un « non » dans un sanglot étouffé attisa ma colère. C'était Léo.

J'entrai dans le bureau en trombe et découvris Mathilde à califourchon sur Léo en train de défaire son pantalon. Léo avait les yeux dans le vague et des larmes coulaient sur ses joues.

Je levai la main et d'un geste j'éjectai Mathilde à l'autre bout du bureau. Ma colère amplifiait mes dons de sorcière. Qu'elle ose abuser de son géniteur me mettait dans une rage folle. Elle avait beau être magnifique, elle était dans une position pour le moins inélégante.

— Il t'a dit NON ! lui criai-je.

Léo revint à lui, secouant la tête, se rhabillant dès qu'il se rendit compte que son pantalon était ouvert.

— Rhabille-toi, ordonnai-je à Mathilde.

Elle m'observait, craintive, mais ne se fit pas prier et ramassa ses affaires. Elle les remit en tremblant, mais pas assez vite à mon goût. Je lui insufflai des ordres mentaux pour s'activer, la gardant sous mon emprise de vampire. Une fois qu'elle fut habillée, je lui ordonnai mentalement de se mettre à genoux et je m'approchai telle une prédatrice de sa proie. Elle était à ma merci. J'étais en pleine possession de mes pouvoirs et maître Yoda n'avait rien à m'apprendre, hormis ce détachement qui me manquait encore cruellement.

— Regarde-moi, Mathilde !

Elle leva ses magnifiques yeux bleus. Je plantai mon regard glacial dans le sien. Je me connectai à ma magie de sorcière pour influencer leur relation. Je concentrai ma puissance dans ma main et la posai sur sa tête avant de lancer mon sortilège.

— Tu resteras loin de Léo, maintenant. Tu ne pourras plus le toucher. Dès que tu t'approcheras trop près, des démangeaisons insupportables apparaîtront sur tout ton corps, t'obligeant à t'éloigner de lui.

Je lançai une dernière décharge magique pour sceller le sortilège. Je la voyais emplie de ma magie blanche, évaluant que tout était bien en place. Puis, j'enlevai ma main.

— Je te conseille de trouver ta voie rapidement, avant qu'il ne t'arrive de sérieux ennuis et que tu ne sois bannie ! Sors d'ici, Mathilde, et file !

Elle ne demanda pas son reste et partit, chancelante, les yeux pleins de haine. Elle pouvait me détester. Elle resterait sous mon emprise.

Je me tournai vers Léo, interrogative. Il m'observait tristement, penaud.

— Eh bien, alors ! Comment a-t-elle pu te charmer comme ça, Léo ?

Il haussa les épaules.

— Elle fait tout pour me faire perdre mes moyens. Le pire, c'est que je n'ai jamais pensé qu'elle utiliserait la manipulation contre moi. En bon prince, je ne l'avais jamais charmée, par respect, tentant de la convaincre d'être raisonnable.

— Mmmm... On voit où ça t'a mené ! Elle t'a pris par surprise ?

— Oui, mais elle est puissante, Isie. Bien plus que je ne l'aurais imaginé. Je crois qu'elle est une menace pour le clan Duroy. Son côté coquin que j'aimais tant s'est transformé en malsain. Elle a eu des paroles qui m'amènent beaucoup de questions. Je dois aller voir Senseï.

— Veux-tu que je t'accompagne, Léo ?

— Jusqu'à sa porte si tu veux, Isie, mais pas plus loin, me répondit-il avec un faible sourire.

Je me faisais jeter pour la deuxième fois cette nuit.

Je partis dans nos appartements me ressourcer et m'entraîner à plus de détachement. Après mes rituels, j'allai dans ma future salle de travail et m'assis. Je réfléchissais à ce qu'allait devenir cette pièce. Comment allais-je l'utiliser ? Mon téléphone sonna et je fus surprise de voir Eiirin apparaître sur mon écran. Je décrochai.

— Viens dans mon bureau, s'il te plaît, Ismérie.

— Que se passe-t-il ?

— Viens immédiatement !

Et il raccrocha. Okkaayyy, allons-y, alors.

Nous étions en fin de nuit, les vampires allaient bientôt s'endormir. Je sentais d'ailleurs la fatigue m'envahir.

Léo et Eiirin m'attendaient face à l'écran de télévision sur une chaîne d'information. Une vidéo tournait, dévoilant une jeune femme très mince en train de se faire vider de son sang au labo L-Vie avec l'un de nos vampires et une des infirmières. Trois poches d'un demi-litre se remplissaient autour d'elle. Elle était perfusée aux deux bras et à l'aine. Elle semblait mal en point. Ses yeux étaient creux, ses traits tirés. Elle paraissait shootée. Le docteur des urgences qui l'avait prise en charge expliquait qu'il avait fallu lui redonner du sang car vu son poids, sa vie était menacée.

Je la reconnus. Elle attendait dans la salle d'attente du labo quand j'étais partie. Elle était en bonne santé et parfaitement saine à ce moment-là.

J'étais choquée par les images et les phrases qui défilaient en bas de l'écran. Évidemment, les journalistes tiraient à boulets rouges sur le clan Duroy et le projet « Green Blood ».

Les mines soucieuses de Léo et Eiirin m'accablaient. Ma tête semblait serrée dans un étau. Je devais me reposer.

Je me réveillai dans les bras d'Eiirin. Nous étions dans notre appartement. Je regardai l'heure : il était bien plus tard que d'habitude. Signe que j'avais besoin de me régénérer davantage. Je me levai tranquillement, sondant mon corps. J'étais en pleine forme.

Un coup d'œil dans le miroir me rappela que mon immortalité se carapatait toujours. Pfff... Mes cheveux blancs étaient là, à me narguer. Je n'avais pas bu Eiirin. Cela signifiait que je devais le boire tous les jours. Sacrée contrainte tout de même puisque mon métabolisme m'assurait normalement de pouvoir rester plusieurs semaines sans boire. Évidemment, je me dessécherais lentement. Pourtant, j'avais découvert que nous pouvions survivre une année sans sang, même si nous devenions l'ombre de nous-mêmes.

Je me détournai du miroir des lamentations et m'exhortai au calme.

Je passai dans ma salle pour accomplir mes rituels. Je n'étais pas pressée de retourner affronter la réalité de nos soucis.

Une fois sereine, j'allai dans le bureau d'Eiirin. Je commençai par allumer les chaînes TV d'information. Nous apparaissions en boucle. Les journaux posés sur le bureau d'Eiirin attirèrent mon attention. Je coupai le son.

Les vampires faisaient la une de tous les journaux.

Des arrêts sur image de la vidéo envoyée aux chaînes pour nous dénoncer constituaient l'ensemble des photos.

J'ignorai les titres racoleurs parlant de videurs de sang, sangsues ou autres saigneurs... Finalement, ils manquaient d'originalité.

Je regardai de plus près, concentrée sur les images pour tenter de comprendre. Leurs yeux étaient troubles. Aussi bien ceux de la jeune femme que de l'infirmière ou du vampire Duroy. À la rigueur, ce n'était pas étonnant pour la jeune femme, car elle avait perdu beaucoup de sang. Mais pour l'infirmière et notre vampire, c'était très surprenant. Était-ce dû à la qualité de la photo sur le papier journal ?

J'allumai une tablette posée sur la table basse. Je regardai la vidéo nous incriminant avec beaucoup d'attention, en faisant régulièrement des arrêts sur image. Pfff... L'écran était trop petit. Je n'étais pas sûre.

Alors, j'allumai l'ordinateur d'Eiirin. Il m'avait créé un compte, rien que pour moi. Certes, j'étais pistonnée. J'allai sur un navigateur et relançai la vidéo. Voilà ! C'était là. Arrêt sur image. Ce vampire était totalement possédé. Il devait être sous l'emprise d'un de nos congénères.

Qui oserait faire ça ?

Un vampire du clan Duroy ?

Nous devions interroger tous ceux qui étaient présents dans la salle de prélèvement. Ce serait probablement difficile pour la victime car elle risquait de refuser.

La porte du bureau s'ouvrit sur Eiirin, suivi de Léo. Je me levai pour accueillir mon amant. Ce dernier souleva mon menton pour examiner mes cheveux et mes yeux. Les siens étaient sombres, magnifiques, mais tourmentés. Mes fourmis me confirmaient toute l'inquiétude qu'il pouvait ressentir.

— Tu as besoin de boire, murmura-t-il.

— Non, ça va aller. Nous avons plus urgent à faire.

— Ismérie, sois raisonnable.

Léo commençait à faire demi-tour.

— Reste, Léo, demandai-je, je boirai plus tard. Je ne vais pas dépérir, Eiirin, je suis toujours vampire.

— Vraisemblablement, tu l'es moins.

— Je ne l'ai jamais totalement été. Allez, mettons-nous au travail ! Sois raisonnable, Senseï, exigeai-je avec un clin d'œil.

Eiirin grogna et Léo ricana.

— Si tu n'y prends pas garde, Eiirin, nous aurons bientôt un nouveau Senseï, affirma-t-il. Je te laisserai ma place de second.

— Bon, regardez, les gars ! les interrompis-je.

Ils écarquillèrent tous les deux les yeux, courroucés devant tant d'insolence. Je poursuivis, imperturbable.

— Avez-vous remarqué le regard de notre vampire ? Il semble manipulé ! Venez voir.

Je contournai de nouveau le bureau pour me rasseoir, mais je n'en eus pas l'occasion. Eiirin me poussa gentiment pour récupérer son fauteuil. Okkaayyy… C'était lui le chef.

— Effectivement ! affirma-t-il en réponse à ma pensée.

Je me penchai pour lui montrer le regard dans le vague de notre vampire. Ils s'avancèrent tous les deux et scrutèrent l'écran. Notre Senseï ajouta :

— Nous poserons la question à Walter. Il est en route. Comme il n'habite pas l'hôtel de Lauzun, il était trop tard la nuit dernière pour le faire venir.

— Walter nous est loyal ? demandai-je

— Oui ! répondirent en chœur Eiirin et Léo.

Quelqu'un toqua à la porte. Sur invitation d'Eiirin, Maxence entra pour introduire Walter. Bien, nous allions voir.

Notre vampire avança, totalement désemparé par la situation. Eiirin nous proposa de nous asseoir au salon. Très inquiet, Walter nous observa à tour de rôle puis s'exécuta.

— Je suis vraiment désolé pour cet imbroglio. Je ferai tout ce qui est nécessaire, Senseï, pour réparer mes erreurs.

Eiirin acquiesça.

— Walter, te souviens-tu de ce moment de prélèvement abusif avec cette jeune humaine ?

— Malheureusement, non, et cela m'affecte beaucoup. Je n'ai pas l'habitude d'oublier ce que je fais.

— En examinant la vidéo de près, nous pensons que tu as été manipulé. Serait-ce possible ?

Walter se frotta le menton en signe de grande réflexion.

— Dans l'absolu, tout est possible. Je me sentais en confiance à L-Vie, je n'étais donc pas en mode défensif.

— Je comprends. Nous avions prévu suffisamment de mesures de sécurité pour que vous puissiez tous travailler dans de bonnes conditions, annonça Eiirin, songeur.

Léo, qui lisait le courrier, intervint.

— Mademoiselle Gelin porte plainte contre nous !

Nous nous tournâmes tous vers lui ; l'incompréhension se lisait sur nos visages.

— Notre donneuse sur la vidéo, insista-t-il.

Mouais, pas étonnant. Nous ne pouvions donc plus la contacter pour en savoir plus.

— Tu vas probablement trouver des conseils de nos avocats, annonça Eiirin à Léo, en lui indiquant le tas de courrier du regard.

— Oui, je les ai sous les yeux. L'infirmière du labo nie avoir participé à cet événement.

— Bien ! Nous allons nous déplacer au labo.

Les images qui passaient aux informations montraient maintenant l'interview du directeur du labo et de l'infirmière. Je remis le son. Ils annonçaient que la vidéo était truquée et que les horreurs diffusées n'avaient pas eu lieu. Il était urgent qu'ils se taisent car l'état de Mademoiselle Gelin attestait qu'elle avait bien eu un prélèvement trop important, voire quasi mortel.

Nous devions faire la lumière au plus vite.

— Léonard, fais-les taire et organise la sécurité pour que nous nous rendions chez L-Vie rapidement.

— Bien sûr, Senseï !

Léo sortit immédiatement.

Walter, toujours mal à l'aise, gesticulait dans le fauteuil.

— Walter, j'ai toute confiance en toi. Cependant, je demande à te manipuler pour accéder à tes souvenirs inconscients.

Il hocha la tête en signe d'assentiment.

Eiirin commença à émettre ses ondes bleu nuit. Je les voyais s'infiltrer dans Walter. Le regard de ce dernier commença à partir totalement dans le vague. J'aurais parié qu'il ne voyait plus rien. J'étais subjuguée par la rapidité du pouvoir mental de mon amant.

— Walter, reviens au moment de l'accueil de cette jeune femme dans la salle de prélèvement.

Le vampire hypnotisé, imperturbable, fronça les sourcils. Puis il acquiesça.

— Très bien, l'encouragea Eiirin. Dans quel état d'esprit est cette jeune femme ?

— Souriante... Charmante.

— Très bien. S'installe-t-elle sur la table tranquillement ?

— Oui... L'infirmière arrive...

— Très bien. Comment est l'infirmière ?

— ... Bizarre...

— Et toi, comment te sens-tu ?

— Bizarre...

— Quand est-ce que ça a commencé ?

Nouveau froncement de sourcils de Walter. Je le voyais chercher les informations dans sa tête, toujours dans un état second.

— ... Quand l'infirmière est entrée. Une vague est entrée avec elle.

— Quel genre de vague ? demanda Eiirin.

Les yeux de Walter papillonnaient, il creusait davantage dans ses méninges.

— Une emprise… C'est bloqué…

Sa voix restait imperturbable.

— Et la donneuse ? Comment va-t-elle ?

Walter tourna la tête, comme si Mademoiselle Gelin était avec nous. Soudain, il écarquilla les yeux.

— Elle est perfusée à trois endroits du corps. Mais dans ma tête, on me dit que tout va bien… Tout est normal…

Eiirin soupira devant l'évidence de cette manipulation.

— Qui parle dans ta tête, Walter ?

Ce dernier chercha encore au plus profond de lui-même.

— C'est une voix bienveillante… Vraiment, tout va bien…

— Très bien, Walter. Et quand tu es parti du laboratoire, as-tu remarqué quelque chose de particulier ?

Walter fronça les sourcils. Nous devinâmes qu'il avançait dans le temps pour avoir la réponse.

— Non, rien de spécial. Mon compagnon m'attendait et j'avoue que j'étais pressé de rentrer avec lui. Alors, je n'ai pas fait attention.

Je sentis la déception dans sa voix, comme s'il était pris en faute. Pourtant, il n'avait rien à se reprocher.

— Très bien, Walter, tu peux revenir tranquillement ici et maintenant… À ton rythme.

Notre vampire secoua la tête comme pour se défaire de quelque chose, puis nous regarda, abasourdi.

Moi-même, j'étais sidérée. Heureusement que j'étais assise.

— Je vous ai donné des informations intéressantes ? demanda-t-il.

— Oui, suffisamment. Tu peux disposer.

— Je devais retourner travailler ce soir à L-Vie.

Eiirin soupira.

— Nous allons tous y retourner pour clarifier la situation et voir comment nous pouvons renforcer la sécurité.

— Je vous attends dans le hall.

Walter salua notre Senseï et nous quitta. Eiirin s'adressa immédiatement à moi.

— Je veux que tu ensorcelles le personnel pour qu'ils nous disent tous la vérité. Je veux savoir s'il y a des traîtres parmi eux. Nous partons dans un quart d'heure.

Je zappai sur la télécommande de la TV. Toutes les chaînes relayaient la vidéo et les barbares que nous étions.

Eiirin me prit la télécommande des mains.

— Regarde !

Il me montra une mosaïque qui relayait toutes les chaînes d'information. Il pouvait choisir celle qui diffuserait le son. J'étais ébahie. Qu'il était fort, mon Senseï. Quelle gourde je faisais, finalement.

La situation était de nouveau catastrophique.

Quelqu'un toqua à la porte. Léo nous informa que notre escorte était prête.

Et c'est ainsi que Walter, Eiirin, Léo, Kanine et notre service de sécurité, nous nous entassâmes dans deux gros 4x4. Arrivés sur place, nos gardes se firent discrets, dissimulant leurs armes. Nous étions soumis aux mêmes lois que tous les Français.

Pendant le trajet, je me connectai à ma magie afin de leur faire dire la vérité. Je l'amenai jusqu'à mon pouce.

— Je dois les toucher, chuchotai-je à Eiirin.

Il hocha la tête.

Antoine, le directeur du laboratoire L-Vie, nous accueillit, tentant de nous expliquer que tout cela n'était que mensonges. Eiirin s'avança vers lui pour lui serrer la main. Comme je le suivais de près, le directeur me donna une poignée de main machinalement. Je lui posai une pointe de magie avec mon pouce. Eiirin tenta d'ignorer la petite touche blanche déposée. Je souriais intérieurement. Mon amant était comme moi, nous pouvions voir la couleur des dons en action.

Nous eûmes la surprise de découvrir nos deux inspecteurs spécialisés dans les affaires de bêtes à crocs. Nous nous saluâmes et l'inspectrice vint à notre rencontre pour serrer les mains d'Eiirin, de Léo et la mienne. Voilà, encore un peu de magie laissée sur cette main. Je ne sentais pas d'animosité en elle, mais plutôt une certaine curiosité et de la confusion. Cependant, elle ne s'embarrassa pas de formule de politesse.

— Comment expliquez-vous cette vidéo ? demanda-t-elle à Eiirin.

— Pouvons-nous trouver un endroit pour en discuter ?

Eiirin regardait les va-et-vient dans le hall.

— Bien sûr. Allons dans mon bureau, proposa Antoine très respectueusement.

Je profitai du déplacement pour m'approcher de

l'autre inspecteur et lui serrer la main aussi. Il sembla surpris, mais content de cet égard. S'il savait, le pauvre. Eiirin s'empressa de lui serrer la main, posant l'autre sur ma taille. Oui, j'étais à lui. L'inspecteur prit une attitude plus cérémonieuse. J'étais tentée de lui proposer des excuses pour le comportement possessif de mon amant. Mais ce dernier m'envoya un grognement muet.

Nous suivîmes Antoine, laissant nos gardes se poster à des endroits stratégiques au fur et à mesure que nous avancions.

Le directeur avait une table ovale pour les réunions dans son bureau. L'infirmière qui était présente lors du prélèvement de Mademoiselle Gelin était déjà sur place. J'allai la saluer et lui serrer la main. Autant que tout le monde soit au diapason.

Nous nous installâmes par clan. Nos deux inspecteurs, Antoine et son infirmière, Walter, Eiirin, Léo et moi nous assîmes autour de la table. Kanine resta devant la porte.

Antoine prit la parole immédiatement.

— Nous sommes dans l'embarras. Mademoiselle Gelin est très choquée, mais sa vie n'est plus en danger. Elle ne se souvient de rien. Évidemment, ses avocats nous ont déjà contactés. Cependant, Sonia, ici présente, ne se rappelle pas lui avoir prélevé autant de sang. C'est même impossible qu'une infirmière de sa qualité ait pu commettre une telle erreur et mettre la vie d'une donneuse en danger.

Sonia était assise, les yeux rouges, les épaules voûtées.

— Que vous rappelez-vous de votre soirée, Sonia ? lui demanda Eiirin.

Choquée, cette dernière releva la tête et expliqua.

— C'est très étrange. Je me rappelle bien être venue travailler. C'était une « soirée vampires ». Désolée, c'est ce que nous avons l'habitude de dire entre nous. Je prends beaucoup de gardes pour ces soirées car les donneurs qui viennent sont gentils et ont beaucoup de valeurs intéressantes. Je discute beaucoup avec eux. C'était la première fois que Mademoiselle Gelin venait. Elle était tendue car elle n'avait jamais donné de sang mais elle était ravie de toute la nourriture de bonne qualité qu'elle avait dans ses paniers depuis deux mois. Alors, j'ai discuté un peu avec elle pour la détendre avant de la rejoindre dans la salle de prélèvement. Cette salle est très confortable, on s'y apaise très facilement. Cependant, quand j'y repense, mes idées deviennent très confuses au fur et à mesure que j'arrive dans notre salle. Il y a comme un trou noir et mes souvenirs reviennent bien plus tard. Seule Mademoiselle Gelin s'est plainte, alors je suppose qu'il n'y a pas d'autre victime. Je suis tentée de nier ce qui s'est passé. Mais comment expliquer l'existence de la vidéo ? Je suis dessus... Avec Walter...

Se sentant trahie, elle se tourna vers ce dernier. Il acquiesça, n'ayant rien de plus à ajouter. Eiirin prit la parole.

— Malheureusement, Walter ne se souvient de rien, lui non plus. Après avoir étudié plus attentivement la vidéo, et au vu de votre manque de souvenirs, nous pensons que vous avez été manipulés pour faire ce prélèvement. Probablement une attaque vampirique.

— Mais vous vous êtes engagés à ne pas manipuler les humains ! affirma l'inspectrice.

— Effectivement, je pense que ce n'est pas un de mes vampires.

— Comment pouvez-vous en être sûr, Monsieur Kinoshita ?

Ah ! Le mode sans filtre de ma magie rendait notre inspectrice plus directe.

— Nous avons un code de conduite, inspectrice. Mais s'il venait à ne plus être respecté, je prendrais les mesures qui s'imposent et je vous en informerais.

Mmmm... Eiirin était capable de mentir à notre assemblée, puisqu'à chaque fois qu'il avait rétabli l'ordre, c'était en toute discrétion. Certes le moins possible, mais tout de même.

L'autre inspecteur se tourna vers moi et ouvrit la bouche pour la première fois. Nous avions rarement entendu le son de sa voix.

— Vous êtes splendide et ensorcelante. Je suis persuadé que sous cette beauté se cachent bien des pouvoirs.

Il aurait mieux fait de se taire. Eiirin me regarda de haut, m'envoyant le message mental qu'il m'interdisait de lui serrer la main dorénavant. Je haussai les épaules en guise de réponse. Je n'étais pas intéressée et je n'y pouvais rien, moi, si mon sortilège de vérité ne nous donnait pas que des révélations sur notre affaire.

Tout le monde regardait maintenant notre inspecteur,

penaud, mais rempli d'admiration à mon encontre. Il avait bien caché son jeu.

Léo pouffa. Kanine grogna. Eiirin était irrité. Il était temps de clôturer cette réunion qui ne donnerait rien de plus ce soir.

Et puis, mes cheveux continuaient de blanchir, j'avais besoin de ma dose d'immortalité.

(1) Chanson d'Ariana Grande.

8 – Suspicion

Les prélèvements des donneurs du clan Duroy reprirent chez L-Vie. Personne n'était vraiment à l'aise. J'avais levé mon sortilège, car toute vérité n'était pas bonne à dire. D'ailleurs, Eiirin ne s'était pas remis de l'admiration de l'inspecteur à mon encontre. J'appris donc que mon amant n'entendait pas les pensées de tout le monde clairement et que finalement il se fermait souvent. Je le comprenais fort bien car la plupart des humains ou vampires avaient un bavardage mental incessant. Moi-même, quand je m'entendais, parfois, je me fatiguais.

Le clan Duroy était persuadé qu'un nouveau vampire traînait dans les parages, mais nous n'avions aucune preuve. Nous redoublâmes de vigilance. Eiirin avait du mal à me laisser sortir. Kanine veillait sur moi comme une chauve-souris accrochée à ses petits. Ces chiroptères avaient un puissant instinct de colonie. C'était peut-être ce qui expliquait le besoin de la plupart des vampires de vivre au sein d'un nid et de suivre une maman... En l'occurrence Eiirin. Ce puissant lien entre un maître et ses petits permettait de revenir au bercail facilement. N'étant pas chauve-souris, je ne sentais pas ces instincts. J'étais cependant soumise à cet indomptable appel du sang de mon amant.

Pour l'heure, j'étais au laboratoire d'analyses et je veillais moi aussi au grain. L'enquête n'avançait pas. Les médias nous avaient laissés pour un autre scandale. C'était triste à dire mais les esclandres avaient du bon.

J'allais et venais régulièrement jusqu'à la salle d'attente, vérifiant la qualité des donneurs par mes ondes magiques sans qu'ils s'en doutent, bien évidemment. Et puis, je surveillais que tout se passe pour le mieux dans la salle de prélèvement.

Nous n'avions pas le droit de contacter Mademoiselle Gelin, notre donneuse abusée. Cependant, nos avocats travaillaient ensemble. Il était certain qu'elle allait gagner un beau dédommagement. À part elle, aucun autre donneur n'avait annulé son contrat. C'était heureux pour nous, car nous n'en avions pas de trop.

Dans la salle d'attente, un grand magazine français en vogue avait un bel article sur ces donneurs à vampires, leurs motivations, leur mode de vie. Il en ressortait que ces humains étaient plutôt jeunes, soucieux de la planète, heureux de partager avec toutes les espèces et y voyaient une bonne occasion de baisser la facture des courses. Nous espérions convertir un maximum de personnes. Une belle qualité de sang en perspective pour nous. J'aimais à penser que les sortilèges que nous posions sur les échantillons mèneraient à une longévité plus grande pour le sang. Les humains pourraient peut-être finir par en bénéficier. Les pénuries de sang étaient courantes.

À la fin de notre permanence, nous rentrâmes tous

ensemble, hautement gardés. Je ne pouvais quasiment plus poser un pied devant l'autre sans que quelqu'un balaye devant moi, s'assurant que je pouvais bien avancer sans aucun dommage possible. Sacré Senseï.

Puis, je filai voir l'évolution de nos échantillons de sang. Seulement trois jours. Était-ce suffisant pour voir une différence de vieillissement ?

Je sortis les éprouvettes, me connectai à ma magie. Puis, j'envoyai des ondes pour les évaluer. Mon pouvoir s'infiltrait dans les échantillons, analysant, soupesant... me renvoyant l'information. Je constatai peu de différences. Mince.

Était-ce dû au peu de jours passés ?

Ou au fait que notre sortilège ne fonctionnait pas aussi bien que nous l'aurions espéré ?

Je me concentrai encore pour anatomiser les mitochondries. Je devais aller plus profondément et puiser davantage dans l'énergie du cosmos pour me donner le pouvoir. Mmmm... Je les sentais. Elles étaient là. Celles qui étaient sous notre sortilège brillaient davantage. Un petit halo de lumière verte très pâle, mélange de nos dons, à Aveline et moi, les entourait. Un immense bonheur monta en moi en sentant la puissance de ma lignée.

Les mitochondries de l'échantillon témoin étaient plus ternes. Elles arrivaient déjà au bout de leur vie. Cela m'attrista, mais je ne devais rien faire. Emma me revint en mémoire, cette descendante à qui l'on avait arraché la vie prématurément.

Je décidai de ne pas me laisser envahir par la peine ou

la mélancolie. Soit, sa vie s'était arrêtée ; cependant, la mienne continuait... Enfin, pour combien de temps ? Je me sentais en sursis.

Je rangeai toutes les éprouvettes dans leur frigo respectif. Le sang d'Eiirin m'appelait. Il était là dans ces tubes et mes fourmis bavaient à l'idée d'en avoir plus. Mmmm... Moi aussi, d'ailleurs. Je m'essuyai la bouche le plus élégamment possible. Pauvre bête que j'étais.

Pour me changer les idées, je partis à la recherche d'Aveline. Cette dernière était dans la chambre de Miguel. Elle me fit entrer.

Ses yeux rougis, pleins de larmes, m'alertèrent. Je la pris dans mes bras pour la consoler. Je sentais toute la pièce chargée de sa tristesse, éveillant la mienne au passage. Elle éclata en sanglots. Le trou dans ma poitrine résonna. Le lien avec Emma avait totalement disparu sans que ce gouffre soit comblé pour l'instant. Il était urgent que j'occupe activement Aveline afin qu'elle aille de l'avant. Je comprenais tellement sa souffrance. Je savais ce que c'était de perdre sa fille, même si les miennes n'étaient pas mortes. Elles avaient simplement disparu de ma vie. Et c'était un miracle que j'aie pu retrouver ma descendance.

Nos peines se calmèrent et je commençai à regarder autour de moi.

Un cercueil trônait presque au milieu de la pièce.

— C'est un peu morbide comme déco, non ?! demandai-je, incertaine.

— Non, c'est très vampire gothique ! renifla-t-elle.

— Ah bon ?! rigolai-je faiblement. Mais il ne peut pas le mettre dans un coin ?

— Non, il ne veut pas être coincé contre un mur, des fois qu'il soit entouré à son réveil... je cite... « de Van Helsing, Blade, Buffy et compagnie... », dit-elle en souriant.

Son sourire irradiait enfin son visage. L'amour qu'elle ressentait pour Miguel était bien palpable.

Je rigolai franchement. Nos yeux s'embuaient de bien des émotions. Nous passions des larmes aux rires.

— Ce ne sont pas des personnages légendaires ?

— C'est ce qu'on croyait des vampires ! Et regarde-toi !

— C'est pas faux.

— Mais c'est un cercueil pour une personne ! Où dors-tu ?

— Ici, dans ce grand lit. Miguel rejoint son cercueil une fois que je suis endormie. Qu'est-ce qui t'amène ? Je me doute bien que tu ne viens pas pour la déco.

Je préférais la ramener à quelque chose de plus concret dans sa nouvelle vie.

— Tu as évalué les échantillons de sang ?

— Oui, mais attendons encore un peu. Ça ne fait que trois jours. David va refaire un examen complet dans deux jours.

Son air soucieux m'indiquait qu'elle arrivait aux mêmes conclusions que moi. Nous discutâmes encore un peu et j'allai voir où en était Léo.

Ce dernier travaillait dans son bureau sur la descendance Merconi. Un tas de photos et dossiers était étalé devant lui, concernant notamment leur nouveau leader, la jeune Marion Merconi. Elle paraissait frêle et donnait envie de la protéger. Sa beauté sautait aux yeux. Les retours d'enquêtes plus poussées ne comblaient pas tous les trous. Nous n'arrivions pas à savoir si c'était une manipulatrice née ou une potiche. Dans tous les cas, elle était sous haute surveillance et certainement de la part de beaucoup de communautés. Cette jeune femme était à la tête d'un empire financier hors norme. Je pris des notes mentales de tout ça. J'avais une excellente mémoire. Puis, je m'écroulai dans mon fauteuil préféré, ce qui fit marrer Léo.

— Je suis surpris que tu ne te tiennes pas mieux maintenant que tu es la compagne officielle de notre vénérable Senseï et la vampire-qui-peut-boire-les-sorcières !

Je fronçai les sourcils, alarmée par ses paroles.

— Mais depuis quand suis-je la compagne officielle de notre Senseï ? Il n'y a pas eu de cérémonie !

— Heureusement qu'il ne t'entend pas !

Je lui fis un clin d'œil.

— Trêve de baliverne ! Comment s'en sort ta progéniture ? Je ne l'ai pas revue.

— Eh bien, elle se gratte beaucoup dès qu'elle m'approche à cinq mètres. Alors, je ne la vois que de loin et de moins en moins. Elle a deux baby-sitters pour la surveiller. Ils alternent les permanences, une nuit sur deux. Malheureusement, elle les a repérés et réussit à les semer régulièrement. Elle passe beaucoup de temps à la Païva puisqu'elle a répondu à un poste d'hôtesse là-bas.

— Hôtesse ?! Bon, pourquoi pas ? J'ai bien passé

plusieurs décennies à danser à moitié nue.

— Oui, la plastique vampire est sans égale et nos prouesses sont un enchantement, répondit Léo, rêveur.

— Je suis totalement d'accord avec toi. Je l'ai constaté toutes ces décennies. Malheureusement, maintenant, mon ego me nargue avec mes cheveux blancs. Il me rappelle sans cesse que je vieillis et que je perds ma beauté.

— Mais non, Isie, tu restes magnifique. Et puis, le sang d'Eiirin va peut-être te redonner toutes tes capacités d'avant.

— Il ne peut toujours pas me boire, soupirai-je tristement.

— Cela doit être une torture pour lui.

— Ça l'est pour moi aussi, pour des raisons différentes.

— J'imagine.

— Et ta punition ?

— J'arrive tranquillement à la moitié.

Ses yeux redevinrent rieurs.

— Et qu'en conclus-tu ?

— Que je vais bientôt pouvoir à nouveau chasser les biches dans les bois, rigola-t-il.

— Et c'est tout ?

— Oui !

— Et ton éveil spirituel ?

— Ce sera probablement pour une autre vie... ou une autre punition ! Eiirin me donne beaucoup de travail. Et nous accumulons régulièrement les ennuis...

— Léo, tu n'as qu'une vie éternelle !

Il était aux anges.

— Eh oui ! Mais j'ai très peu de temps. Alors, je l'utilise en examinant régulièrement mon carnet d'adresses pour savoir qui je vais rappeler en premier... m'avoua-t-il, rêveur, avec un clin d'œil. À moins que je ne fasse de nouvelles conquêtes.

J'éclatai de rire. Finalement, il ne changeait pas.

— Eiirin sait tout ça ?

— Mouais... Je crois qu'il s'est fait une raison. Je m'entretiens régulièrement avec Etsuko, qui est d'une très grande sagesse. Je suis bien résolu à reprendre l'éternité de Mathilde si elle pose trop de problèmes au clan Duroy. Je serai intraitable cette fois. C'est ce que je retire de ma mésaventure. Elle n'aura pas une troisième chance.

Trois nuits plus tard, une nouvelle vidéo tournait en boucle sur les chaînes d'information. Une nouvelle victime avait été presque vidée de son sang. Les images étaient tout de même moins impressionnantes. Autant Mademoiselle Gelin était frêle, pâle, presque cadavérique en fin de prélèvement, autant cette fois-ci la victime était un beau jeune homme, musclé, bien bâti. Même si on lui avait retiré presque deux litres de sang, il avait encore à peu près bonne mine. Évidemment, il avait tout de même terminé aux urgences car il avait bien trop de vertiges. Il paraissait surtout envoûté sur les images.

C'était la poisse. Les médias ressortaient l'artillerie lourde. Nos avocats nous invitaient à cesser cette activité. J'étais dépitée. Une sourde colère montait en moi. Walter et Sonia apparaissaient encore à l'écran, l'air totalement shootés, comme le donneur.

L'heure de la vidéo indiquait encore que je n'étais pas présente à L-Vie. J'étais donc peut-être considérée comme une menace. Je réalisai d'un seul coup que j'étais idiote de ne pas exploiter tous mes dons. Pourquoi n'avais-je pas posé des sortilèges sur le labo ? Je m'en voulais d'être aussi peu efficace pour mon clan. J'allais demander à Aveline de m'accompagner au plus vite. Nous allions blinder l'entrée. Il était temps que je raisonne davantage en sorcière et que je mette en sourdine mes instincts bestiaux.

Évidemment, quand nous arrivâmes de nouveau au laboratoire d'analyses, nos inspecteurs étaient déjà présents. Antoine et Sonia niaient en bloc l'inévitable réalité. De nouveau, je les invitai, par ma magie, à dire la vérité, toute la vérité. Nous étions tous assis par clan. Léo et moi encadrions notre Senseï autour de la table de réunion d'Antoine. Une fois la colère passée, ce dernier fut songeur.

— En y repensant, j'ai un trou de mémoire, alors que j'ai une... hypermnésie !

Sonia écarquilla les yeux, en découvrant cette particularité de son patron. Son visage indiquait qu'elle comprenait mieux certaines choses.

— C'est parfois problématique, soupira Antoine. Je me souviens de tout, même de choses ou détails totalement inutiles, mais tout est là et s'amoncelle comme dans un puits sans fond.

— Avez-vous eu une absence le soir où Mademoiselle

Gelin s'est fait prélever abusivement du sang ? demanda l'inspectrice.

— Oui, répondit Antoine, horripilé par l'horrible vérité.

— Pourquoi ne pas l'avoir avoué ?

— J'étais submergé par la colère et le fait que nous ayons pu être abusés. Je ne le réalise que maintenant. Veuillez m'en excuser. Maintenant que j'y vois plus clair, nous devons trouver une solution. Je suis moi-même donneur pour le clan Duroy. Je partage beaucoup de valeurs avec Monsieur Kinoshita. Je souhaite que ce projet se poursuive. Il doit bien y avoir une solution.

— Je comprends, mais nous ne pouvons pas laisser se poursuivre ces crimes. Un humain risque d'en mourir. Monsieur Kinoshita, il semblerait que vous ayez un nouvel ennemi parmi votre espèce ! affirma notre inspectrice en se tournant vers Eiirin.

Ce dernier sourit placidement.

— Il semblerait, effectivement. Nous devons vite l'arrêter si nous souhaitons poursuivre le projet « Green Blood ».

Nous étions tous songeurs autour de la table. Je ne sentais pas d'animosité. Nous allions tous dans le même sens. Et ça, c'était rassurant.

— Que comptez-vous faire ? demanda l'inspectrice.

— Nous devons trouver qui nous manipule. Si vous n'avez rien à ajouter, je vous propose de clôturer cette réunion.

Une fois à l'hôtel de Lauzun, Eiirin convoqua Miguel, Aveline, Walter et Léo. Kanine était déjà sur place pour assurer ma protection dans mes missions. Et puis, je pensais qu'Eiirin n'avait pas totalement confiance en moi pour assurer ma sécurité. Mon côté tête brûlée ne jouait pas en ma faveur. En conséquence, Kanine me suivait partout et était présent à toutes les réunions pour être bien au courant de tout ce que notre Senseï exigeait. Pfff... C'était difficile de le rouler quand j'en avais besoin.

— Bien ! Nous avons deux puissantes sorcières avec nous, maintenant ! Que pouvez-vous faire, Mesdames ?

Miguel grogna malgré lui. Il était follement épris de ma descendance, humaine donc fragile. Eiirin le regarda, droit dans les yeux, faisant probablement passer quelques messages mentaux pour le rassurer et lui rappeler en même temps les intérêts du clan. Miguel baissa les yeux. Une fois cette joute mentale résolue, je pris la parole.

— Nous pouvons jeter des sortilèges sur L-Vie, bien sûr. Mais il faut être conscient que ça ne résoudra pas tous les problèmes car la preuve est faite que nos ennemis ne manquent pas de moyens pour nous nuire, que ce soit ici ou ailleurs. D'ailleurs, beaucoup de nos congénères ont malheureusement péri à Biarritz.

Un long silence s'installa, comme si nous ressentions la nécessité conjointe de marquer un moment de recueillement pour nos défunts. Je serrai la main d'Aveline. Je sentais encore au fond de mes tripes ma descendance perdue et la tristesse de sa mère.

— Bien sûr, et vous ne serez pas tenues responsables de ce qui pourrait se passer. Que pouvez-vous faire de plus ? Notamment pour trouver ce vampire ?

Nous réfléchîmes. Si nous empêchions ce vampire de commettre ses délits chez L-Vie, il nous attaquerait sur un autre front. Il fallait donc le découvrir rapidement.

— Nous devons capter son essence, sa signature, que sais-je ? proposai-je avec enthousiasme.

Tout le monde acquiesça.

— Sais-tu comment faire ? demanda Eiirin.

— Là, tout de suite, non, mais nous allons trouver.

Je me tournai vers Aveline pour voir sa réaction.

— Un oscilloscope audio, intervint Kanine.

— C'est-à-dire ? demanda notre Senseï.

— Chaque vampire émet un champ électromagnétique unique. Si nous enregistrons en permanence avec un oscilloscope audio, nous pourrions l'identifier. Nous avons tous différents pouvoirs et une certaine ancienneté. Avec un peu de chance, quelqu'un va reconnaître ce vampire.

J'y réfléchis. Il était vrai que je ne m'étais jamais posé la question. Cependant, je savais reconnaître Eiirin quand il se réveillait car il émettait des ondes différentes.

Notre Senseï conclut avant moi.

— Excellente idée ! Ça se tient, essayons ce procédé. Léo, achète le matériel. Kanine pourra probablement te conseiller. Les sorcières, voyez ce que vous pouvez faire pour protéger L-Vie et tous ceux qui y travaillent. Walter, tu vas aller voir Etsuko. C'est une charmeuse talentueuse. Entraîne-toi à résister à la manipulation mentale.

Nous nous levâmes tous, il était temps de s'exécuter. Eiirin me retint au passage, passant sa main dans mes cheveux pour les examiner.

— Ça va aller, Eiirin, tu ne vas pas te débarrasser de moi comme ça !

Ma plaisanterie ne le fit pas rire du tout. Il était on ne peut plus sérieux.

— Je crois qu'ils blanchissent plus tard, maintenant, conclut-il.

Enchantée, je souris jusqu'aux oreilles.

— Alors, c'est une excellente nouvelle. Ils sont tous roux ?

— Oui ! File travailler, maintenant !

— Tu n'es qu'un bourreau, rigolai-je.

— Oui ! Et ne reviens pas trop tard dans nos appartements.

Qu'est-ce qu'il était exigeant ! Mais l'idée de nous retrouver seuls pas trop tard me réjouissait.

Je rejoignis Aveline qui m'attendait dans le couloir.

— Il m'a libérée, allons-y !

Elle pouffa et me suivit.

— Nous pourrions faire des amulettes, Ismérie, pour protéger le personnel.

— Oui, c'est ce que je pensais, mais il faut que nous ayons quelque chose qui leur appartient pour que ce soit plus efficace.

— Tu as raison.

— Allons récupérer Kanine.

Ce dernier était dans le bureau de Léo. Il n'était pas enchanté que nous retournions chez L-Vie.

— Allez-y, l'encouragea Léo. Je vais faire acheter le

modèle que tu m'as conseillé, Kanine. Il est en stock, nous l'aurons demain. Je vous appelle du renfort. Veinard ! Tu n'as plus qu'à te promener avec deux magnifiques créatures, acheva Léo avec un clin d'œil.

— Mmmoé... J'en ai deux qui vont me tomber sur le dos s'il y a un problème.

Léo rigola en secouant la tête et claqua une tape dans le dos à mon mastodonte. Kanine avait fait une très belle analyse de la situation.

— Je vais chercher des pierres, dit Aveline. Je vous retrouve dans l'entrée.

— Okkaayyy, répondis-je.

J'avais besoin de quoi, moi ? J'étais une sorcière rouillée, même si je savais bien utiliser mes dons maintenant. Il suffisait que j'y recoure davantage et que je retrouve mes anciens réflexes.

Une fois tous prêts, nous montâmes en voiture, sous haute protection évidemment. Au labo, les employés n'étaient qu'à moitié contents de nous voir. Beaucoup de tensions régnaient. Ils commençaient à avoir peur des vampires et de leurs pouvoirs.

Je demandai à voir Antoine, leur directeur, pour lui expliquer nos intentions.

— Je ne comprends pas, protesta-t-il. Les vampires savent faire de la magie ?

— Non, je connais simplement quelques trucs. Vous ne prenez aucun risque à essayer. Le but est de vous protéger contre les manipulations des vampires.

— Qu'est-ce qui me dit que ça ne va pas empirer le

phénomène ?

Décidément, Antoine devenait suspicieux et ce n'était pas son hypermnésie qui allait l'aider à oublier.

— Nous sommes dans le même camp, Antoine ! Vous ne souhaitez pas arrêter ces abus ?

— Excusez-moi, Ismérie. Vous avez raison. Puis-je faire quelque chose pour vous aider ?

— J'aurais besoin d'un endroit calme pour procéder et d'un objet de chaque employé, quelque chose qu'ils portent tous les jours au travail.

Il réfléchit à mes requêtes.

— C'est d'accord, venez.

Il nous accompagna jusqu'à un tout petit bureau. Aveline me suivait comme mon ombre, se faisant la plus transparente possible.

— Ça vous ira ?

— Oui, c'est parfait, merci.

— Je fais le tour des employés pour vous apporter des biens leur appartenant. Cela peut être n'importe quoi ?

— En effet, n'importe quoi. Priorité à toutes les personnes qui travaillent sur « Green Blood ».

— Bien sûr.

Puis il partit, me laissant avec Aveline. Nous nous observâmes en levant les sourcils en même temps. Ce qui nous fit sourire.

Kanine entra dans le bureau après avoir posté nos gardes à des endroits stratégiques. Il soupira devant notre complicité, se demandant probablement ce qu'il pouvait craindre.

Antoine revint avec tout un tas de babioles : un stylo

en forme de seringue, un crayon licorne, un autre chauve-souris à crocs pointus (incroyable qu'une telle chose existe), une montre (celle d'Antoine), un chouchou pour attacher les cheveux, des boucles d'oreilles, un trousseau de clés alourdi par le bouclier de Captain America, et un bracelet de pierres en œil-de-tigre.

— Antoine, nous ne pouvons pas prendre l'œil-de-tigre. Cette pierre renvoie les ondes négatives à leur propriétaire comme un boomerang. Donc suivant ses pouvoirs, il va se rendre compte que nous avons ensorcelé ce bracelet. Nous allons protéger chaque personne, comme si elle détenait un bouclier et le pouvoir de notre ennemi s'arrêtera à ce rempart, expliquai-je.

Il hocha la tête et repartit avec le bracelet.

— Je vous apporte autre chose.

Aveline sortit ses obsidiennes. Elles feraient des protections parfaites. Nous commençâmes à nous installer. Antoine nous apporta un collier avec un pendentif en cœur et Kanine le fit sortir. Mon Golgoth s'assurait toujours de ma tranquillité.

— Kanine, donne-nous quelque chose t'appartenant, exigeai-je.

— Mmmm... Pourquoi ?

— Pour te protéger !

Il était plus que réticent et me tendit à contrecœur son bracelet en cuir à clous. Aveline retira son amulette en obsidienne de sa poche. Et moi, je déposai mon collier d'amarante. Je le portais chaque jour depuis que mon immortalité était en péril.

Nous connectant à nos magies et à l'énergie du cosmos, nous commençâmes à psalmodier nos sortilèges pour protéger les créatures qui les porteraient. Nous évaluâmes les pierres, ainsi que chaque objet, nous assurant de les avoir chargés d'un maximum de pouvoir.

Une fois cela fait, nous scellâmes le sort. J'ouvris les yeux devant ces véritables boucliers. Je les voyais tous scintiller d'une magie verte très pâle.

Je tendis son bracelet à Kanine, ainsi qu'une obsidienne. En les prenant, il grommela quelques mots que je ne cherchai pas à comprendre. J'allais le laisser à ses dilemmes. Je partais du principe qu'il avait marmonné un merci. Il enfonça la gemme dans sa poche et entoura son poignet de ses clous. Bien.

Nous fîmes le tour du personnel et leur redonnâmes leurs biens avec quelques consignes. J'avais prévu d'évaluer régulièrement les objets. Et puis, nous devrions aussi les recharger de temps en temps pour plus d'efficacité.

Antoine semblait de meilleure humeur maintenant. Kanine lui expliqua qu'il installerait demain soir un oscilloscope audio, pour détecter les champs électromagnétiques de tous les vampires qui passeraient par le labo. Nous le quittâmes plus que satisfaits.

J'avais hâte de rentrer et d'assouvir le besoin de mes fourmis. À moins que ce ne soit le mien. Je préférais ne pas regarder de trop près au plus profond de moi.

En attendant Eiirin, je profitai de mon temps pour m'exercer à mes rituels. Avec cette agitation, mon emploi du temps était de nouveau perturbé. Mon mental et mes émois me le rappelaient régulièrement.

Devant l'absence de mon amant, je choisis un film que j'avais particulièrement apprécié, *Rocketman*. Incroyable vie de ce célèbre chanteur. Quel constat de voir combien notre enfant intérieur pouvait nous pourrir la vie. Pfff... Mais toutes ces décennies, j'en avais vu, des humains tourmentés qui se rendaient malheureux tout seuls.

Je m'endormis avant la fin du film et surtout avant de boire ma dose d'immortalité.

Au réveil, mes cheveux flamboyaient, pas un n'était blanc. Je jubilais et exécutai la danse de la victoire devant le miroir. Étais-je sauvée ?

Mon amant était toujours dans les bras de Morphée.

Décidant de prendre de l'avance, j'allai travailler, saluant nos gardes à nos portes, sur mon passage.

Je croisai Maxence.

— J'ai l'oscilloscope, Ismérie. Faut-il l'installer ?

— Kanine a prévu d'y aller dès son réveil. Je l'accompagnerai. Je veux voir comment va le personnel du labo. Et puis, il faudrait que j'essaie peut-être quelque chose sur nos donneurs.

— Tu es incroyable, m'avoua Maxence.

— Surtout, ne dis pas ça devant Eiirin.

— Je m'en garderai bien. Il est capable de m'envoyer travailler ailleurs et je n'y tiens surtout pas.

— Je file regarder le courrier.

Je mis de la musique dans le bureau d'Eiirin et commençai par *Don't Go Breaking My Heart*(1). J'aimais la rythmique de cette chanson. Elle me rendait joyeuse, ce qui ne serait pas du luxe au vu de tous les soucis à gérer. Et puis ma playlist bonheur continuait par *Happy*(2). On avait toujours besoin de chansons qui remontent le moral.

Quand Eiirin arriva, c'était la fête dans son bureau. Il entra avec un froncement de sourcils, m'observant, assise derrière son bureau en train de fredonner. Pfff... Quel rabat-joie ! C'était toujours agréable de travailler dans la bonne humeur. Je me levai pour l'aguicher avec tous mes atouts. Cependant, rien d'autre ne l'intéressait que mes cheveux. Peine perdue, ce n'était pas la peine d'avoir mis un décolleté et mon magnifique pendentif en amarante. Pour une fois, j'avais abandonné mon col victorien qui cachait mon cou jusqu'aux oreilles afin de ne pas tenter mon amant.

Une fois son examen terminé, il sourit tout de même.

— Tu as beaucoup moins de cheveux blancs.

— Quoi ?! Mais je n'en avais pas au réveil.

— C'est vrai ?

— Ouiiii !

J'étais dépitée. Le sort s'acharnait contre moi, ou Dieu, Satan, les archanges, les démons... Qu'en savais-je ? J'étais maintenant accablée.

Mon amant me prit dans ses bras en réponse à mes pensées.

— Mais non, si tu t'es réveillée sans cheveux blancs, c'est que tu es en voie de retrouver ton immortalité.

— Mouais... À moins que j'aie la vue qui baisse !

Eiirin fut choqué par ma réponse. Il manquait

d'humour, ce vampire.

— Veux-tu boire ?

Mmmm... Je m'en léchais les babines, mes crocs s'étiraient. Je prenais garde de ne pas baver. Malheureusement, quelqu'un frappa à la porte.

Avant d'autoriser notre inopportun à entrer, il m'avoua :

— C'est Kanine qui vient te chercher. Il est pressé d'aller installer notre nouveau jouet.

Je grognai. Notre intermède était terminé avant même d'avoir commencé. Quelle poisse. J'étais condamnée à attendre toute une nuit.

De mauvaise grâce, je sortis et invitai Kanine à partir sur-le-champ. Mon gardien regarda notre Senseï d'un œil interrogateur devant ma mine dépitée. Ce dernier acquiesça en rigolant. Trahison. Il ne perdait rien pour attendre.

Kanine était excité comme une puce. Il ne parlait pas davantage mais souriait comme un bienheureux. Je crus qu'il allait relâcher son attention. J'ouvris la portière et commençai à descendre de voiture sans son accord. Son bras attrapa le mien et me ramena à l'intérieur.

— Mais que fais-tu, Isie ?

Je grognai... encore... attendant que Monsieur daigne m'autoriser à sortir. Une fois le feu au vert, il me donna son assentiment. Maudit garde du corps.

Il fit décharger un tas de matériel du coffre.

Les gardes s'installèrent aux endroits stratégiques. Paul, mon autre Golgoth, me suivait comme un petit chien, à la place de Kanine.

Pendant que ce dernier installait son oscilloscope audio, j'allai m'enquérir des nouvelles du personnel. Ils allaient très bien, même mieux depuis qu'ils portaient leurs protections. Ils se sentaient tous super forts, plus rien n'allait leur arriver disaient certains. Comme quoi, les croyances...

Kanine m'appela pour me montrer son nouveau joujou, puis me renvoya dans la foulée, me demandant si je n'avais pas encore quelque chose à faire... ailleurs. Quelle mouche l'avait piqué ?

Puis, il me rappela.

— Mais qu'as-tu, ce soir, Kanine ?

Il me sourit

— Regarde. Je vais te montrer.

Il me tendit un casque à mettre sur les oreilles. Il en mit un aussi. Puis, il me montra l'enregistrement qu'il venait de faire.

— Vois-tu, les humains ont un champ électromagnétique beaucoup plus faible. Tu vois, là, ce sont eux... Là, c'est toi qui arrives !

J'étais épatée de voir les diverses courbes sur l'oscilloscope, mais encore plus d'entendre les différences de sons qu'émettaient les ondes.

— Les humains n'entendent rien, compléta-t-il. Ils n'ont pas l'ouïe assez fine. Tu vois ces ondes ? Elles appartiennent à Walter. Si je mets en parallèle les tiennes et les siennes, elles sont différentes... Et regarde, j'ajoute les miennes.

C'était fabuleux de constater toutes ces différences. Il

me clouait le bec.

— Bien, conclut-il, il est opérationnel. Il suffit d'attendre, maintenant, et de constater.

J'en profitai ce soir-là pour envoyer des ondes protectrices à chaque donneur. Ce bouclier ne durerait qu'un moment, mais au moins ils seraient tranquilles le temps du prélèvement.

Comme Kanine avait fait installer un ordinateur jumeau à l'hôtel de Lauzun, nous recevions directement les enregistrements de l'oscilloscope. Notre équipe de geeks analyserait dans la journée les résultats. Ils avaient même prévu d'étiqueter par notre identité nos champs électromagnétiques. Tout comme nous, ces derniers étaient uniques.

Quelle ne fut pas ma surprise de voir à mon réveil un champ électromagnétique différent de ceux d'entre nous.

Kanine avait fait enregistrer tous les vampires Duroy travaillant à L-Vie et là, j'avais de nouvelles ondes, inconnues. Je mis le casque pour écouter. Ce vampire faisait du bruit.

(1) Chanson d'Elton John.

(2) Chanson de Pharrell Williams.

9 – Expérimentations

Tout excitée, j'attendais avec impatience le réveil des vampires. Kanine pourrait confirmer la présence de cet intrus. J'avais découvert que mon garde du corps était féru des sciences physiques et avait fait des études pour le fun. Qui pouvait apprendre une matière pareille pour le fun ? Ça me dépassait. Mais finalement, c'était bien utile.

À peine fut-il entré dans son bureau, j'installai mon Senseï derrière son écran et lui collai le casque sur les oreilles. Bon, les froncements de sourcils s'avérèrent être sa seule réaction. J'attendais patiemment. Malgré tout, il regardait et écoutait attentivement. Puis, il me questionna d'un haussement de sourcils.

— C'est un vampire qui est passé hier soir mais qui ne nous appartient pas, répondis-je.

Il décrocha son téléphone et exigea la présence de Kanine.

Ce dernier vint rapidement et expliqua le fonctionnement de l'oscilloscope audio à notre Senseï. J'en profitai pour écouter, pour bien comprendre.

— Regarde, ce sont les fréquences des vampires Duroy qui travaillent au labo, montra-t-il. Ce vampire n'est pas un des nôtres.

— Nous avons tous un champ électromagnétique différent ?

— Oui, Senseï.

— Tu pourrais comparer les fréquences de tous les vampires Duroy ?

— Oui, bien sûr, mais il vaut mieux acheter un deuxième appareil pour laisser en place celui du labo. Et puis, ça va être compliqué d'assurer la sécurité d'Isie et d'enregistrer tous les vampires.

Notre Senseï réfléchissait.

— Pourrais-tu former quelqu'un rapidement ?

— Bien sûr.

— Fais acheter un appareil immédiatement.

Kanine me regarda, inquiet. Eiirin répondit à son interrogation muette.

— Elle ne sortira pas de l'hôtel de Lauzun. Je l'attacherai, s'il le faut.

Mmmm... Je voulais bien, uniquement s'il me gavait de sang.

— Ce n'est pas prévu dans l'instant, affirma Eiirin en réponse à ma pensée.

Kanine se retira vite, ne voulant pas en savoir davantage.

Bon, puisque le don d'immortalité n'était pas d'actualité, je me sauvai moi aussi.

— Ne sors pas du bâtiment ! ordonna-t-il.

— J'ai compris ! Je vais évaluer nos expériences.

Je filai dans notre atelier de magie. Aveline était déjà présente, examinant d'un air sceptique nos échantillons de sang ensorcelés et les témoins.

— Vu ta tête, ça n'a pas l'air bon.

— Non, malheureusement. Tiens, regarde la note de David. Il est passé analyser nos éprouvettes. Il y a vraiment très peu d'écart avec les témoins, alors que nous sommes à plus de six jours maintenant. Les mitochondries sont déjà en fin de vie. La dégradation est quasi la même dans tous les échantillons. Et c'est ce que me confirme ma magie.

— Tu permets que je vérifie ? demandai-je.

— Bien sûr.

Je me connectai à mon don, puis lançai mes vagues de magie sur la paillasse pour évaluer notre panel. Mmmm... Toutes les éprouvettes scintillaient d'un joli vert, les résidus du sort d'Aveline. Je le recouvris et pénétrai au plus profond des cellules sanguines. Pfff... Effectivement, contrairement à ce que je voyais, le résultat n'était pas brillant. Les mitochondries que l'on avait dopées pour nourrir le sang s'étaient essoufflées, ne garantissant plus leur travail d'oxygénation.

Je rouvris les yeux.

— En effet, nous devons trouver une autre solution.

— Oui, répondit Aveline. Tu sais, je travaille beaucoup avec les pierres. Bien utilisées, elles peuvent nous aider.

— D'accord. Quelle pierre proposes-tu ?

— Le jade est la pierre de longévité par excellence. Bien chargée et ensorcelée, elle pourrait servir de moteur à énergie pour les mitochondries.

Je réfléchis et lus la note de David.

— Effectivement, notre futur hématologue insiste sur

le fait que nous devons continuer à travailler sur ces petites centrales d'oxygénation... Nous pourrions ajouter du cristal de roche ?

— Tu as raison. Il renforcerait les pouvoirs du jade tout en purifiant le sang au fil du temps.

— Il te reste des pierres, Aveline ?

— Plus beaucoup, mais je dois avoir ce qu'il faut pour tenter l'expérience cette nuit. Il faudrait que nous en rachetions. Tu crois que Senseï accepterait de les financer ?

— Bien sûr. Je saurai le convaincre, fis-je avec un clin d'œil.

— Bon, je vais chercher les pierres.

— Je dois trouver Sacha, il nous faut de nouveaux échantillons de sang.

Sacha avait pris notre entreprise au sérieux. Elle s'était directement rendue dans les bureaux de notre Senseï et de son second pour leur voler de l'hémoglobine, puis avait trouvé un petit salon pour les humains. Pour ma part, la prise de sang avait été vite faite lors de son passage lorsqu'elle avait mis tous les échantillons au frais.

— Que d'agitation ce soir ! s'étonna notre futur médecin, en me piquant.

— Ah bon ?! Pourquoi ?

— Kanine nous fait tourner en rond dans un bureau pour nous enregistrer dans un silence absolu ! Je crains que la moquette soit élimée d'ici la fin de la nuit.

Je rigolais intérieurement, connaissant l'acharnement

et le sérieux de mon protecteur lorsqu'il s'agissait de remplir sa mission.

— Et qui forme-t-il ?

— Il a fait rappeler tous nos majordomes, et puis Miguel et Adrien.

Notre historien connaissait beaucoup de vampires. Il était l'un des plus âgés d'entre nous. Très curieux, il avait recherché un maximum de renseignements sur les différents clans de nos congénères.

— Mmmm... C'est un bon choix.

— Allez, je vous laisse à votre sorcellerie !

Une fois Aveline de retour avec toutes ses pierres, nous préparâmes les tubes à essai sanguins qui allaient être ensorcelés.

J'allai ouvrir la fenêtre, mais elle était coincée. En regardant de plus près, je vis qu'un nouveau dispositif avait été placé avec une loupiote rouge. Cette ouverture était volontairement fermée.

— Bon, remets tout au frais, Aveline, je dois aller voir comment ouvrir.

Je frappai à la porte de notre Senseï. Il ouvrit à peine. Je me penchai pour regarder, mais il m'en empêcha en se redressant encore plus, me toisant de toute sa hauteur, inaccessible. Comme si je pouvais voir par dessus son épaule !

— Je ne suis pas disponible !

Et il referma la porte. Quel toupet ! N'étais-je plus la femme de son éternité ?

Agacée, je filai voir Léo, qui me fit l'honneur de me

recevoir, lui.

— Je n'ai pas beaucoup de temps, mais je t'écoute, Isie.

— Mais que fait Eiirin ?

Il fronça les sourcils.

— Tu es venue pour me questionner sur ton amant ?

Bah non, j'avais une mission, faire ouvrir cette bon sang de fenêtre. Je me repris. Je réglerais le sort de mon amant plus tard. J'allais devoir réfléchir à quel sortilège je pouvais le soumettre. Mais pour l'heure, j'avais plus urgent.

— Nous devons ouvrir la fenêtre de notre atelier ! Quelqu'un a posé un système de sécurité afin qu'elle reste fermée.

— Mmmm... Sûrement quelqu'un qui n'a pas une totale confiance dans ton obéissance... Ton amant, peut-être ?

— Ah ah ah ! Très drôle, Léo. Si Eiirin décide d'ouvrir un cirque, tu pourrais te proposer comme clown ?!

Il rigola franchement de mon insolence. J'oubliais qu'il était tout de même le second.

— J'en ferai part à notre Senseï. Il trouvera probablement un moyen de poursuivre ton éducation pour accéder peut-être un jour à la soumission, ou à défaut l'obéissance.

— Tout le monde a le droit de rêver. Après tout, nous sommes dans un pays libre ! Léo, pour utiliser le sortilège dont nous avons besoin, il faut ouvrir la fenêtre.

— Je ne suis au courant de rien pour cette fenêtre. Viens, allons à la salle de garde.

Arrivé au rez-de-chaussée, Léo présenta son œil pour entrer voir nos gardiens. Tous les systèmes de sécurité avaient été renforcés à l'hôtel de Lauzun depuis l'explosion des Mets Verts de Biarritz.

Me cachait-on des éléments ?

La peur m'envahit.

La menace était-elle plus importante que ce qu'il y paraissait ?

— Bonjour, Messieurs. Ismérie a besoin d'ouvrir la fenêtre de son atelier de magie, dit Léo.

— Vous avez le formulaire signé ? demanda un garde à l'air revêche.

Un futur Golgoth quand je voyais toute la masse musculaire qu'il s'acharnait à développer.

— Quel formulaire ?

— Le président Kinoshita veut valider l'ouverture de cette fenêtre à chaque demande.

J'étais choquée que mon amant ait mis en place ce procédé sans m'en parler. Certes, nous étions encore dans une spirale infernale, mais tout de même.

— Donnez-moi le formulaire, je dois bien pouvoir le signer ?

Monsieur Revêche grimaça.

— Oui, mais le président Kinoshita doit avoir visé le document.

Léo décrocha son téléphone spécial urgence pour notre Senseï et ce dernier répondit immédiatement. J'ouvris mes oreilles de vampire.

— Sois bref, Léonard.

— Ismérie doit ouvrir la fenêtre de son atelier.

— Pfff… Elle ne peut pas faire autrement ?

Je fis non de la tête, à quoi bon cacher que j'écoutais ?

— Non.

— Très bien, je valide l'ouverture.

— Je passe le téléphone au garde, il veut absolument ton aval.

— Il ne faut pas lui en vouloir, il respecte les consignes.

Léo passa le téléphone à notre réfractaire et ce dernier écouta en acquiesçant régulièrement. Une fois le téléphone raccroché, il expliqua.

— OK, il nous faut une quinzaine de minutes avant d'ouvrir.

— Quoi ? m'exclamai-je.

— C'est la procédure, Madame.

— Qui consiste en quoi ? demanda Léo.

J'étais surprise que Léo n'ait pas été informé de la sécurité de ma fenêtre.

— Votre fenêtre a un blindage spécial. Si nous l'ouvrons, nous plaçons un blindage temporaire sur le bord de la Seine afin de garantir votre sécurité. Il nous faut un peu de temps. Maintenant, excusez-moi, je vais lancer la procédure.

Je soufflai pendant que Léo signait ce foutu papier.

Nous sortîmes tous les deux.

— Comment se fait-il que tu ne saches rien, Léo ?

— J'avoue avoir du courrier en retard. J'ai beaucoup de retours de la descendance Merconi à gérer. Ça sent mauvais. Alors, j'ai dû rater une note, avoua-t-il, penaud.

— Désolée, je ne voulais pas t'incriminer. D'autant plus que je suis censée t'aider sur ce dossier. Comment se fait-il que la sécurité soit autant renforcée ? Je n'avais pas conscience que nous étions à ce point menacés.

— Chacun fait au mieux. Maintenant que ton immortalité est incertaine, Senseï a pris des mesures supplémentaires. Il paraît que vous avez détecté un vampire qui rôde à L-Vie ?

— Oui, et si le champ électromagnétique enregistré correspond à sa puissance, alors nous avons du souci à nous faire.

Léo sembla encore plus soucieux.

— Il faut que j'aille voir ça dès que possible. Tu retournes dans ton atelier ?

— Oui, chef ! T'inquiète ! dis-je, au garde-à-vous.

Il rigola et reprit son chemin de calvaire.

Je rejoignis Aveline qui ensorcelait ses pierres. Je la laissai faire en attendant que les minutes passent. Je rongeais mon frein. J'aurais dû demander à Léo un budget supplémentaire pour nos expériences. Nous allions devoir prochainement faire du shopping dans un magasin de lithothérapie. Ça n'allait pas être une mince affaire de convaincre Eiirin de me laisser sortir en plein jour, donc sans Kanine. J'en pris note dans mon agenda pour ne pas oublier.

Aveline interrompit mes pensées.

— Alors, quelle est cette lumière rouge ?

— Un nouveau mécanisme pour nous protéger !

Elle écarquilla les yeux de surprise.

— Nous ne pouvons plus ouvrir la fenêtre ?

— Si ! Après avoir fait signer un formulaire, en quinze exemplaires, par la moitié des vampires Duroy.

— Ce n'est pas un peu exagéré ?

— Mmmm... Notre sécurité n'a pas de prix. Je ne suis pas sûre que Miguel tempère l'obsession d'Eiirin. Tu es mortelle et mon immortalité est en péril !

Elle réfléchissait, peut-être au sortilège que nous pouvions lancer à nos amants pour les rendre plus raisonnables... Enfin, je l'espérais.

— Ah ! La loupiote est verte ! m'exclamai-je.

Je me jetai sur la fenêtre pour l'ouvrir. Une partie de nos gardes étaient en bas. De l'autre côté de la rue, une protection immense gris clair avait été érigée. Mmmm... Ils étaient dingues. Agacée, je m'interrogeai sur la nécessité d'un tel niveau de sécurité. Était-ce sensé ?

Mon téléphone sonna.

— Oui ?

— Nous resterons en bas tout le temps nécessaire, m'annonça Monsieur Revêche, mais plus tôt nous fermons, mieux c'est. Nous avons des consignes très strictes.

— J'ai bien compris, dis-je avant de raccrocher. Allez, au boulot, Aveline, ils vont nous persécuter pour que nous fermions rapidement.

En écho, le vent s'engouffra dans notre carillon.

Aveline ressortit les échantillons et les installa avec les jades et les cristaux de roche. Pendant ce temps, je recentrai mon mental éparpillé par l'agacement. J'inspirai profondément pour calmer ma respiration.

Une fois apaisée, je pris la main d'Aveline. Nous nous connectâmes à nos magies et à l'énergie du cosmos.

Puis, nous appelâmes le souffle de vie et les énergies créatrices. Maintenant, les runes se mélangeaient à nos magies vertes et blanches. Nous recommençâmes à psalmodier notre litanie. La gratitude envahit tout mon être à la fin du sortilège. C'était toujours un moment fort de sentir cette connexion à la puissance de l'Univers.

Je rouvris les yeux. Les pierres et les échantillons scintillaient de nos dons. C'était magnifique. Je les remis vite au frais et claquai la porte d'excitation.

L'amour explosait dans notre atelier. Je pris ma descendance dans mes bras, heureuse simplement de sentir la chaleur de son corps, les battements de son cœur et toute sa magie bienveillante.

— Merci, dis-je simplement, émue.

Aveline avait les larmes au bord des yeux. Nous éclatâmes de rire en chœur pour clore ce moment de sentimentalité.

Puis, elle sortit une feuille et me présenta son nouveau projet. Ma descendance souhaitait faire un tas de potions. Que ce soit des décoctions, des sirops, des poudres... Tout était possible pour elle. Elle ne savait pas comment protéger les vampires et améliorer leur santé. Nous étions normalement toujours au top. Par contre, les humains étaient sujets aux maladies hivernales, chroniques... Virus et bactéries étaient toujours contents de s'installer dans un organisme vivant pour pulluler joyeusement. Et le système immunitaire des humains était parfois vite à plat. Sa liste de remèdes était incroyable.

— Les donneurs « Green Blood » pourraient même en profiter, insista-t-elle.

Moi, j'étais convaincue.

— Il nous faut l'aval d'Eiirin. En as-tu parlé à Miguel ?

Elle hocha la tête.

— Oui ! Il m'a dit la même chose. Sans son accord, je ne peux rien faire ! répondit-elle, penaude.

— Va-t-il lui en parler ?

— Je ne sais pas trop. Il dit qu'il y a déjà bien assez d'humains sur Terre.

Vu comme ça, évidemment, il valait mieux ne pas trop les soigner.

— Je vais en parler à Eiirin. Je ne te promets rien, mais il aime prendre soin de ses humains, comme de ses vampires. Il devrait entendre. Tu as probablement besoin de matériel et d'ingrédients ?

— Je vais voir avec Miguel pour récupérer ce qui reste à Biarritz. Je n'ai pas pu tout emporter. Après, on verra.

— Tu as assez de place ici pour travailler ?

— Oui, ça ira.

— Mince ! Nous avons oublié les gardes !

Je les appelai pour les informer que nous avions terminé. Je fermai la fenêtre.

En passant devant le bureau d'Eiirin, je vis sa porte ouverte. Léo et Miguel étaient avec lui face à l'écran de télévision. Que se passait-il encore ?

Je passai la tête pour observer et Eiirin m'invita d'un geste à entrer.

Le couple de présentateurs annonçait des nouvelles désastreuses. Des témoignages de femmes, dont les visages étaient camouflés, apparaissaient à l'écran. Elles se plaignaient d'avoir été violées. D'ailleurs, le nombre de viols avait sérieusement augmenté depuis plus d'un mois dans certains quartiers de Paris. Les victimes qui portaient plainte étaient dans l'embarras car elles ne se souvenaient pas de l'ensemble des faits précisément. Elles révélaient la présence d'un ou plusieurs hommes. C'était variable selon les témoignages. Certaines avaient des traces de coups. Toutes dénonçaient des rapports non consentis, et en plus systématiquement non protégés. Ces pauvres femmes en étaient horrifiées. Au-delà de l'abus, suite aux traumatismes, il y avait toutes les conséquences possibles en termes de maladies et grossesses.

Je sentais tout l'effroi et le dégoût m'envahir. Je ne comprenais pas que certains aient besoin d'abuser d'autres. Mes muscles se tendaient devant tant d'injustice.

La police admettait qu'elle n'avait pas pris suffisamment au sérieux les premières plaintes, tardant à enquêter. Une cellule de crise avait été ouverte, notamment avec une psychologue et une infirmière pour les prélèvements. Car maintenant, deux à trois victimes se manifestaient chaque jour.

Les viols avaient systématiquement lieu la nuit. Les victimes parlaient d'événements très flous. Les policiers soupçonnaient l'usage de drogue. Ce manque de souvenirs rendait l'enquête difficile.

— Vampire... annonçai-je, accablée.

— C'est évident, répondit Eiirin.

— Peut-être le même qu'à L-Vie, ajouta Léo.

— Où est Aveline ? me demanda Miguel.

La peur émanait soudain de lui.

— En sécurité dans notre atelier. Tu ne l'as pas encore séquestrée ?

Miguel grogna pour toute réponse.

— Je ne veux plus qu'elle sorte seule dans la journée.

Je hochai la tête : moi aussi je tenais à ma descendance.

— Nous allons devoir sortir dans la journée pour acheter des pierres. C'est indispensable pour la réussite de nos expériences.

Trois paires d'yeux de vampires se braquèrent sur moi.

— Impossible ! tonna Eiirin.

Évidemment, Miguel et Léo hochèrent la tête en signe d'assentiment. Ils me faisaient penser à ces petits chiens que les humains mettaient dans leur voiture, sur la plage arrière, il y avait fort longtemps.

Je jetai un œil à l'écran de nouveau.

— Les agressions ont lieu la nuit. Nous sommes à l'abri de ce vampire.

— Tu oublies qu'il s'est forcément allié à des humains. Ces derniers peuvent vous enlever.

Miguel et Léo acquiescèrent encore comme de bons toutous. Je n'allais pas être soutenue. Je comprenais le danger. Lucien avait réussi à m'enlever et me séquestrer pour me voler mon sang. Mais nous ne pouvions pas vivre enfermés. L'agacement montait dans la pièce.

— Nous serons prudentes, et puis nous sommes des sorcières !

— Aucun vampire ne peut vous accompagner de jour.

— Nous avons des gardes humains.

Eiirin commençait à pencher la tête, comme s'il se demandait en quoi j'allais me transformer... En harpie, peut-être ?

— Eiirin, ajoutai-je, tu as la chance d'avoir deux sorcières. Utilise leurs compétences. Nous avons besoin d'un minimum de matériaux. D'ailleurs, Aveline a un super projet pour aider nos humains.

— Faites avec ce que vous avez pour l'instant. Fais le point sur vos besoins. Vous pouvez peut-être commander et un humain ira les chercher.

Je fis la moue.

— Nous avons besoin de sentir les pierres pour les choisir.

Eiirin tourna la tête vers l'écran de télévision, le sujet était clos.

— Okkaayyy... Je vais faire le point, conclus-je.

Il acquiesça simplement.

Nous étions de nouveau absorbés par les images des victimes abusées qui défilaient à l'écran. Les vidéos des deux prélèvements abusifs réapparurent au milieu de tout ça. Finalement, les humains avaient fait le rapprochement avec les vampires.

Nos inspecteurs risquaient de bientôt venir sonner à notre porte.

Je sortis du bureau, les laissant à tout ce remue-ménage médiatique. Je croisai un grand miroir dans un des couloirs et m'approchai, examinant mon visage, mes cheveux. J'avais tout de même moins de rides. Moins de cheveux blancs narguaient mon immortalité. Mes fourmis étaient plus calmes. Le gavage de sang auquel me soumettait Eiirin était redoutablement efficace. J'espérais être à nouveau comestible prochainement. Nos échanges de sang me manquaient. Le sexe ne remplaçait pas tout, même s'il me comblait à tout point de vue.

Un vampire Duroy mit fin à ma contemplation en me saluant avec déférence. Que se passait-il ? J'avais encore raté un épisode ?

— Bonsoir, répondis-je, troublée, avec un bref hochement de tête.

Il devait sentir tout le sang d'Eiirin en moi. Je le regardai, rassurée qu'il passe son chemin. J'avais peu de contacts avec mes congénères Duroy. J'avais passé ma vie à charmer. Je ne me sentais pas encore très à l'aise en société, même si ces derniers étaient bienveillants avec moi.

Aveline ne bénéficiait toujours pas de leur confiance. Pourtant, ils ne risquaient rien. Elle n'allait pas faire une hémorragie spontanée.

— Alors, sorcière, comment vas-tu ? Cela fait bien longtemps !

Je me retournai sur Adrien, notre vampire historien, bibliothécaire et homme de main en tout genre.

— Bien, et toi ?

— J'irais mieux si Mathilde était moins enragée.

— Comment ça ?

— J'allais voir Eiirin et Léo, justement. Je crains

qu'elle ne finisse par tuer un humain à la Païva. Elle est insatiable.

Il s'arrêta soudainement et ajouta :

— Ton empreinte a changé, Ismérie.

— Et que ressens-tu maintenant ?

— Tu es indéniablement une sorcière. On ne le sentait pas, avant.

Il examina mes cheveux, ma peau, totalement dépassé par ce qu'il voyait.

— Tu sens toujours la vampire en moi ? demandai-je, alarmée.

— Incontestablement. Je n'ai jamais senti un mélange pareil. Vampire et sorcière dans toute sa puissance. Je savais bien que si Eiirin avait été subjugué, c'est qu'il avait senti quelque chose hors norme. Mais là, ce cocktail me semble explosif.

Bon, alors, je devais me détendre face à ce doute sur mon immortalité.

— Tu m'accompagnes, vampire-qui-boit-les-sorcières ?

J'éclatai de rire.

— C'est mon nouveau surnom ?

— Pourquoi pas, tu es unique.

— J'ai perdu ma lignée, dis-je tristement en lui emboîtant le pas.

— Je sais. Toutes mes condoléances.

Les yeux brillants de larmes, je le suivis l'âme en peine.

Quand nous fûmes arrivés au bureau d'Eiirin, ce dernier m'interrogea du regard. Je lui dis mentalement que tout allait bien. Tous ses sens étaient ouverts pour me capter.

— Léonard arrive, affirma Eiirin, installez-vous.

Grrr... Ça s'annonçait mal, alors.

Effectivement, Léo franchit la porte derrière nous.

Dans le salon, Eiirin m'avait fait asseoir sur le canapé avec lui. J'étais surprise de voir qu'il s'était collé à moi. Notre lien de sang ardent devait y être pour quelque chose. D'ailleurs, mes fourmis semblaient saoules, tournant au ralenti.

— Nous t'écoutons, Adrien, exigea Eiirin.

— Je ne suis pas sûr que Mathilde ait sa place à la Païva. Sa présence commence à faire grincer des crocs nos vampires. Elle est dans tous les excès : sang, sexe... Elle prend les humains par deux ou trois. Et ils en redemandent, bien sûr, elle est sublime. Ils patientent, préférant avoir affaire à elle.

Je glissai un regard vers Léo. Ce dernier ne semblait pas surpris. Il avait connu l'humaine qu'elle avait été, déjà dans les abus.

— Préfères-tu que je l'enlève de la Païva ? demanda Eiirin.

— Eh bien... C'est-à-dire que tu avais ajouté des consignes strictes quant aux fêtes. Les vampires l'avaient bien accepté puisqu'ils pouvaient toujours rencontrer des humains. Le fait que l'alcool et la drogue ne coulent plus à flots n'était pas un problème pour nous. Cela nous évite même de gérer des humains qui ont totalement perdu le contrôle. C'est donc une bonne chose.

Eiirin acquiesça.

— Mais là, Eiirin, tout vole en éclats, ajouta calmement Adrien.

Nouveau hochement de tête.

— Léonard, quelle relation as-tu avec ta descendance ? demanda Eiirin.

— Quasiment aucune. Elle ne peut plus s'approcher de moi depuis qu'Isie lui a lancé un sortilège de démangeaisons insupportables. Donc, elle me fuit. Je la convoque régulièrement pour faire le point. Je la manipule systématiquement dès son entrée pour qu'elle ne prenne pas mon contrôle. Mais elle est puissante. Et je sais qu'elle me ment.

Notre Senseï médita ces paroles. Puis, il se tourna de nouveau vers Adrien.

— Que fait-elle comme travail à la Païva ?

— Comme travail ? Rien ! Elle laisse le soin aux autres de faire... se comportant comme une reine devant ses humains !

— Je vois. Je vais la convoquer. Nous devons lui trouver un autre travail. Des idées ?

Nous le regardâmes tous les trois : à quoi bon se fatiguer, sachant qu'elle refuserait dans tous les cas. Oh ! Elle accepterait ce nouveau poste, par la force des choses ou d'Eiirin. Mais elle n'exécuterait rien.

— Bon ! Devant l'avalanche de vos idées, je vous demande d'y réfléchir pour demain et de me faire chacun une proposition.

Déconcertée par tous nos problèmes, je passai devant nos gardes pour aller dans nos appartements. Je filai dans mon cabinet de travail qui ne m'avait servi à rien pour l'instant. Il était temps que je l'utilise.

Aveline était une sorcière blanche. Moi, j'avais encore les facettes de la magie noire. Je n'avais jamais fait de mal à personne. Certes, déjà quand j'étais sorcière, j'utilisais la magie à mon avantage. Mais jamais je n'avais fait de mal à quiconque. Comment devais-je utiliser la magie face à nos ennemis ? Je n'étais pas foncièrement méchante. Je préférais la fuite au combat. Cependant, je devais me préparer à riposter autrement si les choses empiraient encore.

Je me posai lamentablement sur un coussin énorme, allumant, éteignant mes bougies d'une simple pensée. J'ajoutai un claquement de doigts pour allumer la musique pendant que je continuais à jouer avec mes bougies. *Magic*(1) s'éleva comme par hasard.

Je me concentrai sur une vasque pour la faire bouillir pendant que mon don allumait et éteignait les bougies sans discontinuité. Mmmm... Mes réflexes de sorcière revenaient. La multiplication des sorts en était la preuve. Je jubilais.

Je devais de nouveau réfléchir comme une sorcière. Mes instincts de vampire me dicteraient ma conduite pour ma survie. Pour moi, le sang, c'était la vie. Adrien me disait autant sorcière que vampire, alors je devais agir comme telle. La présence d'Aveline m'avait permis de renouer avec les incantations. Je devais maintenant aller plus loin.

La magie noire ? J'étais capable de l'utiliser, s'il le fallait. Il me restait à savoir quel usage j'en ferais.

Pas de doute, j'étais au point pour aller plus loin. Je devais tester si j'étais capable d'allumer des brasiers comme avant, sans mettre le feu à l'hôtel de Lauzun. Il fallait donc que je puisse sortir. Mmmm... Ce n'était pas gagné. Et puis, où aller ? Peut-être que l'éleveur que nous avions sauvé de Merconi me laisserait un peu de son terrain pour expérimenter ? Là aussi, je ne pouvais pas le faire sans en informer Eiirin sous risque de séquestration définitive. Et je n'y tenais absolument pas.

J'allais tout de même me racheter un chaudron pour allumer de grands feux tout en limitant les dégâts. Et puis, il fallait que j'ose en parler avec Eiirin. J'étais déterminée.

J'éteignis tout et retournai dans notre chambre. Je pris une bonne douche, dénouant mes tensions sous la cascade d'eau chaude. Eiirin m'y rejoignit, augmentant la chaleur dans tout mon corps. Nous réussîmes tout de même à rejoindre notre lit.

Après mon orgie sanguine, je le laissai abuser encore de moi pour mon plus grand plaisir. Une fois tous les deux repus, nous tombâmes en tas dans les bras l'un de l'autre.

— Tu n'en as pas marre de ne pas pouvoir me boire ? demandai-je, inquiète.

Il soupira.

— Nous n'avons pas le choix. Je comprends ta frustration, la mienne est encore plus grande. Dès que je pourrai te boire, tu seras la première à en être informée.

Il me serra plus fort. J'avais hâte. C'était tellement

magique quand nous nous buvions en même temps. Nos sangs se mêlaient pour n'en former plus qu'un. Nos cœurs battaient à l'unisson. Et puis, si nous faisions l'amour en même temps, c'était le soixante-dix-septième ciel. Je savais qu'Eiirin suivait chacune de mes pensées. Je le laissai me capter, sachant que cette frustration passagère ne ferait qu'augmenter le plaisir de cette prochaine union sanguine. Et puis, je préférais qu'il arrête de boire Etsuko. Même si je savais que c'était une alliée.

Eiirin me répondit par un grommellement affirmatif.

— Tu crois que tu vas pouvoir me boire à nouveau ?

Je sentais la léthargie le gagner.

— J'ai bon espoir... Ton sang change.

Sa conscience s'engourdissait. Il était temps de passer à l'attaque.

— Il faudrait que j'aille faire des expériences en pleine campagne. J'ai besoin d'espace.

Je sentis son sourire s'étirer dans mes cheveux.

— Tu ne m'auras pas comme ça, répondit-il, amusé. Je t'interdis de sortir sans mon accord.

Puis, plus rien. L'inconscience l'avait envahi.

Bien tenté, mais raté !

(1) Chanson de Coldplay.

10 – Réminiscence

Pfff... J'avais beau y réfléchir, je n'arrivais pas à trouver d'utilité à Mathilde. Nous devions rendre une réponse d'ici peu à Eiirin. J'aurais bien proposé secrétaire de notre Senseï et de son second pour qu'ils puissent la garder sous surveillance. Même si Barbie gothique ne pouvait plus s'approcher de Léo, elle pouvait harceler Eiirin. Mais je tenais à lui. Je ne souhaitais pas le mettre en difficulté avec une beauté sanguine en chaleur, ne demandant qu'à être croquée. Bien sûr, il buvait suffisamment Etsuko. Mais quand même. Cette éventuelle proposition me débectait.

Non, je ne voyais qu'une chose : dame pipi ! Ouais, j'allais leur proposer ça. Nous avions une très belle salle de toilettes, tout en marbre, luxueuse. Elle y serait une très belle décoration.

Quand nous fûmes de nouveau tous réunis, j'attendis patiemment que l'on me pose la question, enchantée à l'idée de lâcher ma bombe. Je la gardais dans un coin sombre, à l'abri des capteurs d'Eiirin.

Adrien proposa secrétaire. Je grommelai intérieurement mon mécontentement pour ne pas influencer le jury. Le clan primait sur mes états d'âme. C'était sans compter avec les antennes de mon amant, connecté à moi. Je le sentais totalement sous mon charme et heureux de la passion que nous avions vécue quelques heures plus tôt. C'était rare que ça le perturbe à ce point-là. Son tempérament de samouraï reprenait vite le dessus en général. Il me fit un hochement de tête. Mmmm… « Sors de ma tête ». Coquin, il me répondit d'un clin d'œil et se tourna vers Adrien.

— L'idée aurait pu être bonne. Cependant, elle aura accès à trop d'informations. C'est inenvisageable.

Adrien hocha la tête. J'étais totalement d'accord, moi aussi. Okkaayyy, je tus toutes les autres raisons, les gardant pour mon amant et moi. Maudit télépathe.

— Et toi, Léo, qu'en penses-tu ?

— Effectivement, nous devons lui trouver un poste où elle ne peut pas faire plus de dégâts qu'elle n'en a déjà faits. Et si nous pouvons l'avoir à l'œil, eh bien, ce serait effectivement l'idéal. Pas de rôle public ou de communication non plus, vu son comportement. Alors, j'avoue que, à moins de la mettre à l'intendance ou la bibliothèque avec Adrien, je n'ai pas d'autre idée. On ne peut pas non plus l'intégrer dans une équipe de recherches. Tous les sujets sont sensibles.

Nous gambergions à ces propositions.

— Ismérie ? demanda notre Senseï.

— Dame pipi !

Adrien et Léo éclatèrent de rire. Je ne pus m'empêcher de les accompagner.

— Ismérie ! gronda Eiirin.

Bon, okkaayyy.

Nous nous reprîmes face à notre maître.

Je tus mes arguments de décoration de nos toilettes... Tout ça, tout ça... L'heure n'était pas à la plaisanterie.

— Et pourquoi ne pas lui créer une enquête bidon ? proposai-je.

— Pourquoi pas ? répondit Eiirin après réflexion.

Léo renchérit.

— Nous pouvons lui faire chercher des appartements dans des quartiers sûrs pour nos vampires. Il y a déjà une bonne recherche à faire sur internet, sur la vie des quartiers... avant de se rendre sur place. Plusieurs vampires m'ont dit vouloir vivre en dehors de l'hôtel, mais n'ont pas le temps de chercher. Évidemment, nos vampires n'habiteront pas les appartements trouvés. Nous utiliserons juste ses éléments pour aller plus loin dans une nouvelle enquête dont elle n'aura pas la charge, voire trouver nos ennemis.

— Excellente idée ! Nous verrons ce qu'il en ressortira. Et puis, ce sera l'occasion de lui attribuer un garde ou deux pour sortir.

Nous acquiesçâmes tous. Malgré tout, je fis la moue. Quand même, dame pipi, l'idée était géniale. Léo ricana, devinant le tour de mes pensées, entraînant le rire d'Adrien. Eiirin se contenta de tourner la tête d'un côté sur l'autre, devant la légèreté de ses vampires.

Bah, fallait pas m'engager.

J'étais chez L-Vie. Quelques nuits s'étaient passées depuis la dernière vidéo de prélèvement de sang abusif.

L'oscilloscope audio détectait régulièrement notre ennemi. Ce dernier rôdait sournoisement dans les parages. Il pénétrait parfois dans le labo, mais uniquement quand je n'étais pas présente. Walter et un autre vampire se partageaient la tâche d'accompagner les prélèvements avec nos deux infirmières. Ils devaient parfois le croiser mais ils ne s'en rendaient pas compte. La bonne nouvelle était qu'il n'avait plus manipulé d'humains ou de vampires depuis qu'ils portaient leurs protections ensorcelées. Était-ce ça ou autre chose qui l'arrêtait ? Difficile à dire.

J'avais mis un peu de musique en attendant que les amulettes et divers objets envoûtés arrivent jusqu'à moi pour les recharger. J'écoutais *Square One*(1). Captivée par la sensualité que dégageait cette chanson, j'avais une furieuse envie de retourner au club danser. Je me voyais virevolter sur ma barre sous les projecteurs. Totalement absorbée dans ma bulle chorégraphique, je sursautai quand Kanine entra dans le petit bureau. Devant ma réaction, il se mit en position de combat, prêt à tout anéantir sur son passage. Il était mignon comme ça, avec son petit panier, mon Golgoth. J'éclatai de rire, il se détendit.

— Allez, donne-moi ton panier, sinon je te donne une cape à capuchon rouge pour parfaire ton déguisement.

Il grogna pour toute réponse, puis ressortit. Je savais qu'il restait derrière la porte. Quand il pouvait, il ne restait pas dans la même pièce que moi quand j'exerçais ma sorcellerie. Et là, je ne craignais rien. Cette pièce n'avait qu'une porte bien gardée, aucune fenêtre.

Pfff... Il était temps de bosser et cesser mes rêvasseries. Danser n'était pas à l'ordre du jour, comme aller se promener, voir la lumière du soleil, profiter de sa chaleur, acheter des pierres... Mes moindres faits et gestes étaient strictement surveillés. Impossible de faire un pas de côté sans qu'une flopée d'humains surgissent de nulle part, me rappelant qu'ils n'avaient pas le formulaire 1023X signé de notre Senseï. Je m'étais retenue de les manipuler, ne voulant pas finir attachée quelque part en attendant que mon amant se réveille. Cependant, la frustration augmentait en moi, me demandant d'exercer davantage mon mental pour ne pas me laisser submerger par mes émotions.

Bon, je revins à ma tâche. J'étalai le contenu du panier devant moi et réalisai que Kanine ne m'avait pas donné son amulette et son bracelet en cuir à clous. Il avait fini par accepter de porter sur lui mon sortilège, mais notre maître avait dû insister, le menaçant de le retirer de ma garde. Et il s'était soumis. J'en avais été très surprise. Il préférait rester mon gardien. Je n'en avais que plus de respect pour lui car il fallait bien l'avouer, j'étais du genre attachiante.

Je rouvris la porte et il me regarda d'un sourcil interrogateur. Même si je savais maintenant qu'il m'appréciait, il ne parlait pas davantage.

— Ton amulette et ton bracelet, exigeai-je en tendant la main.

— Mmmoé.

Je refermai la porte avec mes trophées.

Allez, action. Je me centrai, me connectai à ma magie et à l'énergie du cosmos. Je psalmodiai une litanie de protection sur tous ces objets. Quand ce fut fait, je déposai le tout dans le panier et allai moi-même faire le tour des propriétaires pour m'assurer qu'ils allaient bien et supportaient bien mon sort de protection. Tout allait pour le mieux. Kanine me suivait à distance, me laissant une certaine intimité avec le personnel. Je savais que son ouïe de vampire lui permettait de tout entendre et il avait la mission de tout écouter. Mais peut-être que les humains n'en avaient pas conscience.

Un des employés avait une maladie chronique, le faisant beaucoup souffrir. Son médecin avait trouvé judicieux de lui donner un cocktail d'antidépresseurs, lui expliquant que c'était dans la tête. Il avait accepté de tester une potion de guérison d'Aveline. Il n'avait pas grand-chose à perdre, étant donné la vie infernale qu'il vivait.

— Alors, Stan, comment ça va aujourd'hui ?

— J'ai moins de douleurs.

Je l'observai. Il avait l'air toujours mal en point mais ses traits étaient moins tirés.

— Très bien, Stan, c'est encourageant, dis-je avec un sourire.

Il me répondit d'un simple hochement de tête. Sa mine était réjouie, son regard rieur.

Une fois mon petit tour terminé, je me rapprochai de Kanine.

— Allons vérifier les entrées.

Je n'avais pas pu poser de sortilèges contre nos ennemis car ce laboratoire accueillait beaucoup d'humains et il n'était pas dédié au clan Duroy. Heureusement, le directeur nous avait alloué deux pièces en angle. Les salles d'attente et de prélèvement se jouxtaient, ce qui m'avait permis de poser des sorts à ce niveau-là. En y allant, j'observais les humains qui se décalaient, pour éviter inconsciemment les nausées, et puis ceux qui traversaient ma magie, imperturbables.

Kanine avait demandé à Paul, mon autre preux chevalier, de venir avec quelques gardes. Maintenant, Kanine exigeait systématiquement du renfort quand j'étais dans un endroit ouvert pour exercer ma magie. Je me déconnectais d'une certaine manière pour entrer dans une autre dimension. Alors je n'étais pas sûre d'être très réactive s'il survenait une attaque.

Mes deux chevaliers servants dans le dos, les autres gardes derrière, je fermai les yeux et testai la protection. Je la voyais bien présente, blanche, scintillante devant les portes, puis dans leurs encadrements, et envahir les deux pièces, le mobilier, les fauteuils... Bien. J'envoyai une vague déferler sur l'ensemble pour la renforcer et scellai le tout.

Paul se racla la gorge, Kanine grogna. Ils avaient ces réactions à chaque fois qu'ils étaient présents quand je lançais un sortilège. J'en déduisais que ce n'était pas très agréable pour eux. Pour ma part, j'étais rassurée, espérant avoir mis la dose.

Je restai encore un peu pour vérifier que tout se passait bien. Les prélèvements continuaient. Nos donneurs avaient compris que nous faisions tout pour les protéger.

D'ailleurs, je devais de nouveau vérifier nos échantillons ensorcelés pour évaluer nos chances de réussite.

Je montrai ma rétine bleu glacier au scanner afin d'être autorisée à entrer dans notre atelier d'expériences.

Je découvris Aveline et David, un grand sourire aux lèvres.

— Ça marche ! dirent-ils en chœur.

— C'est vrai ?!

— Oui, confirma David. Nous avons de bien meilleurs résultats que la dernière fois. C'est très encourageant. Dans vingt et un jours, nous arriverons au terme de l'expérience. Si elle est concluante, vous pourrez mettre en place votre magie dans les réfrigérateurs de L-Vie. Vois par toi-même.

Je me centrai et œuvrai. Tout était bien en place dans nos empreintes d'un vert brillant très pâle. Je voyais effectivement que le sang était en meilleure condition. La dégénérescence n'avait pas commencé. Je poussai plus loin mon exploration pour évaluer les mitochondries. Elles étaient là, en pleine forme, pleines d'oxygène. Ces dernières avaient revêtu une carapace de couleur jade et contenaient une petite poche totalement opaque. Je fouillai encore plus loin, tout en délicatesse, pour détecter ce qu'il se cachait dans cette opacité. Un battement de cœur. Ce mouvement servait de pompe et poussait de l'oxygène régulièrement. Incroyable ! Elles pompaient inlassablement comme des Shadoks. J'étais ébahie par ce qui s'était mis naturellement en place à la suite de notre sortilège.

Je rouvris les yeux, totalement étourdie par ce

résultat. Aveline me serra le bras en signe d'intense émotion. Je la sentais totalement béate.

David rangea nos échantillons dans les réfrigérateurs.

— Bravo, les filles ! C'est une chance d'avoir deux grandes sorcières ! Le devoir m'appelle. Je repasserai dans une semaine. Cependant, n'hésitez pas à m'appeler s'il y a quoi que ce soit.

— Nous allons avoir besoin de jades et de cristaux de roche, me rappela doucement Aveline.

— Je sais. Je vais travailler Eiirin au corps.

Ma descendante rigola. Je me sentais d'humeur taquine. Oh, mon amant se laisserait faire, je n'avais aucun doute. Par contre, est-ce qu'il me laisserait sortir ? Rien n'était moins sûr.

Aveline resta préparer ses potions diverses et variées pour nos humains. Un certain engouement commençait à l'envahir pour les faire vivre plus longtemps. J'étais contente que sa mission ait pris le pas sur la tristesse qui l'avait envahie après la vampirisation, puis la mort d'Emma. Il n'était pas prévu de vampiriser nos humains. C'était très clair dans leur contrat lorsque nous les employions. Cependant, les préparations d'Aveline amélioreraient leur condition humaine.

Je passai voir Léo. Toujours enfermé dans son bureau, il croulait sous le travail, les cheveux ravagés par ses mains.

— Alors, Léo, vas-tu libérer le maître Yoda qui sommeille en toi ?

Mon espièglerie ne lui échappa pas.

— Eh bien, pour l'instant, il attend patiemment que je le laisse s'émanciper. Tu es venue me faire faire une pause ?

Je m'écroulai dans mon fauteuil préféré.

— Vu ta tignasse, je pense que tu en as besoin.

Il sourit, tentant de se recoiffer… en vain.

— Mon petit doigt m'a dit que votre sortilège sur le sang fonctionnait.

— Il est malin, ton petit-doigt.

— Tous mes doigts sont malins !

— Nous avons bon espoir d'allonger la vie du sang ce coup-ci. Ce serait fantastique !

J'étais émerveillée par toutes les possibilités que cela offrait.

— Ne t'emballe pas trop… Nous n'allons pas sauver l'humanité !

— Oui, j'en suis bien consciente. Tu as vu le fonctionnement de notre oscilloscope audio ?

— Non, pas eu le temps, dit-il en tripotant son stylo, se demandant s'il était bien prudent de s'octroyer une pause.

— Non ?! C'est dingue ! Tu as tout de même été enregistré ?

— Bien sûr ! Notre Senseï sait me rappeler les priorités parmi tout ce qu'il me donne à faire.

— Tu n'as pas écouté celui que nous pensons être notre ennemi ?

— Pas encore. Kanine nous convoque à tour de rôle, je crois que c'est bientôt mon tour. Il sait que j'ai peu de temps. J'ai cru comprendre que pour l'instant, personne ne le connaissait.

— C'est vrai. Adrien et Miguel ont installé un autre oscilloscope à la Païva. Ils sont trois vampires à s'en approcher, dont notre mystérieux ennemi. Pourtant, nous avons pas mal de vieux vampires... Personne ne l'a reconnu. C'est curieux.

— Non, les clans peuvent se croiser, mais nous préférons nous éviter. La guerre de gangs est la cause de mort la plus répandue chez les vampires.

— Tu as probablement raison. Dès que certains se rendaient compte de ma nature, la première réaction était de vouloir me liquider.

— Ouais, c'est très fort d'être restée en vie seule aussi longtemps.

— Pas besoin de testostérone !

Nous rigolâmes ensemble.

— La preuve que non !

Son téléphone sonna. Kanine lui demandait s'il était disponible pour venir écouter notre supposé ennemi.

— Isie m'empêche de travailler ! Autant que je vienne, ça la fera sortir de mon bureau !

Ils ricanaient tous les deux à mes dépens.

— Je t'accompagne, alors ! m'exclamai-je.

Arrivé dans le petit salon où Kanine avait mis tout son matériel, Léo demanda.

— Personne ne l'a reconnu ?

— Mmmon...

— Nous sommes sûrs que c'est un vampire ?

— Mmmoé !

Léo prit le casque que Kanine lui tendit, puis s'assit dans un fauteuil baroque de style Louis XV. Il était placé face à l'écran pour voir les ondulations du champ électromagnétique mais il ferma les yeux.

Kanine mit en route l'enregistrement. Il avait mis bout à bout tous les passages de ce vampire.

Léo écarquilla les yeux d'un seul coup et se redressa.

— Remets-le !

— Depuis le début ?

— Oui !

Tous les deux maintenant sur le qui-vive, nous observâmes Léo, droit comme un « I », refermer les yeux. Je l'avais rarement vu aussi concentré.

— Je reconnais la signature sonore de Rakoûl, mon ancien maître !

— Mais tu m'as dit qu'il était mort ! m'exclamai-je.

Il leva le doigt, m'ordonnant de me taire. Kanine me réprimanda du regard comme si j'étais une sale gosse. Contrariée, je refoulai mon impatience. Mais que racontait-il ?

— Remets encore ! exigea Léo, levant à peine les paupières pour jeter un regard à Kanine.

Ce dernier s'exécuta d'un simple hochement de tête.

Je fermai une fermeture éclair virtuelle sur ma bouche sous l'œil assassin de Kanine, attendant le plus patiemment possible, tous mes sens exacerbés. Je tentais d'écouter les pensées de Léo, m'acharnant à entrer dans sa boîte crânienne afin d'avoir les réponses avant qu'elles ne sortent de sa bouche. Rien. Mais comment faisait Eiirin ?

Léo reposa le casque.

— Ce n'est pas lui.

— Quoi ? C'est lui ou pas ?! demandai-je.

— C'est un de ses descendants !

— Tu sais détecter ça ?

— Oui !

Kanine nous regardait tour à tour comme s'il assistait à un match de ping-pong. Il devait être drôlement soulagé de ne pas avoir à parler.

— Ce serait qui, alors, Léo ?

— Un descendant puissant qu'il a dû continuer à nourrir un moment. Malheureusement, pour qu'ils soient proches à ce point, c'est qu'ils partageaient les mêmes vices. Rakoûl choisissait ses lieutenants en fonction de leurs perversions. Plus ils en avaient, mieux c'était. Il faisait cependant attention qu'ils ne deviennent pas plus forts que lui.

— Et Rakoûl ne s'est pas fait renverser à jouer à ce jeu-là ?

— Si, c'est comme ça qu'ils ont eu sa peau. Enfin, c'est ce que j'ai entendu dire. Mais je suis sûr qu'il est mort. J'ai senti ce grand vide quand la connexion a été rompue. J'en ai parlé à Eiirin. Il a ressenti la même chose quand il a perdu son maître. Tu dois le sentir aussi, Isie, avec la perte d'Emma ?

Oui, je n'avais jamais senti de lien avec mon géniteur puisqu'il était mort pendant ma vampirisation. Mais avec Emma, j'avais senti cette liaison très spéciale qui prenait bien trop de place et qui avait fini par faire un trou béant. La nature ayant peur du vide, mes fourmis avaient été heureuses de s'y installer, retrouvant toute la place qu'elles avaient connue auparavant.

Finalement, Eiirin devait sentir beaucoup de liens avec tous ses vampires. J'étais surprise qu'il ait trouvé autant de place pour moi.

— Eiirin ! Nous devons le voir, m'écriai-je.

Nous nous levâmes tous les trois. Kanine ferma son boudoir à clé et nous nous précipitâmes chez notre maître. Je tambourinai à la porte, lui passant comme message qu'il n'y aurait aucun refus possible.

— Mais quel est ce tintamarre, Ismérie ? tonna-t-il en ouvrant sa porte.

Il soupira et me regarda.

— En même temps, ça ne peut être que toi. Personne d'autre ici n'oserait faire une telle chose !

Irrité, il ouvrit sa porte pour nous laisser entrer.

— Je vous en prie, dit-il courtoisement en me toisant, espérant que j'apprenne les bonnes manières.

Je me ferai pardonner ce soir, lui passai-je par télépathie.

— J'y compte bien ! Allez, assis ! Qui me raconte ?

Kanine et moi nous tournâmes vers Léo.

— Je t'écoute, Léonard !

Ce dernier soupira avant de commencer.

— Le vampire qui rôde est un descendant de Rakoûl. À coup sûr, un de ses anciens lieutenants.

— Ce n'est pas bon du tout ! Cela explique en même temps la recrudescence de viols.

Nous approuvâmes tous les trois.

Eiirin avait l'air de bien connaître l'ancien maître de

Léo.

— Je soupçonne cet ancien lieutenant d'être ici avec son clan. Je vais étudier davantage tous les délits commis pour essayer de cerner où ils sont implantés. S'il respecte la façon de faire de Rakoûl, il installe son clan dans une maison abandonnée ou chez une famille. Ensuite, ils abusent des habitants de toutes les manières. Et puis, ils font de même avec un maximum d'humains autour d'eux. Une fois qu'ils sont obligés de se déplacer trop loin, ils préfèrent choisir un autre « hôte » si on peut dire. En étudiant les lieux de recrudescence des meurtres, viols, vols, nous pourrions avoir une idée de leur mouvement.

— Bonne idée, Léonard !

— Je peux lui donner un coup de main, proposai-je.

— Moi aussi, renchérit Kanine.

Eiirin écarquilla les yeux, puis sourit.

— Qu'il en soit ainsi ! Le plus tôt sera le mieux !

Léo et Kanine foncèrent comme des flèches. Je courais derrière pour suivre la cadence. Ils me traînèrent au fin fond de l'aile perpendiculaire de l'hôtel de Lauzun. Celle qui donnait sur la cour intérieure. Une partie que je connaissais peu. En y allant, Léo nous expliqua.

— Isie prend les vols, Kanine les meurtres, je prends les viols.

— Mmmoé…

Mais que racontait-il ? Je n'y comprenais rien.

Je n'eus pas le temps de poser la question. Il ouvrit une porte et j'entrai dans le paradis des informaticiens.

Je n'avais jamais vu cette salle. Je savais que nous avions une équipe de geeks qui nous remplissait notre boîte mail et nos répertoires. Mais je ne savais pas où ils étaient. Je pensais même qu'ils travaillaient à l'extérieur.

— Il me faut trois personnes, s'il vous plaît ! lança Léo.

Trois mains se levèrent immédiatement et nous nous séparâmes.

Je me dirigeai vers un jeune homme à lunettes. J'avais compris ce que désirait Léo, finalement.

— Bonjour, dis-je en m'asseyant sur la chaise à côté de son fauteuil.

— Que puis-je faire pour vous ?

— J'ai besoin de savoir s'il y a eu des augmentations ou diminutions des vols dans certains arrondissements ou même dans la région parisienne.

À peine avais-je fini qu'il m'avait oubliée et se concentrait sur son écran, pianotant comme un dingue.

Il se connecta à un logiciel de... la brigade anticriminalité. Ouch ! Je préférai me cacher les yeux avec mes doigts pour ne pas voir ça. En même temps, je les écartai pour en découvrir juste un peu. Mon geek sourit à côté de moi, content de ma réaction. Ça faisait son petit effet. J'enlevai mes mains

Il pianota de nouveau, écrivant des mots à vive allure. J'avais à peine le temps de lire qu'il validait et d'autres champs de saisie ou cases à cocher apparaissaient. Bon, il avait l'air de savoir ce qu'il faisait.

Maintenant, j'étais moi aussi totalement concentrée sur la carte et tous ces petits points qui se multipliaient et se déplaçaient. Bien sûr, il y en avait plein d'autres éparpillés autour. Cependant, il y avait comme un essaim qui bougeait régulièrement, investissant les lieux, rasant tout sur son passage. Puis, il allait plus loin. Cette colonie tournait dans les arrondissements autour de nous, sans jamais toucher à l'île Saint-Louis.

— Cela fait quatre mois que ça dure. Je ne sais pas ce que c'est, mais ça bouge toutes les trois, quatre semaines. Ça commence tout doucement dans le nouveau quartier, comme s'il y avait des éclaireurs, avant que tous les envahisseurs n'arrivent, et ça décroît.

— Et les derniers nettoient peut-être...

Mon geek me regarda, surpris et interrogateur.

— C'est qui ?

Je ne répondis pas, ne sachant ce que je pouvais révéler.

J'étais maintenant sûre que les derniers vampires faisaient oublier un maximum de souvenir aux survivants, les laissant dans la confusion la plus totale.

Je me redressai pour regarder Léo, qui cherchait lui-même à croiser nos regards. Voyant que nous avions une conclusion, il lança.

— OK ! Envoyez vos enregistrements ici, sur 33, je veux une vitesse quotidienne.

Kanine et moi, nous allâmes jusqu'à Léo. Debout, derrière lui, j'avais une très bonne visibilité puisqu'il était assis. Le geek de Kanine, comme le mien, avait repris ses occupations d'avant notre interruption. L'informaticien fit attention de sélectionner des couleurs différentes selon les types de crimes.

Puis, il lança tout ça. Les viols, les meurtres et les vols

se superposaient, suivant le même mouvement. On aurait dit une entité vivante grouillante très bien organisée. Ça faisait froid dans le dos. Pour l'instant, elle était proche de nous. Mais aucun crime n'avait été commis sur l'île Saint-Louis. À croire que nous étions une chasse gardée ou des pestiférés. Dans les deux cas, nous étions menacés.

— Envoie ces trois fichiers et le résultat de la superposition au président. Et mets-moi en copie, s'il te plaît, ordonna Léo.

Le geek hocha la tête et s'exécuta.

Nous partîmes aussi vite que nous étions arrivés.

Ce coup-ci, je n'eus pas le temps de m'approcher de la porte de notre Senseï. Léo mit sa poigne sur mon épaule et me recula.

— Il va finir par te mettre à la porte, me gronda-t-il avec ses yeux.

— Aucune chance, il est accro !

— Sois mignonne, Isie !

Kanine grommela un assentiment. J'attendis sagement.

— Entrez !

Je les suivis et m'assis bien droite, sans me vautrer. Eiirin me glissa un regard doux d'approbation. Il n'était vraiment pas difficile à contenter, finalement.

— Je t'écoute, Léonard.

Son second lui exposa toutes nos conclusions en finissant par l'informer qu'il avait dû recevoir un mail.

Eiirin se leva et nous le suivîmes. Léo me positionna

devant lui, vu qu'il restait debout.

Notre Senseï regardait silencieusement.

— C'est fâcheux, conclut-il. Nous devons surtout bien contrôler les entrées-sorties de l'île. Bien sûr, nous ne pouvons pas empêcher la circulation du pont Sully. Le reste des rues est en sens unique, c'est donc plus facile de contrôler les véhicules. Postez des gardes au quai d'Anjou. De même, pour les autres ponts. Je veux plus de rondes aquatiques. Ismérie, planifie tes ouvertures de fenêtre et tes sorties afin de ne pas stresser nos gardes inutilement. Il n'y aura pas de dérogation. Aveline sera soumise aux mêmes règles que toi.

Pour Aveline, j'étais entièrement d'accord. Il ne me restait plus qu'elle dans ma descendance.

Je devais simplement admettre que c'était une nécessité pour moi aussi. Mouais...

— Nous avons besoin de matériel et notamment de pierres, Eiirin, pour mener à bien « Green Blood ». Je me suis renseignée. Le magasin qui nous convient n'est ouvert que dans la journée.

— Vous ne pouvez pas y aller. J'en suis désolé.

Je fis la moue.

— Ne boude pas, Ismérie. Et si tu faisais venir ce commerçant ? Vu le devis que tu m'as présenté, je suis sûr qu'il serait prêt à nous apporter ses plus belles pierres.

— C'est une bonne idée !

Léo et Kanine soupirèrent de soulagement.

— Je suis si terrible que ça ? demandai-je, vexée.

— Oui ! répondirent-ils en chœur.

J'étais scotchée. Eiirin me caressa sournoisement le menton afin que je ferme la bouche.

— Je t'ai vue à l'œuvre, affirma Léo. Je n'ai pas envie de me retrouver avec un sortilège de furoncles. Je tiens à rester beau gosse pour le jour où je pourrai de nouveau faire la fête.

— Léonard ! s'indigna notre Senseï.

Nous rigolâmes. J'étais persuadée que son élévation spirituelle était en déroute.

— Allez, au boulot, tonna Eiirin. Kanine, aide Léo pour les mesures de sécurité. Demandez à Miguel de vous donner un coup de main. Ismérie, reste avec moi. J'ai besoin de tes lumières sur un dossier.

(1) Chanson de Moss Kena.

11 – Accalmie

Les prélèvements de donneurs avaient repris bon train. Une ambiance chaleureuse régnait à L-Vie. Je rechargeais toutes nos protections régulièrement. Quelques vampires inconnus rôdaient autour du labo, mais nous n'avions pas vu réapparaître notre puissant ennemi sur l'oscilloscope.

Nous restions tous sur nos gardes et Kanine devenait sacrément bougon. Il avait combiné les grommellements aux marmonnements. Si je l'avais écouté, il m'aurait mis une laisse pour être sûr que je ne m'éloigne pas, et probablement une muselière... Alors, je tentais de rester sage pour ne pas aggraver mes conditions de détention. Car c'était un peu ça. Je ne pouvais plus aller danser ou me promener. C'était la poisse.

Les consignes de sécurité étaient draconiennes à l'hôtel de Lauzun. Aveline n'était guère mieux lotie que moi. Nous nous soutenions au mieux dans la journée. Elle souffrait parfois de la maladie des vampires, la mélancolie. Sa fille et sa vie à Biarritz lui manquaient.

Je ne pouvais toujours pas nourrir Eiirin. La frustration me gagnait. Elle augmentait en fin de nuit, au moment où mon amant me nourrissait sans que je puisse lui rendre la pareille. Alors, bien sûr, il me rassurait et continuait de combler tous mes besoins. Mais tout de même, mon ego me narguait devant mon incapacité. Mes cheveux blanchissaient moins. J'espérais que ce fût bon signe et que mon immortalité fût de nouveau acquise. Bien sûr, je devais me tenir loin des pieux en tout genre et des lames qui pourraient me décapiter. D'ailleurs, Eiirin m'avait proposé de porter en permanence ma fabuleuse combinaison de cuir, plaques métalliques et corolle intégrées pour pallier tous les dangers. Quand même, il exagérait. Évidemment, je ne m'étais pas exécutée, ce qui avait fait grincer des crocs tous mes vampires. Il y avait carrément un complot contre moi. C'était la misère.

Alors, Aveline remplissait mes poches de patience, m'exhortant à plus de calme. Il fallait bien avouer que ça ne marchait pas trop. Agacée, je me languissais de retrouver une certaine liberté.

J'allais de plus en plus voir nos geeks.

Je regardais l'écran pour surveiller l'évolution de cet essaim d'ennemis grouillant autour de l'île Saint-Louis. Il s'éloignait. Il devait avoir récolté tout ce qu'il pouvait sans trop attirer l'attention. Leur éloignement était une bonne chose. Enfin, tout était relatif car ces vampires avaient commis impunément beaucoup de crimes. Maintenant qu'ils prenaient de la distance, Eiirin serait peut-être moins pressant envers ma protection... ou pas. Pfff... J'étais perplexe. Quelle galère, tout de même, de vivre en clan. Toutes ces stratégies pour aider les humains, faire tomber l'industrie agroalimentaire, créer des projets pour garder notre image positive et améliorer le quotidien des mortels...

Pourquoi s'enquiquiner la vie à ce point ?

L'ambivalence régnait désormais en moi.

Alors que j'étais franchement attachée à Eiirin, à son sang, je ne me voyais plus me sauver et vivre seule. Cependant, prisonnière de mes émois, de cet attachement sanguin, j'étais à deux doigts d'enlever notre chef de clan, l'emmener très loin dans une caverne, à ma merci, pour moi TOUTE seule. Mmmm... C'était tentant. L'image me séduisait vraiment. J'en salivais. Je sortis de mes songes, un sourire aux lèvres. Par réflexe, je m'essuyai la bouche. Ouf ! Je n'avais pas bavé. Mon geek me contemplait, perplexe, se demandant ce qui pouvait bien me passer par la tête. Je me raclai la gorge et me redressai. S'il savait... Allez, un peu de tenue, Ismérie, pauvre de moi.

Je remerciai mon informaticien et me sauvai. Pourvu qu'il ne soit pas télépathe. J'avais assez rêvassé pour aujourd'hui. Je devais me reprendre car j'étais dans une spirale émotionnelle descendante.

Le champ électromagnétique des vampires s'élevait, m'indiquant leur réveil imminent. Je me dépêchai d'aller retrouver Eiirin.

Je pénétrai dans notre appartement.

— Tu es déjà debout ?! m'exclamai-je.

Il me souriait, satisfait, dans toute sa splendeur. Je l'admirais en train de fermer sa chemise col Mao. J'aurais dû arriver plus tôt pour admirer sa tablette de chocolat. Miammm...

— Oui, tu vois, même si je ne t'ai pas bue depuis

plusieurs semaines, ton sang me fait toujours autant d'effet ! Finalement, tu m'obliges à travailler davantage, déclara-t-il, grimaçant. Dois-je vraiment te remercier ?

Son clin d'œil et son petit sourire m'excitèrent bien plus que de raison. Mes fourmis frétillaient, à moins que ce ne soit moi finalement. Ouais, j'étais vraiment devenue une pauvre fille à espérer sans cesse qu'il me gave de son nectar immortel et comble tous mes désirs. Lamentable. Et plutôt que de le traîner dans une caverne, j'allais me contenter du lit dans un premier temps.

Je retirai mon haut, le laissant tomber par terre, découvrant mon soutien-gorge en dentelle. Pris par surprise, Eiirin écarquilla les yeux, interdit, se demandant comment il allait se sauver de ce traquenard.

— Eh non ! Tu ne te sauveras pas, bébé !

J'attrapai sa chemise et ouvris en grand les pans, éparpillant tous les boutons. Je remerciai mon peu de force vampirique au passage.

— C'est du gaspillage, Ismérie. Je t'aurais laissé le temps de l'ouvrir !

Sa moue était délicieuse. Au diable l'écologie, j'y penserais plus tard.

Je m'attelai à défaire son pantalon en me léchant les babines. Son excitation montait, exacerbant la mienne au paroxysme. Je le poussai vers le lit tout en retirant rapidement mon legging avant de l'enfourcher. À moi les sensations fortes.

J'étais blottie dans les bras de mon amant pendant

qu'il me caressait les cheveux. Il n'était plus pressé d'aller travailler. Nous écoutions tranquillement les paroles de *Space Oddity*(1), repus. Moi, aussi j'avais pris ma dose. Je planais, bienheureuse, des étoiles plein les yeux.

Le téléphone d'Eiirin sonna. Je tendis l'oreille. La voix de Léo nous demandait de descendre. Nos deux inspecteurs en titre étaient là.

— Le devoir nous appelle ! dit Eiirin en raccrochant.

Il me releva, malgré moi. Que se passait-il encore ?

Mon amant ramassa sa chemise, l'observant d'un œil sceptique. Je me détournai, préférant ignorer le problème. Son armoire était pleine de chemises blanches à col Mao. Je reçus une bonne claque sur les fesses pour me donner plus d'allant. Mmmm... Je me voyais vraiment bien le tirer par les cheveux et le traîner dans un endroit isolé rien qu'à moi. Il ne méritait que ça. J'allais devoir faire une recherche pour savoir où était la caverne la plus proche. Peut-être même que je mettrais les geeks dessus. En attendant, j'accélérai le mouvement pour m'habiller. Il m'attendait déjà.

Je reçus tout de même un petit bisou sur la bouche. C'était mieux. Il m'entraîna par la main pour être sûr que je le suivais.

Quand nous arrivâmes à son bureau, les inspecteurs étaient installés, nous attendant. Ils se levèrent pour nous saluer. Eiirin me conserva près de lui, montrant bien au policier que je lui appartenais. Ce dernier fronça les sourcils, gêné par la confidence qu'il avait faite en public grâce à mon sortilège de vérité.

En bonne vampire, je m'assis au plus près de mon maître. Pas besoin d'alourdir l'atmosphère déjà suffisamment pesante.

Il s'était passé quelque chose. Eiirin me glissa mentalement « chapelle expiatoire ». J'avais beau boire son sang, son don de télépathie ne se développait pas en moi. Et c'était bien dommage.

Notre inspectrice prit la parole.

— Malheureusement, il y a eu d'autres meurtres à la chapelle expiatoire. Nous nous sommes déplacés personnellement pour vous demander assistance.

— Plusieurs meurtres ? demanda Eiirin.

L'inspectrice confirma tristement d'un signe de tête.

— Un humain et probablement un vampire.

— Un vampire ?

— Vu ses crocs, oui ! Pouvez-vous venir dès maintenant sur les lieux du crime nous dire ce que vous en pensez ?

Eiirin réfléchit. Je voyais tous les rouages de sécurité se mettre en place pour assurer notre protection. Nous l'observions tous, attendant sa décision. Il se tourna vers moi.

— Va mettre ta combinaison, ordonna-t-il.

J'allais ouvrir la bouche, mais n'en eus pas le temps.

— Immédiatement ! ajouta-t-il.

Je me levai, dépitée, et m'exécutai le plus docilement possible. Si je voulais y aller, je n'avais plus qu'à obéir. Avant de quitter le bureau, j'entendis Eiirin demander à Léo de préparer notre garde rapprochée pour partir dans le quart d'heure.

Je me dépêchai de monter. Ma combinaison était très facile à enfiler. Sa souplesse en faisait une seconde peau, épousant le moindre mouvement de mon corps. Je mis mes bottines, vérifiai dans la glace que la corolle était bien installée et redescendis dans le bureau.

Eiirin était en train d'expliquer qu'un clan de vampires que nous ne jugions pas amical rôdait dans les parages. Bien sûr, nous n'avions pas de preuves, mais nous les soupçonnions d'avoir manipulé le laboratoire d'analyses L-Vie lors des prélèvements abusifs.

Nos inspecteurs écoutaient attentivement, prenant des notes. Notre policier ne manqua pas d'admirer les courbes de ma combinaison, émerveillé. Notre Senseï se racla la gorge pour ramener l'attention à lui pendant que je venais me rasseoir à ma place, me faisant la plus petite possible. Ça ?! Ce n'était pas trop difficile. J'envoyai un petit coup de pouce magique à notre inspecteur pour qu'il m'oubliât et mon amant se détendit.

Eiirin poursuivit son explication, insistant sur notre besoin de protection pour éviter de tomber dans un piège si cela en était un.

Léo vint nous informer que tout était prêt pour notre sortie.

En se levant, mon amant me retint par le bras, laissant nos inspecteurs prendre de l'avance. Il vérifia que ma plaque était bien en place pour protéger mon cœur et tira sur ma corolle pour prévenir toute décapitation. Une vraie mère pour moi. Une fois rassuré, il m'invita à avancer.

Notre escorte nous attendait dans l'entrée. Neuf mastodontes, Kanine en tête, plus terrifiants les uns que les autres, affichaient une mine sévère.

— Est-ce bien nécessaire ? s'exclama l'inspectrice, choquée par cette démonstration de force.

— Oui ! affirma Eiirin. Nous ne prendrons aucun risque concernant notre sécurité ou la vôtre. Vous pouvez avoir confiance. Nous vous emmenons si vous le souhaitez.

Et là, je sentis Eiirin lui envoyer son charme vampirique pour la détendre. Mmmm... Sacrée canaille, je croyais que nous n'avions pas le droit.

Nous sortîmes pour rejoindre nos deux 4x4. Nos inspecteurs montèrent dans le premier véhicule avec cinq gardes, dont un chauffeur. Léo, Eiirin et moi montâmes dans le second, sous la supervision de Kanine.

Nous arrivâmes à la chapelle expiatoire. Je sentais l'inquiétude monter dans l'habitacle. J'étais la première à ne pas être rassurée. Qu'allions-nous trouver ?

Nos inspecteurs firent ouvrir les barrières afin de nous garer au plus près.

La majestueuse chapelle s'élevait dans la lumière, nous faisant oublier un instant la noirceur qui s'étendait à ses pieds.

L'odeur métallique atteignait déjà mes narines. Le sang avait coulé.

Angoissée, j'avançai vers la zone des meurtres. Cette dernière était balisée, nous offrant un horrible spectacle. Au fur et à mesure que nous approchions, une sueur froide glissait le long de mon échine devant l'horreur de la situation.

Une humaine gisait dans l'herbe dans une position improbable face aux tombes des gardes suisses. Ses yeux révulsés de terreur s'élevaient vers le ciel, tentant probablement de trouver un salut dans les étoiles. Son corps, marqué de plusieurs morsures, avait été saigné à blanc. Beaucoup de sang avait été gaspillé cette fois-ci. Certains vampires avaient même arraché de la chair. Sa mort avait été brutale. Je pouvais percevoir tout l'effroi qu'elle avait pu ressentir pendant que ses bourreaux prenaient leur temps.

Un vampire décapité était allongé non loin. Il reposait, les jambes serrées, sa tête posée sur son ventre, maintenue par ses mains attachées. En regardant de plus près, je vis que ses poignets étaient liés par un lacet de ses chaussures.

— C'est la signature de Rakoûl.

Léo avait chuchoté de telle façon que les humains ne pouvaient l'entendre.

C'était donc bien un habitué de son ancien clan qui était à Paris. Pour le coup, c'était une véritable déclaration. De quoi ? Nous ne savions pas encore exactement. Cependant, cette mise en scène n'était pas faite au hasard. Seul Léo pouvait la décoder.

Heureusement, les journalistes n'avaient pas été autorisés à approcher. Je regardai autour de nous. Trop d'habitations nous entouraient, même si elles étaient loin. Les téléobjectifs étaient puissants.

Léo paraissait très ennuyé par la découverte du défunt

vampire.

Eiirin gardait son calme et toute sa prestance. Je le devinais concentré sur les pensées de son second.

— Le connaissez-vous ? demanda l'inspectrice.

Nous fîmes tous non de la tête.

— Non, confirma Eiirin.

— C'est bien un vampire ?

— Oui !

Ça, oui, il n'y avait aucun doute quant à la dentition et au sang étalé autour du corps. Notre hémoglobine était beaucoup plus épaisse, de la consistance d'un sirop. Elle ne pénétrait pas de la même façon dans la terre. Son odeur n'était que légèrement différente, mais pour nous, ça changeait tout. Le sang de vampire était sirupeux. Une note acidulée se mêlait au métal.

— La position du vampire est-elle un message ?

Eiirin échangea mentalement avec Léo. Je ne pouvais malheureusement pas entendre. Je supposai seulement que notre Senseï lui donnait des consignes.

— J'ai déjà vu ce type de meurtre, déclara Léo. C'est une mise en garde.

— Pour qui ? demanda l'inspectrice.

— Je dirais pour nous tous, vu la position des deux victimes.

— Et de qui vient cet avertissement ?

— Malheureusement, nous ne savons pas, affirma Eiirin.

Nous continuions de tenter de relever le moindre détail. Ces vampires avaient pris leur temps. Ils avaient dû poster des gardes pour surveiller les environs et envoyer beaucoup de charmes vampiriques pour ne pas être dérangés pendant leur funeste besogne.

Nos inspecteurs notèrent un maximum d'éléments. Puis, nous retournâmes à l'hôtel de Lauzun. Nous pouvions parler plus facilement puisque les inspecteurs étaient dans l'autre véhicule.

— Rakoûl faisait souvent ce genre de mise en garde ? demanda Eiirin.

— À chaque fois qu'il arrivait sur un territoire appartenant à un autre clan, répondit Léo.

— En profitait-il pour gagner ce nouveau territoire ?

— C'était une sorte de préliminaire aux négociations. Il se montrait intraitable. C'est troublant, car en général, il laissait le vampire décapité sur le territoire du clan qu'il convoitait et non sur un terrain neutre. Ils nous ont observés. Ils savent que nous sommes installés principalement sur l'île Saint-Louis. Les oscilloscopes nous ont montré qu'ils étaient venus espionner L-Vie et la Païva. Alors, pourquoi la chapelle expiatoire ? Est-ce que cela veut dire qu'ils sont à l'origine du premier meurtre ?

Nous réfléchissions aux paroles de Léo.

Eiirin posa sa main sur ma cuisse en signe de possession.

— Tu dois être prudente, Ismérie. Tu comprends bien que je ne peux pas diminuer les mesures de sécurité à ton encontre ?

— Oui, Eiirin, ne t'inquiète pas.

Il soupira de soulagement comme si j'acceptais d'être enfin sage et obéissante. Bon, il risquait tout de même d'être surpris. Je ne savais pas à quoi j'étais prête exactement. Cependant, je comprenais que je ne pouvais pas faire le poids face à un clan meurtrier qui n'avait aucune valeur morale.

— Je crains que nous ne soyons pas au bout de nos surprises, avoua Léo, pensif.

— Je crains que tu n'aies malheureusement raison, Léonard.

Kanine grommela que je devais rester à la maison dorénavant.

— Il n'en est pas question ! me rebellai-je. Je travaille aussi à L-Vie. Les abus n'ont jamais eu lieu en ma présence. Cela diminue la fenêtre d'action de nos ennemis.

— Mmmoé... mais je ne suis pas de taille à te défendre seul ! Je ne veux pas que tu termines en tenant ta tête sur ton ventre comme ce vampire.

— Nous allons augmenter la garde d'Ismérie, trancha Eiirin. Elle a raison. Je pense que nos ennemis la craignent.

Je pressai la cuisse de mon amant en signe de remerciement. J'étais ébahie qu'il ne m'enferme pas dans une de ses forteresses cercueil pendant la journée.

— Mmmoé... mais elle ne peut pas faire face seule à une telle menace ! ajouta Kanine.

— Tu as raison, Kanine. C'est pour cela qu'Ismérie va reprendre son entraînement ! ajouta Eiirin

La cabane était tombée sur le chien. J'étais effarée.

Tous se tournèrent vers moi, un sourire aux lèvres, étudiant ma réaction.

Ah ! Ils pouvaient être ravis, je saurais les décourager encore une fois. Je n'étais pas encore l'obéissance personnifiée.

Et c'est comme cela que je me retrouvai à admirer Etsuko en train de virevolter avec deux sabres à la main dans une de nos grandes salles d'entraînement. Et de la place, il lui en fallait. La fabuleuse combattante O-Ren Ishii dans *Kill Bill* n'était qu'une petite joueuse à côté. La majestueuse Etsuko volait à travers la pièce, ses pieds touchant à peine le sol pour rebondir et s'élever dans les airs. Ses sabres tournoyaient autour d'elle à une vitesse dingue. Je peinais à suivre le mouvement. Pourtant, mes sens de vampire étaient particulièrement acérés. Comment faisait-elle pour ne pas tailler son kimono en pièces ?

Léo et Kanine la regardaient le plus sérieusement du monde, totalement en admiration devant sa technique de combat, évaluant le moindre de ses coups de sabre.

J'étais moi-même exaltée par sa prestation. Sa chorégraphie était fantastique. Un sentiment de bonheur montait en moi. Je savais ce que c'était d'atteindre un tel niveau, les heures d'entraînement que cela représentait.

Elle termina dans une pose, face à nous, nous saluant, ses katanas croisés devant elle. Pas un seul cheveu ne s'était échappé de son chignon. Sa robe de geisha se réajusta harmonieusement autour d'elle. Personne n'aurait pu deviner qu'elle venait de terminer son combat imaginaire.

Je l'applaudis gaiement, un sourire s'étirant jusqu'à

mes oreilles.

Kanine grogna.

— Nous ne sommes pas au spectacle, Isie ! affirma Léo

Quels rabat-joies. Je les ignorai royalement.

— Tu as été magnifique, Etsuko, dis-je gaiement.

— Pourquoi parles-tu au passé ? me fit-elle avec un clin d'œil.

Je rigolai franchement. Magnifique ? Elle l'était en permanence. J'étais admirative devant sa prestance. Ma condition de paysanne ne m'avait pas aidée à me comporter comme une grande dame. Par contre, la danse classique et les corps de ballets russes m'avaient permis d'acquérir un port de reine sur scène. Malheureusement ou heureusement, ce n'était pas devenu instinctif, je cherchais plutôt à passer inaperçue. Bon, enfin, là, j'avais assisté à un très beau ballet.

Etsuko rengaina ses lames dans ses fourreaux.

— Que me vaut cet honneur ? demanda-t-elle.

L'air de rien, je reculai pour me cacher derrière mes deux vampires. Ni vu, ni connu, je les embrouillais. Facile.

Mais raté.

Kanine me prit par les épaules pour me pousser au-devant de la scène.

— Isie doit apprendre à combattre ! annonça Léo. Ordre de notre Senseï !

Je fis la moue. Quelle drôle d'idée. Que ne comprenaient-ils pas dans « je ne veux pas apprendre à me battre » ?

Etsuko m'étudia avec attention.

— Elle n'a pas l'air davantage décidée !

— En effet, répondit Léo. Elle reste récalcitrante.

— Que voulez-vous que j'en fasse, dans ce cas ?

— Lui parler ? proposa Léo.

— Oh ! Parler ne sera pas un problème, mais elle ne saura pas davantage combattre.

— En tant que femme, tu peux peut-être lui apprendre des techniques, disons, plus... féminines.

Je commençai de nouveau à glisser vers l'arrière pour m'envoler. Mais pas de chance, Kanine me rattrapa d'une main. Sa poigne accrocha mon épaule telle une serre sur sa proie.

— C'est un âne bâté ! grogna Kanine.

— Vous avez fini de parler de moi comme si je n'étais pas là ! m'exclamai-je, frustrée, alors qu'il m'empêchait de partir.

— Pourquoi ne veux-tu pas apprendre à te battre, Ismérie ? demanda Etsuko, le plus sérieusement du monde.

Son œil acéré m'évaluait, cherchant ce qui ne tournait pas rond chez moi. Je connaissais peu ses pouvoirs, mais je sentais beaucoup de dons de vampire chez elle. Et elle semblait avoir bien plus de force physique que moi.

Je regardai ailleurs comme une enfant prise en faute. Bonne question. Après avoir fait une mini réunion avec moi-même, je constatai que mon côté sorcière blanche y était pour beaucoup. Même si j'avais accès à la magie noire, y recourir n'était pas du tout naturel pour moi. Bien au contraire. Je la sentais partout. Elle était présente dans le cosmos en même quantité que la blanche. Comme le yin et le yang, l'équilibre parfait. À chacun de savoir de quel côté il souhaitait pencher. Et moi, je savais. À chaque fois que j'avais été en difficulté et que ma vie avait été menacée, j'avais préféré manipuler mes assaillants pour fuir. Je les avais parfois blessés, mais très légèrement. Et ça m'avait bien réussi puisque j'étais toujours en vie.

Alors, pourquoi changer de tactique ?

Que dire à mes redoutables vampires ?

Étaient-ils capables de me comprendre ?

Excédée, je les regardai tour à tour. Ils attendaient que je prenne la parole.

— Laissez-nous, messieurs ! exigea Etsuko d'un ton péremptoire.

Nos deux mâles sortirent malgré eux.

La geisha m'invita à m'asseoir avec elle sur des coussins qui ressemblaient à mon zafu de méditation. Nous prîmes naturellement la position zazen. Elle posa ses deux katanas devant elle et sortit une petite boîte en bois du placard à côté d'elle. Quand elle l'ouvrit, je découvris une fiole d'huile, une boule de poudre, une espèce de poignée avec une pointe en cuivre, un chiffon et un petit marteau. Elle commença à entretenir ses lames consciencieusement.

Je la regardais travailler avec application.

— Que serais-tu prête à apprendre, Ismérie ?

— Excellente question. Je maîtrise parfaitement mon corps et connais mes limites. J'étais une excellente ballerine. Mais vois-tu, ma main n'a jamais été prolongée d'une arme. Je ne me sens pas du tout à l'aise avec cette idée. La seule chose qui ait prolongé ma main, c'est ma magie. Je n'ai jamais fait de mal avec. Bien sûr, moi aussi j'ai manipulé toutes les espèces à mon avantage quand j'en avais besoin. D'abord avec mes pouvoirs de sorcière, puis avec ceux de vampire. Mais là, ce que vous me demandez est contre ma nature profonde.

Etsuko m'observait attentivement et réfléchissait tout en continuant ses gestes d'entretien.

Cette geisha savait parfaitement entendre nos difficultés. C'était un peu notre psy, en plus d'être une redoutable combattante.

— Et que serais-tu prête à faire pour te défendre ?

— Fuir, m'exclamai-je avec un grand sourire.

Elle sourit à son tour. Sa bienveillance me touchait énormément, renforçant son pouvoir d'allié. Et puis, son sang m'était familier maintenant, puisque je le sentais circuler dans mon amant. J'étais totalement en confiance. Maintenant, j'étais sûre de trouver une solution avec elle.

— Imagine que dans un cas précis, la fuite ne soit pas possible. Que serais-tu prête à faire ? demanda-t-elle le plus sérieusement du monde.

Mmmm... Si je ne pouvais pas fuir, évidemment, je n'allais pas me laisser tuer. Je tenais à mon immortalité. J'étais déjà affligée que mes cheveux blanchissent, même si maintenant ils ne réapparaissaient blancs qu'au bout de trois jours. D'ailleurs, Eiirin m'empêchait de le boire régulièrement pour faire des tests. Ce qui m'exaspérait au plus haut point, titillant ma frustration. Mais bon, par solidarité, j'acceptais, car il ne pouvait toujours pas me boire. Je me perdais dans les méandres de mes pensées.

Bref... Si je ne pouvais pas fuir, qu'étais-je prête à faire pour me défendre ?

Je pourrais peut-être lancer un truc. Mais, à part ma magie, je ne me voyais pas utiliser couteau ou shuriken. Et puis, je n'allais pas non plus me promener avec un pistolet accroché à ma ceinture. Je ne me sentais pas l'âme d'un cow-boy. Non. Moi, j'avais été ravie de porter un tutu et de virevolter sur scène comme Etsuko avec ses sabres.

— J'ai beau y réfléchir, Etsuko, à part ma magie, je ne vois rien d'autre au bout de mes mains.

Elle hocha la tête en signe de compréhension, rangea sa première lame et s'occupa de la seconde.

— Et tu pourrais combattre, avec ta magie ?

— Probablement. Je ne l'ai jamais fait. Mais j'étais très rapide pour envoyer une boule de feu et allumer les feux de la Saint-Jean. Si rapide que les humains n'y voyaient rien !

— Alors, tu pourrais t'entraîner dans cette direction. À part avec du feu, réfléchis à la manière dont tu peux combattre tes assaillants. Je ne veux plus que tu t'imagines uniquement en position de défense. Passe à l'attaque, maintenant.

J'entendais ce qu'elle me disait. Et cette précision changeait tout. Même quand j'avais été attaquée, je n'avais jamais cherché à prendre le dessus sur mon ennemi.

Et même quand nous jouions avec Eiirin, il se laissait tout simplement faire pour notre plus grand plaisir à tous les deux. Et puis, sans crier gare, il reprenait le dessus et je me soumettais finalement. Évidemment, il n'avait jamais cherché à me diminuer ou me faire du mal. Tout était dans le respect et le plaisir.

— Je vais y réfléchir, Etsuko. C'est d'ailleurs une réflexion que j'ai eue, il n'y a pas si longtemps. Je voulais m'équiper d'un gros chaudron. Un atelier de feu serait idéal. Eiirin ne me laisse plus sortir et je ne peux pas faire n'importe quelle expérience ici. Je joue avec mes bougies et mes vasques. Je dois cependant passer à la taille supérieure. Seulement, je n'ai plus pensé à en parler à Eiirin avec tout ce qu'il se passe.

Etsuko se tut, continuant d'huiler sa lame de katana.

— Je vais parler à Eiirin. Nous avons une pièce qui pourrait convenir et où tu pourrais oublier tes chaudrons, rigola-t-elle.

— Pas d'arme, alors ?

— Pas d'arme, Ismérie. Si un jour tu es prête à apprendre, viens me voir et je t'apprendrai. Je sais manier toutes les lames et tirer avec bon nombre d'armes à feu.

Je la regardai, admirative, ranger sa lame dans son fourreau.

— Pourtant, Eiirin ne t'emmène jamais lors de nos raids ?

— Non, mais je suis en faction, armée, près du hall d'entrée dans ces cas-là. C'est ma mission.

— En kimono ?

— Effectivement, sourit-elle.

— Pourquoi n'as tu jamais changé tes habitudes vestimentaires, Etsuko ?

— Probablement pour les mêmes raisons que toi, tu ne combats pas. Mon essence réside dans mes kimonos et mes traditions. C'est probablement pour cela qu'Eiirin m'a choisie.

Etsuko rangea tout son matériel. Nous nous levâmes et elle reposa ses katanas dans une vitrine.

Mes yeux se posèrent sur deux sabres majestueux. Ils avaient une forme très particulière, totalement épurée. Je pensai immédiatement à Eiirin. Je tendis la main pour en caresser la poignée. La puissance de mon amant résonnait, m'attirait.

— Oui, ce sont ceux d'Eiirin.

— Ils sont très particuliers. Ils ne ressemblent pas aux autres.

— En effet. Ces sabres sont très anciens. Ils ont été forgés par le célèbre Goro Masamune, à une période où travailler l'acier était particulièrement difficile. Cet homme avait indéniablement un don et un savoir-faire hors du commun. Bien sûr, il existe beaucoup de légendes sur cet homme.

J'observais avec grande attention le détail de la lame qu'Etsuko avait sortie du fourreau.

— Ce sont des Honjo Masamune. Eiirin a la chance d'en posséder deux. Il les avait déjà de son temps de samouraï.

J'étais totalement captivée par ce que dégageaient ces armes. Les avait-il quand il avait combattu à mes côtés ?

Je n'aurais su le dire. Je n'avais malheureusement pas fait attention.

Etsuko rangea le sabre, ferma la vitrine à clé et enclencha une alarme en pianotant sur un clavier.

— Allons-y, m'invita-t-elle. Je vais passer voir Eiirin, seule. Va l'attendre dans vos appartements et fais la liste de tout ce que tu es prête à faire pour combattre avec ta magie.

J'acquiesçai.

À moi de jouer pour faire entendre raison à notre Senseï.

Je l'attendais langoureusement sur notre lit dans une des nuisettes qu'il adorait. Je mâchouillais un crayon et gribouillais régulièrement sur ma feuille tout ce qui me passait par la tête pour éliminer nos ennemis.

J'avais écrit un peu tout et n'importe quoi. Cela allait évidemment de lancer des boules de feu, mais ce n'était pas toujours possible suivant où l'on se trouvait, à faire bouillir le sang de mes assaillants ou même, pourquoi pas, les congeler. En général, la viande passée à moins vingt-deux degrés ne faisait que pourrir doucement une fois revenue à température ambiante. La mort assurée, quoi !

Alors, évidemment, l'écrire était une chose, le faire en était une autre. Je ne me voyais pas demander des cobayes à Eiirin pour tester les possibilités et mesurer l'énergie et le temps qu'il me faudrait. Je ne connaissais pas exactement mes limites. Je ne voulais pas non plus tester sur les animaux. Les pauvres ! Ils n'avaient rien demandé. Eux aussi subissaient malheureusement le règne des humains.

En tout cas, si mon amant n'était pas séduit par mes idées, il le serait à coup sûr par ma tenue. Certes, j'avais bu à son réveil. Cependant, j'espérais que ce matin serait de nouveau mon matin.

Allongée sur le ventre, les jambes pliées, les pieds en l'air, je continuais de noter mes idées farfelues.

Eiirin entra et s'arrêta net sur le pas de la porte.

— Tu devrais fermer la porte et la bouche, chéri ! fis-je, narquoise.

Il s'exécuta pour les deux. Mmmm... Que c'était bon, d'être obéie. Je comprenais qu'il en use et en abuse.

— Alors, comme ça, tu t'es fait une alliée de taille ? demanda-t-il, l'air le plus détaché possible.

Seulement, mes fourmis m'indiquaient tout autre chose. Son sang bouillait dans ses veines à l'idée de me retrouver.

— Oui ! Je suis trop forte et regarde, j'ai bien travaillé.

Il s'avança telle une panthère prête à se jeter sur sa proie. Il prit la feuille et mon stylo et laissa tomber le tout par dessus son épaule, sans même y jeter un regard.

J'étais choquée par son attitude nonchalante. Où était passé mon très valeureux et respectueux Senseï ?

— Je ne doute pas que tu aies sorti l'artillerie lourde pour me convaincre !

Le sujet était clos.

(1) Chanson de David Bowie.

12 – Mascarade

Ce soir-là, toutes les pierres étaient présentées dans un salon de l'hôtel de Lauzun. Aveline et moi avions les yeux qui brillaient de mille feux, émerveillées que nous étions devant ce choix de qualité. De la puissance se dégageait des présentoirs. Cependant, ce n'était rien comparé à l'énergie qu'elles émettraient quand elles seraient chargées de nos magies.

J'étais très heureuse qu'Eiirin ait accédé à notre demande. Il était là dans un coin avec Léo, discutant à voix basse, tout en nous observant.

Je l'oubliai bien vite. Ce commerçant était à notre disposition uniquement ce soir.

Nous nous promenions, Aveline et moi, autour des tables, chacune un petit panier dans les mains. Je me laissais guider par ma magie. Elle m'emmenait vers certains cristaux. Plus je me rapprochais, plus je sentais ces derniers vibrer en harmonie avec mon don. Évidemment, il fallait totalement lâcher pour sentir les résonances.

Je commençai à remplir mon panier. Le jade et le cristal de roche revenaient souvent dans mes mains. J'avais beau m'éloigner, ces gemmes me rappelaient sans cesse. Alors, je fermai les yeux. Ma main circulait au-dessus des petites boîtes remplies de nos trésors et s'arrêtait pour en prendre un en particulier. Puis, je repartais vers une autre table. Je voulais plus de pierres de protection.

J'allai voir l'œil céleste. Ces obsidiennes noires étaient magnifiques. Elles nous protégeraient des attaques psychiques. Je souhaitais en ajouter ici et à L-Vie pour éloigner nos ennemis. Je passai ma main au-dessus de ces nouveaux présentoirs. Rien. Ma magie n'en voulait pas. Elle me poussait à retourner voir les jades.

Pfff... J'en avais déjà plein mon panier. J'y retournai de nouveau. Je sentais bien que je n'aboutirais à rien tant que je ne satisferais pas mon don. Désemparée, j'évaluai de nouveau les pierres. Mmmm... Il me fallait celle-là... et puis encore celle-ci. Était-ce lié directement à nos expériences ou à mes problèmes d'immortalité ?

Une fois mon panier encore alourdi, je repartis. Au passage, ma main prit un nouveau cristal de roche. Je jetai un œil à Aveline. Elle avait déjà rempli deux paniers. Elle était bien plus rapide que moi.

L'œil céleste. C'était bien ce que je voulais maintenant. Mon don de sorcière s'ouvrait enfin pour évaluer ces minéraux. Je fermai les yeux. Mes mains scintillaient, vibraient sous le champ de force de ces pierres. Certaines gemmes se retrouvaient totalement enveloppées par mes vagues blanches, comme mes donneurs quand ils étaient totalement compatibles avec mes goûts exigeants. Une fois mon panier bien rempli, je continuai de déambuler. Au hasard d'un détour, je vis qu'Eiirin et Léo étaient partis. Kanine et Miguel veillaient sur nous.

Des hommes en armes étaient dans le couloir jusqu'à l'entrée de l'hôtel. Notre commerçant avait été très surpris, mais compréhensif malgré le peu d'explications de notre Senseï. Et puis, être accueilli par le prestigieux président Kinoshita en personne n'était pas rien.

J'avais besoin d'œil-de-tigre et ma magie savait où aller. Je gardai les yeux fermés et ramassai ce qu'il me fallait en aveugle, sans aucune hésitation. Ces gemmes avaient le pouvoir de renvoyer les mauvais sorts vers leurs lanceurs. Elles compléteraient très bien notre protection. Pour finir, j'agrémentai mon panier de quelques pierres au détour des tables.

Et puis, le lapis-lazuli apparut dans mon esprit. Il m'en fallait pour acquérir toute la conscience et la sagesse dont j'avais besoin dans mon nouveau plan de réalisation, le combat.

Quand j'y pensais, cette idée me paraissait toujours aussi saugrenue. En bonne élève, j'avais noirci une petite feuille d'attaques de sorcière. Mais saurais-je les lancer ? L'avenir nous le dirait. Enfin, non. Je n'espérais pas me retrouver en pareille situation. Dans un premier temps, je laisserais le combat aux combattants.

Après s'être gavé de plaisir, Eiirin avait fini par ramasser ma feuille et la survoler. Il avait simplement acquiescé. Elle contenait également une liste de matériel, dont mon chaudron. Malgré ce qu'Etsuko m'avait dit, je tenais à celui-ci. Probablement mon côté sorcière. Comme j'étais incapable de voler, j'éliminais le balai de ma panoplie. Non, exit le mythe du balai, tout comme la verrue sur le nez.

Mon mental dispersé me fit prendre conscience que mes courses étaient terminées. Je donnai mon panier au commerçant. Il calcula le montant et tendit la facture à Miguel. Puis, nous saluâmes le propriétaire. Nous n'étions pas autorisées, Aveline et moi, à l'aider. Cependant, du personnel rangerait avec lui et rapporterait l'ensemble jusqu'à son véhicule.

Kanine nous prit nos petits paniers et nous escorta jusqu'à notre atelier de magie.

— Mmmm... Ces paniers te donnent un air incroyablement champêtre, Kanine ! Ça me donne envie de pique-niquer, rigolai-je. Nous pourrions demander à notre Senseï.

Aveline pouffa de rire et Kanine grogna simplement, mais sourit tout de même.

Je présentai mon œil pour ouvrir la porte. Kanine me poussa pour vérifier qu'il n'y avait aucun danger à l'intérieur avant que je n'entre. Comme si quelqu'un avait pu pénétrer cet endroit avec toutes ces mesures de sécurité. Mon amant avait même fait ajouter un détecteur de mouvement. Ce qui faisait régulièrement débarquer la cavalerie car, Aveline et moi, nous oubliions une fois sur deux de l'enlever. Monsieur Revêche nous sermonnait régulièrement comme de mauvaises élèves. Mais nous n'arrivions pas à nous y faire. Du coup, ma descendance avait Miguel sur le dos et moi, Eiirin. Nos marges de manœuvre étaient devenues extrêmement étroites.

Kanine nous autorisa à entrer, posa nos paniers et

sortit en grommelant. S'il avait pu nous enfermer, il l'aurait fait. Cependant, j'avais beaucoup d'affection pour ce vampire bourru et je savais que c'était réciproque. Et puis, finalement, c'était un honneur d'être le garde du corps de la vampire-qui-peut-boire-les-sorcières et, qui plus est, compagne de notre grand, valeureux et respectable Senseï.

— Tu crois qu'un jour je pourrai ouvrir une herboristerie à Paris ? demanda Aveline.

Je l'observai avec attention. Ne se rendait-elle pas compte que nous étions sous la coupe de mâles dominants et que ça ne rimait pas avec liberté ?

— Tu peux oublier ce rêve, ma chérie, répondis-je affectueusement. C'est sacrément mal barré ! Je te rappelle que tu es mortelle et que Miguel préférerait se couper les crocs plutôt que de te perdre.

— Il ne veut plus dormir dans son cercueil. Il a peur qu'il m'arrive quelque chose pendant son sommeil. Et moi, j'ai peur de le perdre plus que jamais depuis l'attentat de Biarritz... J'ai déjà tellement perdu.

Aveline était abattue. Elle était, elle aussi, très amoureuse et la peur de le perdre l'envahissait. L'explosion de Biarritz, tous nos vampires en cendres et surtout notre Emma disparue, nous revinrent en mémoire. Cela restait douloureux d'y penser. Nous n'en parlions que rarement. Aveline regrettait encore de m'avoir demandé de vampiriser Emma. Finalement, elle n'était plus là et j'avais mis à mal mon immortalité. Le passé nous rattrapait régulièrement, tentant de nous emmener sur un océan d'émotions empoisonnées. Le lien avec ma descendance avait presque totalement disparu. Ça me peinait d'autant plus que ce trou, même s'il était douloureux, restait la seule trace de son existence passée. Et lui aussi allait disparaître.

En silence, nous nous occupâmes de nos pierres. Nous avions besoin de les purifier avant de les charger de nos dons.

En quelques minutes, nos magies s'élevèrent, remplissant notre atelier de vagues scintillantes vertes et blanches.

Cela nous vaudrait quelques regards suspicieux en sortant, car nous devions émettre quelque chose de différent à chaque fois que nous nous connections à l'énergie du cosmos. Les vampires Duroy avaient du mal à s'habituer à vivre avec deux sorcières. Cependant, j'avais découvert que Kanine pouvait être une vraie pipelette. Je l'avais entendu nous défendre et expliquer fièrement tout ce que nous étions capables de faire. Du coup, le doute se mêlait à la reconnaissance et au respect dans les yeux de mes congénères.

J'allai retrouver Eiirin pour le remercier de toutes ces pierres semi-précieuses. Léo était en grande discussion avec lui. Notre Senseï m'invita à les rejoindre.

De ce que je compris, notre second revenait de la Païva. Il avait reconnu Dimitri, un des anciens lieutenants de Rakoûl, le plus sanguinaire. Il avait été un élève assidu et le préféré du maître.

— Il était en bonne compagnie avec une humaine sous chaque bras aux abords de la Païva. Elles paraissaient totalement manipulées et très pâles. Il va bientôt s'en débarrasser. Deux autres vampires que je n'ai pas reconnus les accompagnaient, en ricanant. J'ai pourtant bien écouté, mais leur mélodie ne me dit rien. Et puis, à part Dimitri, les autres portaient un masque. Il a toujours eu un excès de confiance et sa tenue tape-à-l'œil a attiré mon attention. Ils ont bien vite arrêté de rire quand ils m'ont vu. Ma présence les a dissuadés d'entrer dans notre hôtel pour faire la fête. Pourtant, je n'étais pas un combattant impitoyable au sein de mon ancien clan. Je rasais plutôt les murs pour perdurer. Il faut croire que ma survie et mon ascension au sein du clan Duroy les inquiètent.

— Déguisés ? demandai-je.

— Oui, nous autorisons encore une soirée déguisée par trimestre, annonça Eiirin. Nos vampires sont friands de ce type de soirée. Malheureusement, nous allons devoir les arrêter, vu les dangers que nous courons...

J'étais même surprise qu'il y ait eu encore une fête déguisée vu le niveau de sécurité que nous avions atteint à Lauzun. Comme quoi, nous n'étions pas tous logés à la même enseigne. Je grinçai des crocs.

Les humains avaient toujours été les bienvenus à la Païva. Ceux qui venaient souhaitaient partager du temps et des expériences avec nous. Leur besoin de sensations fortes pouvait être exigeant. Concernant les vampires extérieurs à notre clan, ils pouvaient accéder à nos fêtes s'ils se comportaient conformément aux valeurs Duroy. Ils étaient peu nombreux car la quasi-totalité des vampires de Paris avait prêté allégeance à notre maître.

Cela concernait davantage les vampires de passage.

— Léonard, poursuivit notre Senseï, tu es devenu un combattant redoutable et le travail que tu as expérimenté sur les vibrations de l'oreille interne est remarquable. Tu n'es pas mon second par hasard. Tu as toute ma confiance.

J'avais eu un aperçu d'une partie du don de Léo. J'avais eu beaucoup de mal à prendre le dessus lors de mes entraînements. Et c'était uniquement parce qu'il m'avait épargné sa puissance. En tout cas, j'avais été tellement en difficulté qu'il s'en était fallu de peu que je ne me couche par terre afin d'atténuer ma souffrance.

Léo reprit la parole.

— Merci, Senseï. Les oscilloscopes montrent qu'ils ne sont jamais entrés à la Païva. Par contre, maintenant que nous avons identifié le champ électromagnétique de ce puissant vampire, je peux confirmer que c'est bien Dimitri. Cela n'augure rien de bon !

Eiirin se caressait le menton, signe de grande réflexion, et la chevelure de Léo indiquait qu'il était extrêmement contrarié.

Pfff... Que nous réservaient ces énergumènes ? Ma vie paisible avait totalement disparu. Maussade, je me demandai pourquoi je restais ? Mes yeux se levèrent automatiquement vers Eiirin. Les siens me fixaient. Il écoutait mes pensées. Son air me menaçait de vite trouver une réponse à mes tourments. Mon cœur me criait que je restais pour lui. Il acquiesça, soupira, satisfait de ma réponse mentale. Certes, je participais à améliorer la santé des humains. Mais au final, nous étions en perpétuel combat pour peu d'améliorations. Cette situation commençait à me peser, car ma liberté était maintenant inexistante.

— L'augmentation des délits que nous avons constatée autour de nous, ainsi que leur mouvement, est typique du fonctionnement de mon ancien clan. Même si Rakoûl n'est plus là, en deux cents ans, ils n'ont pas évolué. Ils sont prudents pour ne pas être repérés, mais ils n'ont pas changé de style de vie. Ce sont de vrais prédateurs, expliqua Léo.

— Penses-tu qu'ils vont s'en prendre directement à nous ? demanda Eiirin.

— J'en suis persuadé. La chapelle expiatoire est un avertissement. Ils ont tué ce vampire hors de notre territoire car nous avons mis trop de sécurités sur l'île Saint-Louis. Nous ne connaissons pas la victime vampire, mais ce n'est qu'un dommage collatéral pour eux, ni plus, ni moins. Je crains qu'ils n'aillent plus loin.

Léo tourna la tête vers moi et m'examina, me sondant. Puis il lâcha :

— Le moyen le plus sûr d'affaiblir un chef est de s'en prendre à sa compagne. Dimitri adorait les femmes, surtout les faire souffrir, d'ailleurs.

— Je ne sors plus ! J'ai l'impression d'être déjà hautement protégée, m'exclamai-je. Comment pourrait-il s'en prendre à moi ?

— Tu es mon point faible, grogna Eiirin, mais je ne changerais rien pour tout le sang du monde.

— Il faut tout de même se préparer, insista Léo. Il y aura forcément un événement plus important. Ils ont violé, agressé suffisamment de victimes autour de nous pour être obligés de s'éloigner un peu. Mais ne vous y trompez pas, ils ne nous laisseront pas tranquilles. Tu es un sacré parti, Eiirin. Dimitri convoitera tout ce que tu possèdes. Il n'est pas là par hasard. Pour qu'il abandonne, il va falloir trouver quelque chose de très dissuasif.

Nous réfléchîmes à ces paroles.

— Il craint Ismérie, affirma Eiirin.

— Qu'est-ce qui te fait dire ça ? demandai-je.

— Il n'y a jamais eu d'abus chez L-Vie quand tu y étais. Ils ont toujours eu lieu après ton départ. Et depuis que tu as posé tes protections, nos ennemis rôdent mais ne sont plus restés suffisamment longtemps pour faire une nouvelle victime.

— Tu as ajouté beaucoup de gardes, aussi.

— C'est vrai, mais les sbires de Dimitri sont suffisamment nombreux pour intenter quelque chose à L-Vie. Quand je vois l'augmentation du nombre de plaintes ces trois derniers mois, j'en conclus qu'ils sont probablement plus d'une cinquantaine. Pour l'instant, ils évitent ton contact, Ismérie.

— Eiirin a raison, Isie. Ils ne sont pas indifférents à tes capacités. Est-ce la crainte ou la convoitise qui les inspire ? Difficile à dire pour l'instant. Mais je suis sûr qu'ils ne prendront aucun risque te concernant. Ils assureront leur seul et unique coup. Nous devons rester prudents.

J'écarquillai les yeux, contrariée.

— Tu es en sécurité, Ismérie, assura Eiirin. Suis

simplement mes consignes. Je ne prendrai aucun risque avec toi.

Me conformer encore et toujours.

Travailler sans relâche.

Faire face à la situation contre ce clan de vampires et l'industrie agroalimentaire.

Combien de temps allais-je tenir ?

Je commençais à fatiguer. Heureusement, Eiirin tentait de combler tous mes besoins. De plus, mes expériences magiques sur le sang ou les protections me donnaient de nouvelles satisfactions.

— Ismérie, reprit Eiirin, je t'entends penser aux protections... Pourrais-tu protéger davantage notre île et la Païva, comme tu l'as fait à L-Vie ?

Grrr... Pourtant, il savait que je n'aimais pas qu'il m'écoute.

— Tous les vampires qui vivent à Lauzun ont des protections. Par contre, je ne suis pas sûre qu'ils les portent tous. Je dois équiper nos vampires qui habitent ailleurs. Je vais réfléchir à ce que je peux faire pour l'île Saint-Louis. C'est plus facile pour un bâtiment. Je vais en parler à Aveline.

— Évidemment, ne sortez pas sans mon autorisation.

— Évidemment ! soupirai-je, chagrinée. Pour la Païva, il n'y aura pas de problème, si ce n'est mon déplacement.

— Léonard, organise le déplacement d'Ismérie et Aveline !

— Dans quel délai souhaites-tu protéger la Païva ? demanda Léo.

— Le plus tôt sera le mieux. Tous mes vampires

méritent ma protection. Ismérie, ton atelier du feu prend forme au sous-sol. Il sera opérationnel dans deux, trois jours. As-tu vraiment besoin d'un chaudron ?

Qu'est-ce qu'ils avaient tous à être sceptiques comme ça ?

Léo souriait, attendant ma réponse, lui aussi.

— Je serai plus à l'aise en retrouvant mes anciens repères pour m'exercer, avouai-je.

— Dans ce cas, n'hésite pas à aller voir Maxence. Il n'en trouve pas qui font plus de cent litres. Ce qui est déjà assez imposant.

— J'irai tout à l'heure.

— Serais-tu capable d'exécuter tout ce que tu as écrit sur ta liste d'attaques, Ismérie ? demanda Eiirin, songeur.

Il avait tout de même lu ma liste avec attention. Sa nonchalance était trompeuse.

— Bien sûr ! affirmai-je, sûre de moi.

Je réfléchis encore à mon potentiel de combattante. Mmmm... Rien n'était moins sûr, finalement.

Eiirin soupira, ennuyé devant le constat de mes pensées. Léo comprit sans qu'aucun de nous n'eût besoin de s'exprimer. Il fourragea dans ses cheveux en signe d'inquiétude.

— Senseï, si tu n'as plus besoin de moi, je vais préparer la balade de nos sorcières.

— Oui, vas-y immédiatement.

Il était temps que je me sauve car c'était l'heure du sermon sur la nécessité d'apprendre l'art du combat. Je me précipitai à la suite de Léo.

— Je vais m'occuper de mon chaudron, Senseï !

— Ça ne doit pas se passer comme ça, Ismérie ! Tu dois me demander l'autorisation de sortir de mon bureau !

— Mais tu vas me la donner, de toute façon, fis-je avec mon plus beau sourire sur mes crocs étincelants.

Je poussai Léo, afin qu'il avance plus vite. Je fermai la porte sur le grognement de frustration de notre Senseï.

— Tu ne t'en sortiras pas comme ça, Isie ! rigola Léo.

— Mmmon... renchérit Kanine.

Tiens, il était là, lui, à m'attendre patiemment.

— Mais siiiii ! répondis-je, sûre de moi.

Mon Golgoth m'emboîta le pas, grincheux, pendant que Léo rejoignait son bureau.

Une fois mon problème de chaudron réglé, nous attendîmes sagement, Aveline et moi. Kanine nous surveillait du coin de l'œil.

— Mais que vas-tu faire de ton chaudron, Ismérie ? Tu sais que c'est totalement dépassé, comme les balais !

Kanine ricana, faisant mine de ne pas nous écouter. Raté.

Pourquoi se moquaient-ils tous de moi ?

Même ma descendance s'y mettait. Au diable les moqueries. Je sentais qu'il me fallait mon chaudron... comme avant. Ils avaient peut-être raison... Finalement, j'étais peut-être vieux jeu. Je préférais les ignorer tous. Ils ne savaient pas reconnaître une grande sorcière authentique quand ils en croisaient une.

Heureusement, toute la cavalerie arriva pour nous

escorter jusqu'à la Païva, mettant fin à ma mauvaise humeur.

En plus des gardes devant et derrière moi, Kanine me tenait un bras et Léo l'autre. Aveline avait hérité de Monsieur Revêche et de son amoureux. Nous montâmes dans des véhicules séparés afin de ne pas mettre tous nos œufs dans le même panier.

J'avais enfilé ma combinaison de cuir haute protection avec ma corolle. Il ne me manquait plus qu'une cape et j'aurais l'allure de la reine des ténèbres.

— Nous n'avons plus les mêmes 4x4 ? demandai-je, surprise.

— Non, ceux-ci sont blindés, m'expliqua Léo.

— Est-ce bien raisonnable ?

— Oui ! Ces véhicules servent aussi pour Eiirin. Son second et sa compagne méritent d'être eux aussi en sécurité.

— Mmmoé ! confirma Kanine.

Question sécurité, ce dernier trouvait qu'il n'y en avait jamais assez.

— Vous allez bientôt m'obliger à porter un casque intégral ?

— Bonne idée, Isie ! Je vais en parler à Eiirin ! dit fièrement Léo.

— Mmmoé !

Bon, j'aurais mieux fait de me taire. Ça m'apprendrait à être insolente.

Léo soupira, perdu dans ses pensées.

— Que se passe-t-il, Léo ? demandai-je.

— Mathilde continue de nous donner du fil à retordre.

Elle se plaint de ne pas s'amuser assez. Elle a encore réussi à tromper la vigilance de son garde. Elle a disparu pendant plusieurs heures. Je sais qu'elle nous ment. Mais elle est coriace. Je n'ai pas réussi à lui faire dire ce qu'elle faisait.

— Eiirin l'a interrogée ?

— Non. Je lui ai rendu compte, mais il n'a pas eu le temps pour l'instant. Nous avons jugé que ça pouvait attendre... À tort ou à raison... Va savoir !

Je sentais toute sa morosité envahir l'habitacle.

— Tu veux que je m'en occupe ?

— Non, Isie, tu as des missions plus importantes à remplir.

— Fais-moi signe tout de même si besoin. L'expérience nous a montré que je pouvais prendre l'ascendant sur elle.

— Bien sûr, Isie. Je n'y manquerai pas. Attendons encore un peu... Nous voilà arrivés. Laissons les gardes se déployer et nous faire signe. Si nous ne te ramenons pas entière, Eiirin va nous étriper.

Nous avions préparé nos pierres de protection à distribuer aux vampires présents. Nombreux avaient été convoqués pour recevoir leur amulette.

Un restaurant avait été construit dans la cour de l'hôtel de la Païva.

— Le sortilège aura des répercussions sur la clientèle du restaurant, annonçai-je à Léo.

— C'est le cadet de nos soucis !

Le responsable de notre garde nous fit signe de descendre. Nous nous installâmes face aux bâtiments.

Aveline me prit la main pour combiner nos forces magiques. Je me connectai à ma petite bille blanche au plus profond de mon ventre. Elle était là, bien installée, ne demandant qu'à se développer. Je fis appel à l'énergie du cosmos. J'émis des ondes blanches scintillantes au travers du flot vert d'Aveline. Nos vagues se croisèrent, se mêlèrent, enveloppèrent le restaurant, puis inondèrent l'hôtel de la Païva.

Notre sortilège de repoussement s'installait sur le trottoir, les murs alentour, pénétrait tous les matériaux, quelle que soit leur densité. Une fois que je sentis que tout était bien imprégné de notre magie, je serrai la main d'Aveline pour lui confirmer que nous pouvions sceller le sort. Ma descendance était plus rapide que moi pour évaluer notre efficacité. Alors, d'un commun accord, elle attendait que je lui signifie que nous avions réussi.

Elle me confirma mon ressenti en me pressant la main en retour.

Seuls les humains invités personnellement par un vampire Duroy pourraient maintenant pénétrer dans la Païva.

Nous ajoutâmes un voile de discrétion pour éviter le regard des badauds. Tant pis pour le restaurant.

Je rouvris les yeux

Kanine grognait et Léo se raclait la gorge en se grattant une oreille.

— C'était puissant, dit ce dernier. Impressionnant !

Soudain, il y eut du grabuge à ma gauche. Nous nous retournâmes, mais je ne pus rien voir car je fus prise en sandwich entre Léo et Kanine. Je tentai de me mettre sur la pointe des pieds mais je n'y voyais rien, et puis Léo m'appuyait sur les épaules pour que je me baisse.

— Tiens-toi tranquille, Isie, sois sage un petit peu ! ordonna-t-il.

Ils étaient gonflés tout de même. J'étais devenue sacrément coopérative. J'avais changé toute ma vie pour rester vivre avec eux. Exit les balades sous le soleil, la lumière du jour, la nature, la danse, ma liberté... J'avais fait énormément de concessions. Mais là, tout de suite, faire plus m'était tout simplement impossible.

— Mais que se passe-t-il ? demandai-je, curieuse.

Je n'eus pas de réponse tout de suite. Alors, j'ouvris mes sens de vampire. Une personne était malade. Il avait repeint les rangers de son voisin en vomissant. D'après ce que je devinais, c'était un de nos gardes.

Du coup, ils lui avaient retiré son armement et l'avaient allongé par terre car il ne tenait plus debout.

— Rentrons dans la Païva, ordonna Léo.

Puis, il décrocha son téléphone.

— Cet homme ne doit plus rentrer sur notre territoire. Nous devons l'interroger pour savoir à qui il a juré allégeance. Passez-lui les menottes et attendez-nous.

Je supposai qu'il parlait à notre chef de la sécurité.

Nous distribuâmes rapidement des amulettes. Comme à l'hôtel de Lauzun, certains de nos vampires hésitaient entre le doute et la reconnaissance vis-à-vis des deux sorcières que nous étions.

Là aussi, un humain était malade, allongé dans la salle de bains. Que faisait-il ici s'il n'aimait pas les vampires ? Il était incapable de parler, au bord de l'inconscience. Nous dûmes le sortir de toute urgence car son cœur devenait instable et je craignais qu'il fasse un arrêt cardiaque.

Cette fois-ci, nous avions carrément mis la dose. Léo sourit, tout à fait satisfait de notre protection.

L'humain fut évacué discrètement et raccompagné chez lui. Nous tenterions de l'interroger demain. Il n'était absolument plus en état de répondre.

J'étais écœurée finalement de trouver deux ennemis parmi nous. Étaient-ils à la solde de Dimitri ? Nous devions absolument le savoir.

Avant de partir, Léo et moi fûmes escortés jusqu'à notre garde mal en point. Ils l'avaient emprisonné dans un autre véhicule, venu exprès pour gérer son cas. Il allait légèrement mieux. Nos gardes avaient trouvé la bonne distance afin qu'il reste en partie sous l'emprise de notre sortilège sans être trop malade.

Nous entrâmes dans le véhicule avec lui.

— Pour qui travailles-tu ? demanda Léo.

Sa réponse consista en un ricanement

Léo commença à le manipuler. Les pupilles du garde se dilatèrent. Son expression de visage devint neutre.

— Ne me fais pas répéter la question ! tonna Léo.

Je ne lui avais jamais vu cet air fermé et menaçant. Sauf peut-être le premier jour où je l'avais rencontré à l'hôtel de Lauzun et qu'il m'avait menacée d'un pieu.

— Grrr... Pas pour vous... répondit le garde.

Il luttait en vain.

— Qui, alors ? insista Léo.

— Je ne connais pas son nom.

— Que t'a-t-il proposé ?

— De l'argent... Beaucoup d'argent !

— Tu l'as déjà touché ?

— Seulement la moitié.

— Tu ne toucheras pas le reste, assura fermement Léo. Tu t'es allié aux mauvaises personnes. Tu as la vie sauve pour cette fois. Nous te revoyons une seule fois et tu auras un accident fatal. Compris ?

Le garde acquiesça.

— Isie, pose-lui un sortilège, comme pour Mathilde ! m'ordonna-t-il.

Bon, il était en mode Senseï. Tout de même, il aurait pu ajouter « s'il te plaît ». Mais je n'allais pas chipoter.

Je touchai le genou de notre ennemi à contrecœur. Je lui envoyai une décharge magique afin qu'il ne puisse plus s'approcher des vampires qui avaient du sang d'Eiirin. Comme j'en étais gavée, c'était très facile. Ne voulant pas prendre de risque, je déchargeai un tsunami. Notre garde tomba inconscient. Je me concentrai sur son cœur pour vérifier qu'il battait tout de même normalement.

— On s'en fout s'il meurt, dit Léo.

Je tournai la tête vers lui, surprise d'une telle animosité.

— Nous risquons la guerre, Isie. Il va falloir savoir ne pas faire de quartier. Senseï a raison. Tu dois t'entraîner !

Se tournant vers les gardes, il leur ordonna de le jeter l'homme inconscient chez lui et de récupérer tout ce qui pourrait concerner de près ou de loin le clan Duroy.

J'étais estomaquée d'un tel comportement. Où était passé ce tendre Léo qui m'avait tenue dans ses bras, en sécurité pendant tant de nuits ?

Sur le retour, Léo scrutait le ciel.

— Les nuits sont déjà plus courtes, ça n'arrange pas nos affaires, se plaignit-il.

— Nos ennemis sont logés à la même enseigne, Léo, affirmai-je.

— Tu as raison.

— Il faudrait que je puisse agir en journée.

— Impossible, Isie. Je suis sûr que ces deux humains travaillent à la solde de Dimitri. Va savoir à quel point il a réussi à infiltrer notre clan.

Troublée par ses paroles et ses émois, je préférai me taire.

D'un seul coup, j'en avais ras le bol.

Je retournai dans nos appartements et mis une chanson qui résonnait curieusement avec mes états d'âme, *Soldier of Fortune*(1). Moi aussi, j'étais totalement dépassée. Je m'affalai sur le lit dans ma combinaison, mes pieds dépassant dans le vide, écoutant cette mélodie mélancolique. Comme quand j'avais besoin de m'appesantir sur moi-même, je mis cette chanson en boucle. Je claquai des doigts pour éteindre la lumière. Seule la loupiote de l'enceinte émettait une faible lueur. Je me concentrai sur la musique, la voix grave du chanteur. Mes émois en pagaille me plombaient sur le lit.

Eiirin me trouva comme ça, au bout de je ne sais combien de temps. Il s'approcha du lit sans allumer, puis s'assit doucement. Il caressa mes cheveux, pour m'apaiser, m'envoyant tout l'amour qu'il pouvait ressentir par ce simple geste. Toute sa passion m'illuminait. Comment pouvait-on aimer aussi fort ? Je n'étais pas sûre d'en être digne.

— Tu ne veux pas changer de chanson, maintenant ? Tu l'as peut-être assez entendue pour aujourd'hui ?

Okkaayyy... Une nouvelle chanson. Je me concentrai pour que *Hopelessly Devoted To You*(2) s'élève dans la pénombre. Dévouée ? Je l'étais désespérément. Il m'avait totalement piégée. J'étais condamnée pour l'éternité.

— Eh bien ! C'est l'extase totale, cette nuit ! se plaignit Eiirin.

— Pourquoi n'avons-nous pas de temps, rien que pour nous ?

Il soupira, puis alluma une des lampes de chevet. Nous n'avions pas besoin de lumière pour voir, mais sans doute qu'elle restait importante pour Eiirin qui ne pouvait plus contempler une journée ensoleillée. Il m'examinait, me scrutait, sondait la moindre parcelle de ma cervelle.

— C'est toi qui passes le plus de temps avec moi.

— Bien sûr. Et je ne te fais pas de reproches. Je suis simplement lasse, je crois. Pourrions-nous avoir une vraie vie de couple avec des activités autres que déjouer les méchants ?

— Déjouer les méchants ? ricana mon amant. J'avoue que c'est ce qui m'occupe le plus malheureusement en ce moment.

— Je ne peux plus sortir danser, ni me promener. Je

suis contente de renouer avec ma magie, mais je n'ai pas le sentiment d'en faire le plus bel usage.

— Tu n'es pas heureuse avec moi ? demanda-t-il en commençant à ouvrir ma combinaison.

Je sentis l'excitation monter. J'étais incapable de lui résister. Mes fourmis dansaient la cavalcade, se réveillant au milieu de ma morosité, me redonnant de l'entrain.

— Si ! lui dis-je avec un grand sourire. D'autant plus quand tu deviens le maître de l'empire de mes sens.

Ma sensualité débordait au fur et à mesure que ma combinaison s'ouvrait.

— Coquine, me chuchota-t-il, je verrai ce que je peux faire...

(1) Chanson de Deep Purple.

(2) Chanson d'Olivia Newton-John (*Grease*).

13 – Assouvissement

Ce jour-là, je me réveillai en pleine forme de vampire. Plusieurs nuits déjà que mes cheveux ne blanchissaient plus. Mon immortalité était-elle tirée d'affaire ?

Je passai dans mon antre de la sérénité pour accomplir mes rituels et me préserver dans le présent, ici et maintenant.

Plus légère, je rejoignis notre atelier magique. Aveline était déjà là, à étudier une note que David nous avait laissée. Nos mitochondries étaient en pleine forme dans nos éprouvettes ensorcelées. Le sang avait gagné un mois de vie. J'étais enchantée de cette excellente nouvelle. Nous allions pouvoir le conserver plus longtemps. Je rêvais secrètement que ce sortilège puisse servir aussi pour les réserves de sang humain car il y avait régulièrement pénurie.

Cependant, le contexte actuel ne poussait pas aux révélations de ce type. En tant que vampires, nous étions à peine tolérés. Nos dons restaient secrets. Les humains n'étaient pas prêts à réaliser qu'ils étaient notre garde-manger au même titre qu'ils mangeaient toutes sortes d'animaux. Nous étions ceux qui perdureraient après leur passage, s'ils ne nous laissaient pas que des ruines.

Certains commençaient déjà à rêver de vivre sur une

autre planète. Alors, le budget augmentait pour trouver un nouvel endroit dans l'univers pouvant nous proposer encore plus de ressources. Toujours plus de ressources, nous n'en avions jamais assez. Le « jour du dépassement » rythmait les années comme une simple horloge. En France, comme dans le reste de l'Europe, j'étais choquée de constater qu'il était en mai. Mois funeste où toutes les ressources de l'année avaient déjà été utilisées. La Terre était-elle qu'une banque pour nous proposer des ressources à crédit afin de finir tranquillement l'année ?

Revenant à mes échantillons, je fus heureuse de penser que nous gaspillerions moins de sang si nous pouvions allonger sa vie plus qu'éphémère. Nous allions pouvoir en faire bénéficier les vampires. Ce soir, nous irions installer toutes nos protections dans nos frigos L-Vie. L'expérience était suffisamment concluante pour passer à l'action.

Nous avions une liste de suceurs de sang préférant les poches d'hémoglobine. Il était prévu qu'ils deviennent nos testeurs. David et Sacha les examineraient régulièrement pour voir si ce sang conservait toutes les propriétés nécessaires à la régénération des vampires. Il faudrait plusieurs décennies évidemment pour s'en rendre compte, car les effets négatifs, s'il y en avait, n'apparaîtraient que très tardivement. Le projet « Green Blood » devait donc s'installer durablement. Peut-être que nous pourrions convaincre les humains de faire des choix mûrement réfléchis. Et ça, ce n'était pas gagné. Le problème résidait dans la durée de vie trop courte de la plupart de ces habitants de cette planète.

J'avais appris par notre historien Adrien que les clans avaient toujours contrôlé la « naissance » des vampires. Les chefs tenaient rigoureusement le compte des bêtes à crocs. Les solitaires comme moi étaient en général éliminés. J'avais eu beaucoup de chance. Évidemment, chaque maître érigeait ses propres règles de vie. Même au sein d'un clan, le tri était fait régulièrement.

Eiirin, quant à lui, avait transformé finalement peu de vampires. Il choisissait scrupuleusement les nouveaux candidats sur leurs valeurs morales et ralliait les vampires isolés, comme moi, à sa cause, si nous avions des qualités intéressantes pour le clan Duroy. Les autres étaient invités à passer leur chemin. Notre Senseï savait se révéler intraitable.

Revenant à mes moutons, j'observai ma paillasse. J'avais fini de recenser toutes les pierres dont nous avions besoin. Elles étaient chargées à bloc par nos magies. Quand je fermais les yeux, je contemplais la couleur de l'anis scintillant sous mes paupières.

Aveline griffonnait sur une feuille. Je la laissai à sa concentration.

— Tout est prêt, je vais dans le bureau d'Eiirin, annonçai-je.

Là aussi, notre Senseï avait fait installer un détecteur de rétine. Seuls Léo, Kanine, Maxence et moi pouvions maintenant entrer en l'absence de notre Senseï. Quand il travaillait dans son bureau, le protocole n'avait pas changé. Nous devions attendre d'y être invités. D'ailleurs, c'était l'œil d'Eiirin qui annulait le fonctionnement du scanner à rétine quand il entrait, puis le remettait en route quand il sortait.

J'allumai la télé pour mettre la mosaïque de chaînes d'information. C'était devenu un réflexe depuis que nous avions eu le scandale chez L-Vie. Je coupais systématiquement le son, jetant un œil aux images de temps en temps. En parallèle, je regardais le courrier, sauf tout ce qui relevait de la comptabilité. Cette dernière ne m'intéressait absolument pas. Et pour une fois, mon employeur respectait mes goûts, m'éloignant au maximum de tout cet argent à gérer au profit du clan.

Nos avocats avaient proposé des dédommagements à nos victimes. Mademoiselle Gelin avait été gourmande. La somme que je lisais était indécente. Je comprenais son traumatisme : elle avait failli perdre la vie. Cependant, nous n'étions pas en cause. La seule chose que l'on pouvait nous reprocher était le manque de sécurité. Maintenant, nous étions au point. Enfin, je croisais les doigts... Du coup, force était de constater que le nombre de donneurs avait augmenté. Nous remportions un vif succès, insuffisamment relié par les médias, certes. C'était moins vendeur. Cependant, Eiirin avait su ériger un réseau de communication dans les milieux qui nous intéressaient.

Je relevai la tête et vis une magnifique blonde pimpante à l'écran. Ses yeux bleus hypnotiques attiraient l'attention. En regardant mieux, je vis le logo de notre entreprise ennemie dessiné derrière elle. Je remis le son. J'écoutai attentivement. Marion Merconi expliquait que son père, ayant besoin de grand repos, avait pris sa retraite et ne souhaitait plus apparaître en public. Il lui laissait les rênes de l'entreprise pour poursuivre son œuvre.

Oui, évidemment, sa retraite était même définitive. Alors, comme ça, ils n'avaient pas annoncé sa mort. Pourtant, il aurait été facile de mettre en scène un accident.

Ils s'enfonçaient dans le mensonge sans aucun scrupule, en montrant des images de l'ancien leader profitant de ses vacances et faisant au revoir de la main pour mieux asseoir les dires de sa fille.

Je ne comprenais pas l'intérêt de le faire croire encore en vie. Je notai tout ça, afin que l'on enquête sur la question.

Marion Merconi insistait sur le fait que les recherches pour augmenter les productions allaient reprendre de plus belle. En effet, la Terre étant de plus en plus peuplée, il fallait nous adapter. Effectivement, c'était un point de vue. Elle parla ensuite de la vermine qu'il fallait éradiquer et là aussi, Merconi mettrait les moyens. Son ton incisif m'amenait à penser qu'elle parlait davantage des bêtes à crocs que nous étions que des insectes dans les cultures. Notre nouvelle ennemie se révélait à nous. Elle nous considérait comme des parasites qui suçaient la planète.

Bon, les Merconi réapparaissaient donc avec une femme déterminée à leur tête, relançant leurs menaces. Ils semblaient de nouveau prêts à mener un combat.

Nous devions absolument savoir si le clan de Dimitri

s'était allié à eux.

Une année maintenant que je vivais avec le clan Duroy et j'avais constaté que les Merconi avaient toujours utilisé les vampires, voire les sorciers.

Puis, Nicolas Durand, notre député, apparut à l'écran. Il était passé à Lauzun, il y avait deux semaines environ. Je lui avais remis une amulette de protection. Eiirin ne m'avait plus autorisée à l'accompagner en réunion, au grand dam de Nicolas. Notre Senseï nous avait expliqué que les risques étaient trop grands, comparés aux bénéfices. Nicolas continuait de se battre pour réduire le lobbying industriel. Il semblait fatigué. Il avait particulièrement apprécié les petits coups de pouce liés à mes différents dons quand je l'accompagnais. Il fallait que nous lui proposions un soin, Aveline et moi. Cela ne pouvait que lui faire du bien. Il était interrogé lors d'un déplacement à pied. Il avait une main dans sa poche. Je savais qu'il tenait son amulette.

Eiirin arriva, superbe. J'étais toujours éblouie devant sa prestance. Il dégageait une force que je sentais résonner dans mon sang, au plus profond de moi-même.

Il s'arrêta net devant moi, écarquilla les yeux.

— Que se passe-t-il ? demandai-je, affolée.

Il était sidéré, totalement décontenancé.

Je m'approchai, le pris par les épaules et le secouai pour le sortir de sa torpeur.

— Eiirin ?!

— Ton sang !

— Eh bien, quoi, mon sang !?

— Tu es comestible !

— C'est vrai ?!

Un bonheur immense explosa en moi. Il fit simplement oui de la tête. Ses crocs acérés descendaient. Il commençait à baver, tellement l'effort qu'il faisait pour se contenir était violent.

Tout excitée à l'idée qu'il puisse enfin me boire, j'ouvris ma chemise afin de dégager au maximum ma carotide. J'avais adopté ces derniers temps des cols victoriens en dentelle afin de cacher mon cou. D'ailleurs, Eiirin s'était moqué de moi, m'informant que mes efforts étaient vains. Un combat perpétuel l'habitait entre son besoin de me dévorer et le souci de conserver son immortalité.

Là, il n'était plus question d'attendre. Il continua de déboutonner ma chemise et s'attaqua à mon pantalon pendant que je retirais le haut. Mmmm... Son ardeur me ravissait. L'excitation montait en moi. Je ne désirais plus qu'une seule et unique chose, qu'il me prenne. Je fus vite basculée sur son bureau. Je redressai bien le cou pour lui laisser toute la place. Il me lécha de la clavicule à l'oreille, me titillant le lobe et faisant un détour régulièrement par mon sein. Je gémissais de plaisir et de frustration, grognant. Mais que faisait-il ? Je souhaitais qu'il me boive... maintenant ou tout de suite. Il avait le choix, pourvu que ce soit l'un ou l'autre. Sentant mon impatience, il souriait entre ses coups de langue langoureux, venant jusqu'à ma bouche. Je tentais de le décourager de m'embrasser en détournant la tête régulièrement. Qu'il était vicieux. Il caressait mon cou de ses crocs, m'envoyant des décharges électriques jusqu'au plus profond de moi-même et revenait s'emparer de ma bouche. J'ondulais sous lui, me frottant sur son bassin, écartant mes jambes autant que ma souplesse me le permettait. Son sexe était dur, mais malheureusement toujours caché dans son pantalon. Tout en tentant d'échapper à ses baisers, je faufilai mes mains vers son entrejambes pour le libérer. Mmmm… Malheureusement, il ne l'entendait pas comme ça, emprisonnant mes mains, me titillant toujours plus, en alternance avec sa langue douce et brûlante et ses crocs enflammant mon sang. Je grognai plus fort et m'arc-boutai sous lui afin qu'il mette fin à ma torture. Cette canaille osa ricaner. Et pour toute réponse, il écrasa de son corps ferme mes courbes délicates.

— Prends-moi ! maugréai-je de plus belle.

— Laisse-moi te savourer…

— Prends-moi maintenant, ordonnai-je.

Ses crocs se plantèrent enfin dans mon cou. Libérée. J'étais libérée de toute cette frustration accumulée.

Je le sentais pomper tout mon sang. J'exultais de pouvoir le nourrir. Mes fourmis, totalement affolées par ce revirement de situation, fonçaient en tout sens, comme si elles avaient perdu le mode d'emploi vampire. Je leur envoyai une petite étincelle pour les remettre sur le bon chemin et retrouver notre maître. J'étais prête à tout lui donner. Il pouvait me saigner à blanc s'il le voulait. Je ressentais une délivrance divine dans ce don. L'extase me guettait. La frustration s'envolait. Je continuai d'onduler sous lui, caressant son sexe de mon intimité. Un nouveau grognement m'échappa face à ce besoin primaire de le sentir partout en moi. D'une main experte, il ouvrit son pantalon. Il me caressa pour vérifier que j'étais prête à l'accueillir. Comment pouvait-il en douter ? Je n'attendais que ça. Son grognement bestial m'indiqua qu'il ne se maîtrisait plus. Il me pénétra profondément puis recommença son exquise torture, allant et venant en moi à une allure calculée, calée sur ses douces succions. J'avais l'impression qu'il me tétait maintenant, me savourait. Il finit par abandonner ma veine pour revenir sur ma bouche goulûment. Le goût de mon sang fit monter mon plaisir de pouvoir le combler... enfin. Nos ondulations étaient un vrai ballet magique. Des étoiles scintillantes bleu nuit et blanches éclataient tout autour de nous. J'étais en effervescence et ses caresses m'achevèrent dans un cri de jouissance. Mon amant me suivit de près, s'apaisant sur moi, continuant de faire courir mille baisers sur ma peau délicate.

Une fois mon amoureux totalement assouvi, je me rhabillai paresseusement. J'étais galvanisée d'avoir pu satisfaire tous ses besoins. Il n'était plus nécessaire qu'il boive Etsuko. Cela me soulageait au plus haut point.

— Mmmm... J'aime les nuits qui démarrent comme ça, dis-je langoureusement.

— Ça te va comme moment de partage ?

— Je n'ai pas à me plaindre de ce point de vue là.

Mon clin d'œil le fit rire.

Il s'installa derrière son bureau, commençant à faire le point sur la situation. Je sentais son mental éparpillé. Il avait du mal à se remettre de nos ébats, de mon sang qui courait dans ses veines. L'effervescence l'envahissait.

J'avais l'impression d'avoir un volcan au bord de l'éruption devant moi.

— Les nouvelles sont-elles bonnes ? demanda-t-il pour se reprendre.

— Malheureusement non ! Ça y est, Marion Merconi est officiellement aux rênes de l'entreprise. Elle vient de déclarer la guerre à la vermine qui pollue la Terre.

Eiirin soupira.

— Je ne suis pas surpris, nous l'avons à l'œil depuis un moment. Je savais qu'elle ferait prochainement une déclaration.

— Mmmm... Ce n'est pas un hasard, alors, que notre fervent député soit passé après elle ?!

— Effectivement, avoua-t-il avec un grand sourire.

Quelqu'un frappa à la porte du bureau.

— Entre, Léo ! tonna Eiirin.

Son second referma la porte derrière lui.

Il s'arrêta, interloqué. Décidément.

— Ah ! Enfin ! sourit Léo. Elle est comestible !

Mon amant répondit d'un simple sourire, l'air béat.

— Content de retrouver votre mélodie à tous les deux.

— Que nous vaut ta présence, Léonard ?

— Mauvaise nouvelle. Les différentes caméras que nous avons posées dans Paris ont permis d'identifier nos ennemis. Si tu as le temps, ouvre le lien que je viens de t'envoyer par mail.

Nous nous retrouvâmes tous les trois derrière le bureau.

Une première vidéo montrait plusieurs vampires.

— Ces trois-là étaient des lieutenants de Rakoûl. Je

les soupçonne d'avoir éliminé notre ancien maître... Là, vu leur comportement, c'est bien Dimitri le chef.

Oui, c'était clair et net, pas de doute.

Léo lança une autre vidéo.

La scène se passait dans un entrepôt. Des humains, pris en otage, étaient dans un coin. Certains étaient blessés, d'autres semblaient terrorisés, pendant que les derniers, l'air mentalement absents, se comportaient comme des marionnettes.

Un vampire fut traîné devant Dimitri et positionné à genoux. Je tournai la tête au moment où Dimitri leva une épée extrêmement aiguisée. Nous avions affaire à une exécution.

— Comment as-tu pu filmer cela, Léonard ?

Ce dernier sourit malgré la situation.

— J'ai étudié Paris en prenant en compte les anciennes habitudes de Rakoûl et les mouvements des délits constatés. J'ai cherché tous les endroits qui auraient pu convenir à ce type d'événement récurrent au sein de mon ancien clan. J'ai fait poser beaucoup de caméras et ça commence à porter ses fruits. Par contre, je n'arrive pas à trouver où ils dorment dans la journée.

La vidéo s'était achevée. Léo en lança une autre.

— En voici une qui nous intéresse au plus haut point.

Une rencontre dans un parc fermé, de nuit, entre Dimitri et Marion Merconi. Cette dernière se la jouait séductrice. Sa tenue n'avait rien à voir avec celle qu'elle avait revêtue pour l'interview. Elle avait troqué son col Claudine contre une petite robe noire sexy jusqu'aux genoux, moulant parfaitement ses jambes galbées. Le col bateau découvrait totalement ses épaules jusqu'à la naissance de ses seins. Elle ne se rendait pas compte qu'elle jouait avec le feu. Pensait-elle vraiment pouvoir maîtriser un maître vampire de plusieurs centaines d'années ?

Dimitri était très séducteur sur ces images. Sa complaisance était surprenante. Il jouait le propre jeu de Marion. Ils parlaient avec amabilité. J'étais surprise que nous puissions voir cet entretien aussi facilement. Ces deux-là se connaissaient déjà bien. Ils commencèrent à s'embrasser, puis Dimitri descendit vers son cou pour la boire. Marion remontait sa robe afin que son amant puisse glisser une main dessous. J'étais écœurée de voir deux êtres machiavéliques s'acoquiner.

Et là, d'un seul coup, Dimitri leva les yeux pour les planter dans la caméra.

— Il sait ! m'écriai-je.

— Oui, soupira Léo. Je pense qu'il a découvert une partie des caméras et s'en sert maintenant pour nous faire passer des messages. Le reste n'a que peu d'intérêt, ils sont amants.

Il coupa la vidéo et nous méditâmes toutes ces informations.

— Alors, ce n'est pas un hasard si nous avons vu ces événements en particulier, annonça Eiirin. Dimitri nous a montré ce qu'il a bien voulu.

Mouais... J'étais désarçonnée par toutes ces informations qui pleuvaient aujourd'hui car cela n'augurait rien de bon malheureusement.

Eiirin reprit la parole.

— Bien ! Alors, Léonard, nous allons continuer à regarder ce que ce chef de clan veut bien nous montrer. Cependant, en parallèle, mets une équipe sur le réseau de caméras publiques afin de surveiller davantage leurs faits et gestes. Bien sûr qu'ils vont se douter que nous les espionnons davantage, mais nous apprendrons peut-être des éléments qu'ils veulent nous cacher.

— Oui, Senseï ! J'ai commencé à ajouter toutes les preuves trouvées sur l'alliance entre Merconi et le clan de Dimitri. Ils se connaissent tellement bien que cela remonte déjà à un moment. La fille Merconi n'a pas l'air manipulée sur les rencontres que nous avons observées. Elle est totalement consentante.

— Mmmm... C'est effectivement ce que l'on constate sur cette dernière vidéo, conclus-je. Et je comprends mieux la déclaration qu'elle vient de faire sur la vermine qu'elle veut exterminer. Non seulement ils ont un plan contre nous, mais en plus ils ont l'arrogance de se découvrir.

— Cela les perdra, affirma Eiirin.

Puisse-t-il avoir raison.

J'avais un mauvais pressentiment face à l'ego démesuré de ces énergumènes.

Après toutes ces mauvaises nouvelles, j'allai au laboratoire L-Vie pour vérifier que tout se passait pour le mieux. Je déposai les pierres de jade et les cristaux de roche dans les réfrigérateurs où nous stockions notre sang.

Aveline était déçue de ne pas avoir eu le droit de

m'accompagner. Notre Senseï avait décidé que ses deux sorcières éviteraient dorénavant de sortir ensemble.

Walter, notre vampire, et Sonia, l'infirmière, étaient très contents ce soir. Beaucoup d'humains patientaient tranquillement dans notre spacieuse salle d'attente pour donner leur sang.

Cela me remonta le moral de constater que malgré tout, les prises de conscience allaient dans le bon sens. Enfin, dans le nôtre.

Une fois nos amulettes installées sur les différentes étagères réfrigérantes au milieu des poches d'hémoglobine fraîchement prélevées, je lançai notre sortilège de conservation. Pour les plus anciennes, c'était trop tard, elles seraient bues dans les jours à venir.

Je ne restai pas longtemps ce soir-là. Mes déplacements mobilisaient beaucoup de gardes maintenant et devaient être réduits au minimum. Je me sentais tout de même démunie face à la situation. Mais que pouvais-je faire de plus ?

Ma morosité débordait dans l'habitacle de notre véhicule blindé, faisant grogner Kanine pendant le trajet du retour. Je tentai de me reprendre pour ne pas trop le polluer avec mes états d'âme. Je devais positiver. J'étais de nouveau comestible. Je pouvais nourrir mon amant. Et quand j'y pensais, cela me remplissait de joie.

Je filai voir Eiirin pour lui proposer mes compétences diverses et variées, espérant soulager un peu Kanine. Mon Golgoth patienta, le temps de savoir si j'étais la bienvenue dans l'antre de notre Senseï. Même à l'hôtel de Lauzun, il peinait à me lâcher. Il soupira donc de soulagement quand Eiirin le déchargea de ma protection, le rassurant sur le fait qu'il me gardait à l'œil.

La porte se ferma et je me vautrai par réflexe sur son canapé, m'attirant un froncement de sourcils de mon employeur. Au diable le protocole, nous n'étions que tous les deux.

— Comment puis-je t'aider, Eiirin ?

— Prends une tablette et connecte-toi à ma messagerie, j'ai trop de mails en retard et je veux savoir rapidement ce qu'il en est de notre garde et de l'humain arrêtés hier à la Païva.

— Okkaayyy...

Une fois connectée, je constatai que sa boîte mail était au bord de l'explosion. Mais comment faisait-il pour gérer tous ses problèmes ?

Je trouvai rapidement les mails en question. La conclusion de l'entretien avec le garde et l'humain ne nous arrangeait pas du tout.

Effectivement, notre garde était devenu un complice de Dimitri. Ce dernier avait donc réussi à infiltrer nos rangs. Comment était-ce possible ? Par recoupements d'informations, nous avions pu remonter jusqu'à un sbire de Dimitri. Même si ce garde ne connaissait pas son nom, nous avions tiré des portraits d'un maximum de vampires œuvrant pour notre ennemi. Et il en avait reconnu un. D'ailleurs, une belle somme d'argent avait été virée sur son compte. Je donnais peu cher de sa peau maintenant, puisqu'il ne leur servait plus à rien.

Ce garde était assigné chez lui dorénavant.

Je fis part des conclusions d'enquête à Eiirin.

— Très bien, Ismérie. Écris à nos avocats afin de trouver un motif de licenciement. Envoie-leur toutes ces informations, ils trouveront une solution.

Mon amant m'avait à peine regardée, restant concentré sur ce qu'il faisait.

Je soupirai : un problème de moins. Ragaillardie, je me plongeai dans le dossier de l'humain que nous avions trouvé malade à la Païva.

Pfff... Celui-là était un employé Merconi, comme par hasard. Ils ne nous laisseraient donc pas tranquilles. Miguel l'avait manipulé pour connaître la vérité. Il travaillait pour la branche pharmaceutique. Il était chargé d'entrer en contact avec Walter et de le séduire. Notre vampire avait une préférence pour les mâles et cet humain aussi. Cela signifiait que nos ennemis nous avaient espionnés. Ils avaient forcément au moins une taupe parmi nous. Walter était très discret et sortait peu. Il ne vivait plus à l'hôtel de Lauzun, mais c'était un vampire très calme et fidèle qui vivait avec son compagnon.

Je fis part de ces nouvelles conclusions à mon Senseï.

— Il n'aurait jamais pu s'approcher à ce point de Walter, je le sais très amoureux, conclut-il en ricanant. Ils ne sont donc pas si bien renseignés. Ou alors, ils manquent d'objectivité. C'est un bon point pour nous.

— Pourvu que tu aies raison !

— Par contre, cela signifie que Merconi s'intéresse à notre projet « Green Blood » de trop près. Et ça, c'est mauvais signe. Nous devons redoubler d'intérêt pour nos donneurs. Et protéger davantage Walter et son compagnon. Nous reste-t-il des chambres libres à l'hôtel de Lauzun ?

— Tu penses que Walter accepterait de revenir ?

Eiirin haussa les épaules.

— Je vais le lui proposer, mais je ne pense pas qu'il souhaitera s'afficher à Lauzun avec son compagnon. Il est parti à cause de ça.

J'ouvris notre application gérant les points de repli de nos vampires. Cependant, je fus bloquée par un mot de passe.

— Quel est le mot de passe, Eiirin ?

— Apporte-moi la tablette, s'il te plaît, dit-il en restant concentré sur son écran.

Je fronçai les sourcils. Sa requête faisait chemin dans mon esprit, libérant sur son passage un sentiment dont je ne voulais absolument pas. Je me sentais bafouée.

— Tu n'as pas confiance ? demandai-je, choquée.

Eiirin tourna la tête vers moi, alerté, m'observant en penchant la tête.

— Pas du tout, Ismérie ! Je t'ai expliqué pourquoi je ne te donnerais pas toutes les informations. Je ne veux pas te mettre en danger plus que tu ne l'es déjà. Tu vas découvrir où se replient tous nos vampires. C'est un énorme secret. Si j'avais le moindre doute, tu ne serais pas dans mon bureau en ce moment. Je te rendrais simplement visite en fin de nuit et tu ne vivrais pas avec moi !

Il restait hyper calme pour me révéler son évidence.

— Et tu crois que j'aurais accepté d'être ta maîtresse

comme ça ? fis-je en claquant les doigts.

— Non ! Tu m'as déjà fait suffisamment attendre, mais je savais que tu finirais par craquer. Ce n'était qu'une question de temps, affirma-t-il d'un air suffisant. Je savais que tu serais ma compagne.

J'étais choquée.

— Tu m'as manipulée ?!

Une sourde colère me titillait.

— Grand Dieu ! Non ! Je te rappelle que c'est toi qui m'as pris à Biarritz. Je n'ai fait qu'accéder à ta proposition.

Mmmm... Ce n'était pas faux. Après tout, même pendant les deux nuits que j'avais passées avec lui avant que nous ne soyons amants, il n'avait rien tenté. Il m'avait simplement tenue dans ses bras. En y repensant, j'avais été presque déçue qu'il n'ait rien essayé. Mais il savait que je n'étais pas encore prête à céder.

— Apporte-moi cette tablette, Ismérie, exigea-t-il pour interrompre mes ruminations.

Je me levai malgré moi et pris un port de reine pour le snober. Mon comportement le fit rire, le bougre. Pourquoi arrivait-il à garder sa nonchalance en toute circonstance, lui ?

Je lui tendis la tablette et il composa le mot de passe en cachant l'écran.

— Mmmm... Merci, bougonnai-je, grincheuse.

En me tendant la tablette, il tira sur mon bras pour amener ma bouche jusqu'à la sienne. Je m'exécutai, pour son plaisir et le mien. Après tout, autant profiter de la situation. Entendant mes pensées, il me lâcha et rigola.

— Va travailler, déclara-t-il.

Quand je me tournai, il claqua ma fesse. Je ronchonnai pour rigoler et lui montrai mes crocs. Il ricana de plus belle. Bon, il ne m'attachait plus avec des menottes. Peut-être qu'il fallait déjà se contenter de ça.

Je commençai par consulter mon dossier pour savoir ce qu'il y avait dans cette application. Les quelques mois passés dans mon ancienne chambre étaient indiqués, avec une précision concernant la porte communicante avec la chambre de Léo. J'étais surprise de cette information.

Je regardai le dossier de Léo. À part moi, personne n'avait dormi dans sa chambre. Dans celui de Miguel, une date indiquait l'arrivée d'Aveline.

Je regardai le dossier d'Eiirin et fus surprise de découvrir qu'avant moi, personne n'avait dormi avec lui. Il logeait depuis plusieurs centaines d'années à l'hôtel de Lauzun. Il habitait la chambre de maître depuis qu'il était chef de clan, plus de cent cinquante ans. Du coup, surprise que mon amant ait toujours vécu seul, j'allai consulter le dossier d'Etsuko. Cette dernière avait toujours dormi seule. Il était juste mentionné qu'elle recevait des visites d'Eiirin. Celui-ci avait-il eu d'autres maîtresses ?

D'un coup, j'étais très surprise et curieuse.

— La curiosité est un vilain défaut, Ismérie !

Gnagnagna... Il espionnait mes pensées, comme toujours. Je soupirai et allai voir si une chambre était libre. C'était incroyable, toutes ces informations renseignées.

— Pas de chambre de libre, Eiirin, annonçai-je déçue. Par contre, Mathilde va libérer la sienne. Elle a trouvé un appartement.

Il hocha la tête, réfléchissant.

Soudain, des coups résonnèrent fortement à la porte du bureau.

— Entre, Léonard ! Que se passe-t-il ?

— Ils ont Walter ! cria Léo, une tablette à la main.

— Tu peux me montrer ?

Léo acquiesça et contourna le bureau d'Eiirin pour se poster à côté de lui. Je me précipitai pour venir voir.

Walter était à genoux, les mains attachées dans le dos, dans l'entrepôt où nous avions déjà vu une exécution. Ils étaient en petit comité. Plusieurs vampires tenaient des torches allumées.

— Pourquoi ne se transforme-t-il pas en chauve-souris ? demandai-je, terrorisée par les images.

Dimitri tournait autour de notre vampire comme un prédateur menant sa proie à l'agonie. Il levait régulièrement la tête vers la caméra pour nous montrer son air déterminé. Ses traits malsains étaient effrayants. Il prenait clairement plaisir à la situation.

Eiirin était penché sur la tablette pour examiner les images.

— Walter est sous l'emprise mentale de Dimitri. C'est pour cela qu'il ne se transforme pas.

Alors, son sort était scellé. J'étais affligée.

— Les images arrivent en direct ? demandai-je.

— Oui, répondit Léo.

Et là, sous nos yeux, Dimitri leva son épée tranchante. Sa lame brillait face à nous, afin que nous puissions profiter au maximum du spectacle. Tout était orchestré. Walter paraissait calme. J'étais affolée pour lui et en même temps j'espérais qu'il n'ait pas conscience de ce qu'il se passait.

Dimitri abattit sa lame et la tête de Walter roula par terre, le reste de son corps tomba sur le côté, son sang se répandant sur le sol. Les vampires abaissèrent leurs torches sur les restes de notre vampire, l'incendiant. Ce dernier partit rapidement en fumée.

Dimitri nous salua et la caméra se coupa.

Choqués ? Nous l'étions. Une sueur froide coulait dans mon dos. La terreur s'emparait de moi.

Les hostilités avaient commencé.

14 – Machination

Nous ne pouvions plus rien faire pour Walter.

Totalement désemparée, j'étais persuadée que nous n'avions pas pris la mesure du traquenard qui nous tendait les bras. J'observai Eiirin. Il semblait bien tenir le choc, comme à son habitude, imperturbable. Il n'y avait que moi qui réussissais à le mettre en colère, finalement. Mes fourmis me confirmaient qu'il allait gérer tranquillement cette nouvelle difficulté.

Je décidai d'aller rejoindre Léo, ne voulant pas perturber notre Senseï.

— Où vas-tu, Ismérie ?

Je m'arrêtai net, la main sur la poignée de la porte.

— Je vais voir si Léo a besoin d'aide.

— Je préfère que tu restes sous mes yeux !

Mmmm... Il n'était peut-être pas si calme finalement. Ne voulant pas augmenter sa pression outre mesure, je retournai sur son canapé.

— Puis-je faire quelque chose pour t'aider ?

— Continue de faire le point sur nos vampires habitant à l'extérieur. Et je veux savoir où Mathilde a décidé de loger. Et comment va-t-elle payer son loyer ? Je ne doute pas qu'elle boira à la veine de ses admirateurs, elle n'aura pas de dépense alimentaire.

J'étudiai davantage nos vampires, faisant des listes dans tous les sens, espérant que cela déclencherait une idée lumineuse.

— Léonard, nous avons peut-être une autre taupe à l'hôtel de Lauzun, trouve-la ! ordonna Senseï, et il raccrocha son téléphone.

Oui, j'en étais moi-même persuadée. Je soupirai face à ce fardeau qui s'alourdissait.

Le lendemain, la nuit à peine tombée, nos inspecteurs en titre étaient à notre porte.

Eiirin convoqua Léo et nous nous installâmes de nouveau tous les cinq.

— Que nous vaut cet honneur ? demanda Eiirin.

— Mademoiselle Sonia Pellerin, l'infirmière de L-Vie, est décédée ! annonça l'inspectrice.

— Comment ?

Elle nous tendit deux photos. Encore une victime. Son corps reposait sur son canapé. Ses yeux vides scrutaient le plafond. Un élastique serrait son bras au-dessus du coude. Une seringue était tombée par terre. La table basse était remplie de tout un tas de trucs liés à une drogue injectable. Elle semblait s'être préparé une substance.

— Overdose.

— C'est une mise en scène, affirmai-je. Sonia ne se droguait pas. Je l'évaluais régulièrement, elle était totalement clean.

Tous me regardèrent, sauf mon admirateur d'inspecteur qui faisait attention à ne pas m'observer de trop près.

— Vous en êtes sûre ? demanda l'inspectrice.

— Totalement ! Ce n'était pas une junkie !

— Walter est mort cette nuit, annonça Eiirin. Comme par hasard, deux des personnes travaillant sur « Green Blood ».

— Comment est-il mort ?

— Exécuté par un clan de vampires ennemi. Nous avons une vidéo.

— Quand l'avez-vous reçue ?

— Cette nuit !

Eiirin ne précisait pas que nous étions les propriétaires de la caméra et que nous l'avions posée illégalement. Notre inspectrice ne posa pas plus de questions.

— Bon, alors, deux de vos employés ont été éliminés chez L-Vie. Par contre, nous n'avons pas eu d'autres victimes dans les prélèvements de sang. À quoi peut-on s'attendre maintenant ? demanda l'inspectrice, fatiguée par tous ces événements.

— Il faut contacter Antoine Garnier, le directeur de L-Vie, rapidement. S'ils ont décidé de démonter notre projet, c'est probablement le prochain sur leur liste.

L'inspectrice demanda à son collègue d'appeler immédiatement pour contacter le directeur, puis se tourna de nouveau vers nous.

— Vous avez une explication sur le fait qu'il n'y ait pas d'autres victimes parmi les donneurs chez L-Vie ?

— Nous avons ajouté suffisamment de protections dissuasives, expliqua Eiirin.

Là encore, il ne donna aucun détail et l'inspectrice ne le questionna pas davantage. Je la sondai. Elle avait confiance en nous. Soulagée, je tentai de me rassurer sur le fait que nous avions des alliés.

— Nous devons aller au labo voir Monsieur Garnier, nous interrompit l'inspecteur. Il y a un problème.

Un poids alourdit encore mes épaules. Que se passait-il à nouveau ? Sentant mon désarroi, Eiirin posa sa main sur ma cuisse pour me détendre.

— Alors, allons-y, soupira Eiirin. Léonard, convoque notre escorte. Voulez-vous que nous vous véhiculions ? demanda Eiirin à nos policiers.

— Volontiers, répondit l'inspectrice.

Et c'est comme ça que nous débarquâmes au laboratoire. Les donneurs avaient été renvoyés chez eux et une affiche sur la porte d'entrée indiquait que les dons de sang n'étaient pas assurés cette nuit.

Nous trouvâmes Antoine dans son bureau, pleurant à chaudes larmes. Certes, il venait de perdre son employée, Sonia. Cependant, sa réaction était démesurée au vu de la relation employeur-employé qu'ils avaient. Je soupçonnais qu'il se passât autre chose. Je sentais de la culpabilité émerger de lui. J'étais dégoûtée à l'avance de ce qu'il allait nous raconter.

Eiirin soupira et ses épaules s'affaissèrent. Il savait déjà. Il avait dû écouter les pensées de notre directeur. Ce dernier, n'osant pas parler, tendit une feuille sous plastique à Eiirin. Je montai sur la pointe des pieds pour lire. Mon amant eut pitié et amena la feuille un peu plus vers moi afin que je découvre notre nouveau problème. Léo se mit derrière.

Après avoir lu, nous eûmes tous la même réaction. Une pointe de colère monta, nous empoisonna. Nos ennemis avaient encore frappé. Nous avions dans les mains un acte de vente. Antoine avait vendu L-Vie à l'entreprise Merconi. Tous les employés étaient conservés. Antoine devenait le gérant, avec un très bon salaire. Une clause indiquait que le laboratoire d'analyses ne pouvait plus recevoir aucun don de sang, d'aucune sorte. Alors, oui, il pouvait se sentir coupable.

Eiirin tendit la feuille à nos inspecteurs afin qu'ils puissent prendre connaissance du problème.

— Comment est-ce possible ? demanda Eiirin à Antoine.

Ce dernier n'osait plus lever les yeux de son bureau. Il soupira à grand-peine, tellement il était oppressé, et finit par regarder notre Senseï dans les yeux.

— Je me suis réveillé dans mon salon avec ce document posé sur ma table basse.

— C'est votre signature ?

— Oui, sans aucun doute, affirma-t-il, totalement dévasté. Et je n'ai aucun souvenir.

Il se sentait totalement bafoué. Antoine était de nouveau confronté à son hypermnésie, rendant ce trou de mémoire normalement impossible.

— Monsieur Kinoshita, intervint l'inspectrice, vos avocats peuvent traiter ce dossier. Vraisemblablement, Monsieur Garnier a été manipulé et abusé !

— Bien sûr, d'autant plus que je suis le principal

actionnaire. Il ne pouvait donc pas vendre sans mon accord. Cela fait partie de notre contrat. Je n'ai aucun doute sur le fait que l'entreprise Merconi le savait et que cette vente sera caduque. Nous ne pourrons malheureusement pas prouver la manipulation mentale. Cette action n'est là que pour décrédibiliser Monsieur Garnier et notre projet « Green Blood ». Tant que cette affaire n'est pas réglée, nous sommes obligés d'interrompre les dons. Et c'était ce que visait Merconi.

Bon, un mélange d'humiliation, de colère et d'injustice commençait à remplir la pièce, nous étouffant.

L'inspectrice soupira et demanda à Antoine :

— Que pensez-vous de la prétendue overdose de Mademoiselle Pellerin ?

— Tout simplement impossible ! C'est une funeste mise en scène, confirma Antoine.

— Nous avons perdu Walter cette nuit, annonça Eiirin.

Cela n'aurait pas été pire si Antoine avait reçu un coup de massue sur la tête. Vaincu, il s'affaissa totalement dans son fauteuil.

— Qu'allons-nous faire ? demanda-t-il.

— Nous trouverons des solutions.

— De notre côté, nous allons enquêter, intervint l'inspectrice. Puisque vous avez plastifié cet acte de vente, j'imagine qu'il n'y a que vos empreintes ?

— Effectivement, depuis que je suis revenu à moi, personne ne l'a touché. Il est signé par un notaire et un représentant Merconi. Je ne sais pas ce que vous trouverez comme empreintes.

Nous rentrâmes, consternés. La situation ne nous était pas favorable. Merconi et le clan de Dimitri avaient pris le dessus. Leurs dossiers étaient plus à jour que les nôtres.

À quel point courions-nous des risques ?

À peine arrivé, Eiirin m'emmena au sous-sol. Nous étions toujours accompagnés de notre escorte. Selon l'humeur de notre Senseï, je promenais parfois toute une troupe avec moi à l'hôtel de Lauzun.

Kanine était très satisfait d'avoir une poignée de Golgoths avec lui. Ils semblaient tous plus redoutables les uns que les autres. Qu'est-ce que j'avais l'air minuscule au milieu d'eux ! En plus, comme ils m'entouraient en permanence, je ne voyais plus rien du paysage, hormis des pectoraux bombés et des biceps enflés. J'étais toujours dégoûtée de voir que la génétique vampirique ne m'avait pas été avantageuse. Enfin, fallait s'y faire.

Eiirin poussa une porte.

— Voici ton nouveau terrain de jeux, Ismérie ! annonça-t-il fièrement. Entraîne-toi ! Je veux que tu sois redoutable.

Qu'entendait-il par là exactement ? Je préférais ne pas poser la question.

Je regardai autour de moi. La pièce était très grande, très haute. Les murs étaient humides. Je devinai que nous étions sous le niveau de la Seine.

— Mets cette combinaison ! m'ordonna Eiirin. Et vous aussi, Messieurs ! Je veux deux gardes avec elle en permanence dans cet atelier, quelles que soient ses expérimentations, et les autres dans le couloir, attentifs à ce qu'il se passe aussi bien à l'intérieur qu'à l'extérieur.

Qu'est-ce que c'était que ce truc encore ? Certains amants couvraient leurs maîtresses de bijoux, robes, parfums... Le mien m'offrait des combinaisons de protection. Encore que celle en cuir se révélait finalement sexy. Celle-là avait l'air informe. Je ressemblerais davantage à un cosmonaute.

— Tu es sûr que c'est nécessaire ?

— Indiscutablement !

Pfff... Tout était dit. Je ne voyais rien à ajouter. Je la pris et commençai à l'enfiler. Dès que je l'eus mise, il me tendit une cagoule ignifugée et un casque de pompier.

— Mais comment veux-tu que j'exerce ma magie avec tout cet attirail ? me plaignis-je.

— Tu es très forte ! Tu vas y arriver !

Quel fayot tout de même ! C'était largement exagéré.

— Mais, Eiirin, si je dois un jour... euh... combattre....

— Oui, alors ?!... Eh bien ?

C'était tellement peu naturel pour moi.

— Je n'aurai pas le temps d'enfiler tous ces trucs. Tu me demandes de m'exercer dans des conditions qui n'ont rien à voir avec la réalité !

— Tu as entièrement raison, Ismérie ! répondit-il avec un clin d'œil. Messieurs, vérifiez qu'elle soit toujours équipée dans son atelier de feu !

Il se moquait ouvertement de moi. Je n'eus pas le temps de répondre qu'il s'était envolé. Je gardai ma cagoule et mon casque à la main.

Kanine grommela une poignée d'ordres. Il enfila une

combinaison. Ça, j'étais certaine qu'il ne me lâcherait pas. Puis, l'ensemble des gardes exécutèrent les consignes.

Je les regardais dans leur tenue. Ils étaient comiques eux aussi. Au moins, nous étions tous logés à la même enseigne.

— Vous avez l'air ridicules ! rigolai-je

— Mmmoé… Toi aussi !

Mmmm… Mon Golgoth, toujours égal à lui-même. Il se moquait de plus en plus de moi. Ah ! Où était le respect dû à la vampire-qui-boit-les-sorcières ?

Bon, je repris mon observation. Eiirin m'avait mis une enceinte dans un coin. Okkaayyy… Il tenait à ce que je passe du temps ici. Je connectai mon téléphone et lançai une compilation d'une de mes chanteuses préférées, en commençant par *Snowman*(1). C'était totalement approprié. Kanine ricana devant mon choix musical. Des frissons me caressèrent la peau dès les premières vocalises.

Alors, qu'est-ce qu'Eiirin m'avait préparé exactement ?

Je me tournai pour examiner cet atelier de feu, comme il disait.

Mon chaudron était posé vers le fond sur un énorme trépied. Je marchai jusqu'à lui et posai casque et cagoule à l'intérieur, ce qui fit grommeler Kanine bien évidemment. Je l'ignorai.

J'effleurai cet énorme récipient en fonte. Je renouais avec ma magie ancestrale. Je la sentais s'éveiller en moi, crépiter, prête à jouer avec le feu.

J'allai toucher les murs, curieuse. Ils étaient

recouverts d'un drôle de revêtement, probablement ignifugé. Le but n'était pas d'incendier l'hôtel de Lauzun. Je levai la tête, le plafond aussi était protégé. Je découvris des espèces de tuyaux me faisant penser à un aspirateur. Probablement pour extraire la fumée puisqu'il n'y avait pas de feu sans fumée. Le sol était épais, très lisse.

Okkaayyy… J'espérais qu'Eiirin avait pensé à tout. Je repassai par mon chaudron et récupérai cagoule et casque.

Je posai mon casque par terre et tentai tant bien que mal de rentrer ma tignasse flamboyante dans cette espèce de chaussette pour tête. Heureuse d'avoir retrouvé mon immortalité et d'être comestible, il convenait que je garde ces qualités précieuses.

Mon Golgoth ricana encore.

— Si tu continues de te moquer de moi, je te jette un sort, Kanine !

Il se tut, son sourire s'inversa et il avança vers moi pour m'aider. Il rassembla mes cheveux et rentra les récalcitrants qui refusaient d'être emprisonnés.

Puis, il prit mon casque pour l'enfoncer sur ma tête sans trop de douceur.

— Mmmm… Merci, marmonnai-je, mais fais attention de ne pas m'arracher la tête ! Eiirin ne te le pardonnera pas !

— Mmmon…

— Bien ! Retourne là-bas ! Mais peut-être devrais-tu tout de même sortir ? Je n'ai pas totalement confiance dans mes capacités, je reprends… insistai-je, hésitante.

— Mmmon...

Je l'aurais tout de même prévenu. Je regardai mes deux cosmonautes, les bras croisés sur la poitrine, campés sur leurs jambes. Ils étaient prêts. Je haussai les épaules avec nonchalance. Ainsi soit-il. Plus qu'à faire une bonne flambée.

Je n'avais pas mis mes gants. Kanine ne dit rien.

Il y avait un petit bloc-notes et des crayons à côté de l'enceinte. J'allai chercher une feuille et la déposai dans mon chaudron. Il me fallait un matériau combustible à faire flamber pour activer mon sortilège. Je reculai le plus loin possible. Je commençais à avoir très chaud dans ma tenue. Allez, concentration... Ici et maintenant.

Je me connectai à ma magie, puis m'élevai vers l'énergie du cosmos pour communier avec elle. Je captai l'air autour du chaudron en une grosse masse d'un mètre cinquante environ. Elle nourrirait le feu à venir. Autant commencer fort pour voir ce dont j'étais capable. Il ne s'agissait pas d'allumer une flamme d'allumette mais plutôt un brasier à partir d'une feuille de papier.

Une fois que je sentis suffisamment d'air emprisonné dans une espèce de poche, je la descendis au plus bas dans le chaudron pour qu'elle alimente la flamme à venir. Puis, je claquai des doigts pour envoyer une étincelle sur la feuille de papier. Elle s'enflamma aussi facilement que mes bougies. Je secouai la poche d'air au-dessus de la flamme pour le libérer et ainsi en augmenter la taille. Je rajoutai une étincelle de magie pour créer le foyer. La flambée augmenta d'un seul coup, crépitant. On aurait dit un monstre de feu ondulant au-dessus de mon chaudron. Les flammes évoluaient entre le jaune et le rouge dans des volutes dansantes.

Je m'approchai pour évaluer ma créature. Mon dragon de feu avait dévoré ma feuille et se trémoussait au-dessus de son chaudron, hésitant à en sortir. Je continuai d'avancer, totalement hypnotisée.

Une main m'arrêta. Kanine me ramenait à la réalité.

Bien. Je n'avais pas perdu la main.

Je reculai à nouveau. Kanine me suivit et se posta juste derrière moi. Il avait maintenant l'habitude de ma magie. Du coin de l'œil, je vis qu'il avait un extincteur à la main. Mmmm... La confiance régnait. Mais bon, la prudence était de rigueur.

Je me concentrai à nouveau pour stopper mon dragon. Il devait disparaître. Je le rappellerais dès que j'en aurais besoin.

J'entendis un ronflement au milieu des crépitements produits par mon monstre. J'observais, penchais la tête devant ma créature, l'analysais.

Kanine avait mis en route les extracteurs de fumée. Bonne idée.

Tout comme j'avais créé une poche d'air pour alimenter mon feu, je devais maintenant lui couper les vivres. Je commençai à envoyer des ondes de magie blanche pour disperser l'air autour de mon dragon et l'étouffer. Ce dernier ne se laissait pas faire. Le bougre ondulait pour récupérer chaque parcelle d'oxygène autour de lui. Et au fur et à mesure que j'écartais l'air autour de mon chaudron, je voyais les bras de feu de mon monstre récalcitrant s'étendre pour aller chercher le moindre fragment qu'il pouvait récupérer.

J'entendis Kanine marmonner, mais je ne cherchai pas à comprendre ce qu'il disait. Pour ma part, j'étais subjuguée par ma créature de feu.

Allez, il était temps d'accélérer le processus. Elle reviendrait me voir une autre fois. Je me concentrai plus fort, transpirant dans ma combinaison, rassemblant toujours plus d'énergie pour lui couper les vivres.

Mon dragon diminua, tout doucement, résistant pour ne pas disparaître. Au fur et à mesure qu'il faiblissait, je m'avançais, redoublant d'efforts, Kanine me retenant en arrière.

Il ne restait plus qu'une petite flamme au fond de mon chaudron sur un tas de cendres. Je tendis la main pour l'effleurer avec tendresse et claquai des doigts pour l'éteindre.

— Eh bien ! Quelle expérience ! m'exclamai-je.

— Mmmoé !

Je me tournai vers Kanine pour mieux apprécier sa conversation, souriante. Je voyais de la fierté dans son regard. Pas besoin d'ajouter des mots. Il avait reposé l'extincteur sur son socle.

— Bon, ça ira pour aujourd'hui ! m'exclamai-je.

Pour un retour aux sources, c'était fantastique. J'étais subjuguée par la salle que m'avait préparée notre Senseï. Je pouvais jouer avec le feu en toute sécurité. Il avait été bien plus rapide que pour les travaux d'agrandissement de nos appartements. Mais pour ces derniers, j'étais convaincue qu'il l'avait fait exprès.

Mon Golgoth fronça les sourcils.

— Tu pourrais faire un peu plus d'efforts !

Je haussai les épaules. Effectivement, je pourrais. J'effleurai mon lapis-lazuli à travers ma poche.

Mouais... Mon plan de réalisation « combat »... Sagesse et conscience, je devais garder.

Ne pas me laisser influencer par ces stratèges de guerre, je devais.

En même temps, si je voulais les apaiser, il fallait que je me montre suffisamment bonne élève.

Mais à quel point voulais-je les rassurer sur mes capacités de combattante ?

N'était-ce pas leur problème de se débrouiller avec leur conscience ?

En même temps, il fallait bien avouer que nous avions assez de problèmes et peut-être que je n'avais pas besoin d'en rajouter.

Mouais, autant calmer ces bêtes féroces.

— Soit ! soupirai-je.

Kanine fut rassuré et m'encouragea d'un sourire. J'étais une des rares personnes avec qui il était bienveillant.

Concernant le feu, j'étais rassurée. L'allumer était plus facile que l'éteindre. Je recommencerais le lendemain.

Il aurait été intéressant finalement de jouer avec la physiologie de mes ennemis. Comme les espèces vivantes étaient constituées d'un fort pourcentage d'eau, je pouvais probablement les glacer ou les faire bouillir sur place.

Cependant, je n'avais pas d'ennemis à disposition. L'idée d'en kidnapper un ne m'emballait pas plus que ça.

Même s'ils avaient exécuté Walter juste pour le plaisir, je ne souhaitais pas faire de la surenchère. Tester sur les animaux ou la population des bas-fonds de Paris, comme avait pu faire Lucien, ne me disait rien. Oh, bien sûr, contrairement à ma descendance, je pouvais user et abuser de magie noire. Mais à quoi bon faire du mal ?

Je gardais ces idées d'expérimentation pour une éventuelle confrontation.

Kanine m'observait, examinant les rouages de mon cerveau... en vain. Il n'était pas télépathe. Mmmm... Je pouvais peut-être tester un truc sur lui et jouer avec l'air. Je le regardai droit dans les yeux. Il haussa les sourcils, l'air soudain incertain.

— Kanine, veux-tu être mon cobaye ?

— Mmmon ! Mais Louis veut bien, affirma-t-il en regardant l'autre vampire.

— Pourquoi moi ? demanda Louis.

— Kanine ! Je vais dire à notre Senseï que tu ne veux pas m'aider à m'entraîner ! dis-je, faussement courroucée.

— Mmmoé... répondit-il, abattu.

— Ne t'inquiète pas, je ne vais pas te faire de mal.

— Mmmoé...

— Je voudrais travailler sur l'air pour simplement te déplacer. Okkaayyy ?

— Mmmon... Mais allons-y tout de même !

J'aimais sa coopération. Quel comique, ce Kanine.

— Enlevons nos combinaisons, nous avons eu assez chaud !

— Mmmoé...

Nous posâmes tout notre barda dans une armoire prévue à cet effet.

— Mets-toi à trois mètres de moi, Kanine, s'il te plaît.

Il s'exécuta sans rien dire.

— Reste tranquille et sois patient, je n'ai jamais fait ça, annonçai-je, soucieuse.

Il se planta devant moi, attendant, me surveillant comme une casserole de lait sur le feu.

Je fermai les yeux, me reconnectai à ma magie et l'énergie du cosmos. J'envoyai des ondes de magie blanche pour palper l'air autour de Kanine. Je tentai de le rassembler pour le mettre dans une poche virtuelle, comme j'avais fait pour nourrir mon dragon de feu. Une fois la masse d'air suffisamment grosse, je la déplaçai devant Kanine et la poussai doucement.

Je sentais ce paquet énorme se déplacer trop tranquillement. Kanine ne bougeait pas d'un pouce. Imperturbable, je le sentais sourire. Son excitation venait jusqu'à moi, il sentait ma poche d'air le chatouiller.

Bon, concentration, Isie, tu te disperses.

Je reculai à nouveau mon stock d'air. On aurait dit une grosse baudruche. Ça n'allait pas du tout. Je la poussai plus vivement vers mon mastodonte.

Celui-ci ricana quand il la sentit rebondir sur lui. Il eut même l'audace de lui donner un coup avec ses pectoraux et ce fut moi qui fus bousculée. Scrogneugneu ! Ça ne se passait pas du tout comme je voulais.

Frustrée, je changeai mes plans. Je refroidis l'air de mon énorme baudruche récalcitrante, la descendant à une température très basse. Puis, je perçai la poche et poussai le blizzard sur Kanine. Ce dernier cria de stupeur et se protégea le visage avec les bras.

— Arrête, Isie, c'est trop froid !

Mince, je ne voulais pas lui faire mal et le froid, comme le chaud, pouvait brûler à une certaine température. Je moulinai avec les bras pour être plus efficace et j'insufflai de la chaleur pour tempérer le courant d'air. Pfff... Je n'étais pas très discrète dans mes mouvements. Je serais vite repérée par nos ennemis.

— Mmmerci... marmonna mon Golgoth.

Louis ricanait derrière nous. Kanine le fusilla du regard.

— Alors, c'est tout pour aujourd'hui ? demandai-je, espiègle.

— Mmmoé...

J'avais besoin d'une bonne douche. Au fil des étages, je croisai Aveline et Miguel. Ils avaient vraiment l'air chagriné. Mais que s'était-il passé encore ? Ma troupe de gardiens s'arrêta, attendant sagement le plus discrètement possible.

— Ça va ? demandai-je en évaluant ma descendance.

Elle était pleine de tristesse et bouillait de colère. J'en étais ébranlée.

— Nous venons d'avoir des nouvelles d'Amir, expliqua un Miguel totalement démuni.

Ce sentiment n'était pas du tout habituel chez lui.

— Alors, on en est où à Biarritz ?

— L'enquête est close.

— Déjà ? Les criminels ont été inculpés ?

Je continuais d'observer Aveline. Les larmes avaient envahi ses yeux. Je la pris dans mes bras, tout en écoutant les explications de son amoureux.

— Malheureusement non. Amir nous a expliqué que la population anti-vampire là-bas avait des appuis. Ils ne chercheront pas davantage et notre présence n'est plus la bienvenue.

Aveline avait gardé son herboristerie là-bas. Je savais qu'elle espérait secrètement pouvoir y retourner. Elle avait émis l'idée d'en ouvrir une autre à Paris mais nos mâles protecteurs ne voulaient pas en entendre parler pour l'instant. Je ne pouvais pas les blâmer. Il ne me restait plus qu'elle. Cette période de troubles nous empêchait actuellement de vivre comme nous l'entendions.

— Emma ne sera jamais vengée, pleura Aveline.

Tant d'injustice régnait ici-bas. Mon cœur se serra de chagrin, éveillant une sourde colère qui se tapissait dans un coin.

— Je comprends, dis-je en la serrant plus fort contre moi.

Miguel nous serra dans ses bras pour nous redonner de la force et le courage d'affronter la situation. Je me sentis peu à peu apaisée. Je retrouvais la niaque d'affronter nos ennemis et tous ces événements dramatiques. Car c'était certain, nous n'étions pas au bout du tunnel.

Un raclement de gorge nous fit lever la tête.

— Vous ne devriez pas rester là, dit Léo en passant.

— Tu as raison, confirma Miguel. Ces dames vont mieux, maintenant, je pense.

Il nous évaluait pour être sûr qu'il pouvait nous lâcher.

Léo nous fit un clin d'œil taquin.

— Tu as de la chance que notre Senseï ne t'ait pas surpris, Miguel. Je n'aurais pas donné cher de ton immortalité.

Nous rigolâmes tristement malgré la situation. La taquinerie légendaire de Léo savait toujours nous rendre le sourire. J'embrassai Aveline sur la joue.

— Je dois vraiment prendre une douche.

— Oui ! confirma Aveline. Mais qu'as-tu fait pour empester la fumée ?

— J'ai joué avec mon dragon de feu, m'exclamai-je, heureuse de cette partie de l'expérience.

Je tus mes déboires concernant mes tentatives sur Kanine. J'avais bien compris que je devais m'entraîner.

Je me savonnai bien les cheveux et tout le corps jusqu'à ne plus sentir que la verveine. L'odeur de fumée était tenace.

Quand Eiirin arriva enfin, je lui racontai aussi bien mes succès que mes échecs. Il m'écouta attentivement. Je me rendis compte que Kanine avait déjà cafté. Mmmm... En qui était-il le plus loyal ?

— En toi, Ismérie, répondit Eiirin à ma question mentale.

Je pris mon air renfrogné.

— Je n'en suis pas si sûre.

— Mais si ! Évidemment, il m'obéira en toute circonstance, mais il fera toujours tout pour t'aider. Il a beaucoup d'affection pour toi.

J'observai mon amant, surprise.

— Et ça ne te gêne pas, cette affection ?

— Non, il est comme Léo, aucune ambiguïté !

J'étais soulagée. J'aimais bien mes vampires, moi aussi. Ils étaient devenus les constantes de ma vie. Ils avaient rempli tous les coins. Plus aucun vide ne subsistait, bousculant totalement cette routine mortelle qu'avait été si longtemps ma vie.

Le lendemain, je pris un temps précieux pour exécuter mes rituels. J'avais besoin de prendre du recul sur mes émotions, libérer mon mental de toute cette sauvagerie qui nous avait affectés.

Eiirin était déjà levé quand je revins dans notre partie commune. Seule la douche mouillée attestait de son passage. Il était déjà parti travailler.

Je continuai de prendre mon temps. Ce soir, je n'étais pas pressée de retrouver nos problèmes. Je préférais prolonger la paix qui m'avait totalement envahie.

Je me demandais même si je n'allais pas m'accorder une nuit de congés. Après tout, je n'en avais jamais. Je devais absolument négocier une augmentation de salaire. J'étais largement suremployée, voire une esclave. Mon employeur était un vrai bourreau et accessoirement mon amant... quand il avait le temps. Mais bon, je délirais, il était fou de moi et je le lui rendais bien malgré les fois où nous étions en désaccord. Nous avions abandonné les explosions de colère depuis que nous étions amants, faisant des compromis à tour de rôle. Je me libérai de ces mauvaises pensées pour me concentrer sur mon amour pour ce samouraï. Car maintenant, je me savais amoureuse, même si je ne le chantais pas sur les toits. Je savourais mes pensées, un petit sourire au bord des lèvres.

Alors que j'étais toute à mes pensées vagabondes, mon téléphone m'indiqua que j'avais reçu un texto. C'était justement mon amoureux.

« Mets une belle robe, je t'attends au cabaret de Shanghai, 2 rue Frochot à 21 h. Une garde sera sur place, Kanine saura prendre le minimum pour ton déplacement. Je suis sorti pour une réunion. »

Une sortie ! Mon amant m'avait entendue. C'était en quelque sorte une soirée congés. Enfin, un rendez-vous en amoureux.

Je transférai ce message à Kanine pour qu'il en prenne connaissance. Il me répondit son invariable « mmmoé... ».

Je devais mettre une robe. J'en mettais peu, préférant les pantalons souples comme les leggings. J'avais mon fourreau noir, évidemment. Eiirin l'adorait. J'allai dans notre dressing. Je découvris une magnifique robe nipponne bien en évidence. Je n'avais même pas fait attention à cette nouvelle venue. J'étais transportée de joie à l'idée de l'enfiler pour mon amant. Je me préparai tranquillement en chantonnant des histoires passionnées, heureuse de passer une soirée en amoureux.

J'admirai mon reflet dans la glace. J'étais captivée. Toute de noir vêtue, j'avais des dragons brodés, flamboyants, qui volaient sur moi. Cette robe était un hommage à ma magie de feu, à ma chevelure étincelante. Je laissai ma masse de boucles libres autour de mes épaules.

J'étais prête. Un nouveau texto m'indiqua que Kanine et Paul m'attendaient.

(1) Chanson de Sia.

15 – Charmant rendez-vous

Nous n'avions pris qu'un véhicule. D'humeur joyeuse, je regardais les rues illuminées de Paris par la fenêtre. Nous arrivions déjà dans le 9e arrondissement. Notre voiture s'arrêta aux abords d'une petite place.

J'attendis sagement que mes gardiens aient inspecté les lieux et me fassent signe de descendre. Une fois rassuré, Kanine m'ouvrit la portière et me tendit la main. Mes échasses aux pieds et ma robe courte près du corps n'étaient pas des plus pratiques. Mais bon, j'étais certaine de faire plaisir à Eiirin.

J'admirai la verrière du cabaret. L'éclairage faisait ressortir un paysage de mer mouvementée. L'ensemble était saisissant.

Kanine fronçait les sourcils, scrutant les alentours ; mon garde humain était à ses côtés pendant que notre chauffeur allait se garer.

— Que se passe-t-il, Kanine ? demandai-je, sentant son inquiétude.

— C'est le jour de fermeture.

— Eiirin aura réservé le cabaret pour nous. Tu connais sa marotte pour la sécurité.

— Mmmoé... Traînons pas.

De peur que je ne tombe ou que je n'avance pas assez

vite, il me prit par le bras et m'invita à marcher rapidement. Mes pieds ne touchaient presque plus le sol. Il était sacrément costaud. Paul, tourné dos à nous, observait la rue et les alentours. Je crois même qu'il avait sorti un pistolet. Mais je n'en étais pas sûre et je n'arrivais pas à tourner la tête.

— Je viens, ne me pousse pas comme ça, tentai-je de le calmer.

— Je me sentirai mieux à l'intérieur, avoua-t-il.

Oui, je comprenais, mais tout de même. En fait, la sécurité devait être une maladie virale.

La porte s'ouvrit à notre arrivée. Je découvris les tables et les chaises blanches dressées. Des bougies étaient allumées. Heureuse, j'accélérai le pas, pressée de retrouver mon amant. Je sentis mon Golgoth satisfait et allonger davantage le pas. Montée sur mes talons aiguille, je tentais de suivre le mouvement. Je sentais le dos de Paul me pousser. Il surveillait toujours nos arrières.

À peine le pas de la porte franchi, j'entendis un crac énorme et Kanine tomba à mes pieds. Coincée contre le dos de Paul, je ne pouvais reculer.

J'étais abasourdie et mon regard acéré eut à peine le temps de voir la main ennemie se tendre vers moi que mon instinct de survie me fit un électrochoc.

Sur une impulsion, je bondis au fond du cabaret, pendant que j'entendais ricaner. En parallèle, je me concentrai sur ma carapace de protection. Mon aura de lumière blanche m'aiderait à garder mon intégrité. Enfin, je l'espérais.

Je me tournai pour faire face à mes ennemis et analyser la situation.

Kanine était allongé, à l'entrée, de tout son long. Son sang commençait à se répandre autour de lui. Son crâne était fracassé. Horrifiée, je vis que mon humain avait été assommé également et qu'un vampire le tirait à l'intérieur pour pouvoir refermer la porte.

Une sueur froide remontait le long de ma colonne vertébrale. J'étais piégée et totalement dans l'incompréhension. Comment se faisait-il que j'aie reçu un SMS d'Eiirin ?

Trois vampires me faisaient maintenant face en ricanant, dont Dimitri.

— Alors, te voilà enfin, Ismérie ! commença ce dernier. Cela fait un moment que je te surveille et que j'ai envie de faire ta connaissance. Tu es magnifique. Je préférerais ne pas te tuer immédiatement et pouvoir profiter de ce superbe corps !

Son œil vicelard me lorgnait sans aucune vergogne. Je me sentais mise à nu, rabaissée à un vulgaire morceau de viande.

— Et Marion ? demandai-je. Elle sera d'accord ?

— Ah ah ah ! Tu as vu de quoi j'étais capable avec une femme et tu veux la même chose ! Sois docile et tout se passera bien pour toi. Pour eux, c'est fini, affirma-t-il en jetant un œil à mes gardes du corps.

Mon ventre se serra. La nausée montait devant cet immonde personnage. Non seulement je ne voulais pas le voir à l'œuvre, mais je me battrais crocs et ongles pour ne pas le subir.

J'évaluai mes deux Golgoths. Le cœur de Kanine battait de plus en plus lentement. L'humain avait perdu connaissance, mais son rythme cardiaque était régulier. J'étais terrifiée, il fallait qu'ils tiennent le coup. Je ne pouvais pas les secourir pour l'instant.

Je commençai à me connecter à tous mes dons : vampire, sorcière, rien n'était de trop. J'envoyai des ondes de magie avec des ordres mentaux afin que mes ennemis se détendent et nous laissent partir.

Les deux autres vampires commencèrent à s'adosser au mur, relax. Gentilles marionnettes. Bien, c'était déjà ça.

Malheureusement, Dimitri continuait d'avancer tranquillement vers moi, imperméable à mon don. Il s'arrêtait régulièrement, tel un matador devant sa prochaine victime. Il travaillait sa mise à mort et je tentais de garder tous mes moyens tant bien que mal.

— Oui, je savais que tu étais très forte. Je sens ton don m'émoustiller. Tu es une adversaire à ma hauteur. Si seulement tu acceptais d'être ma compagne, nous serions un couple d'enfer. Je t'offrirais bien plus de distractions que ton samouraï. Je t'ai vue danser. Je sais ce dont tu as besoin.

Alors, ça faisait longtemps qu'il nous épiait car je n'étais pas allée au club danser depuis plusieurs mois. De plus en plus mal à l'aise, je me demandais quelle était l'étendue du piège et le nombre de victimes prévues. Et Eiirin, où était-il ?

— Mon samouraï me convient tout à fait.

Je me connectai à l'énergie du cosmos pour manipuler

mes dons de sorcière sans lâcher les vampires de mon emprise. Leur chef étant trop fort, j'allais devoir agir autrement.

— Tu sais qu'à cause de toi, je prends de plus en plus de rousses, en t'attendant patiemment... Et te voilà enfin... À ma merci. Je vais te savourer.

Dimitri avait un air très serein. Il était convaincu d'avoir déjà gagné. Pour lui, je lui appartiendrais maintenant, de gré ou de force, ça n'avait aucune importance. C'était un malade, un personnage abject. Je commençais sérieusement à douter de la santé mentale de Marion Merconi.

— Je ne me soumettrai pas à toi et nous ne formerons jamais ce joli couple dont tu rêves.

— C'est bien dommage, j'aurais préféré te garder un moment. Quel gâchis ! s'exclama-t-il en me scrutant de la tête aux pieds, s'attardant sur ma poitrine.

Il n'avait pas l'air chagriné du tout. Son visage impassible gardait son air de pervers, empli de toutes les promesses qu'il pensait m'infliger. Je n'étais qu'une victime de plus avec laquelle il allait s'amuser avec ses jeux sordides.

Au fur et à mesure qu'il avançait, je voyais son aura gris souris s'étendre. Sa vile noirceur tentait de m'envelopper. Elle tâtait ma carapace de protection blanche scintillant de petites étoiles bleu nuit, tentant de la pénétrer sournoisement. La puissance d'Eiirin renforçait mes dons. Il m'avait tellement gavée de son sang pour que je récupère mon immortalité qu'il irradiait en moi. Mes fourmis se réveillaient devant ma terreur, passant en mode combat.

— Mmmm... Ton amant doit sacrément t'aimer pour s'être offert à ce point !

Donc Dimitri le sentait aussi. Il était vraiment fort.

Bien connectée à mon don, je regardais mon ennemi droit dans les yeux pour ne pas éveiller ses soupçons. Qu'il continue à lorgner mes seins, c'était très bien. Je me redressai même pour les mettre davantage en évidence.

Le plus discrètement possible, j'agitai mon index vers une bougie sur une table et le ramenai, dessinant comme un trait à deux mètres devant moi. Et comme si je faisais basculer la bougie, la flamme alluma une barrière de feu ensorcelée. J'espérais décourager mon assaillant.

Dimitri recula instantanément en grognant, peu satisfait de mon action. Le feu était une cause de mort subite pour les bêtes à crocs que nous étions. J'étais certaine qu'il ne prendrait pas de risques, il ne s'était pas encore lassé de la vie malheureusement. Il m'étudiait maintenant rageusement, prenant conscience du fait que ce ne serait pas aussi facile que prévu.

Mon dragon de feu était en rage. Il s'agitait devant moi, mangeait le parquet et le mobilier en bois sur son passage. J'allais devoir m'occuper de lui pour le contenir. Aucune issue derrière moi. Je réalisai, dépitée, que je m'étais moi-même piégée.

Je devais en plus maintenir les deux vampires sous ma coupe. Leur chef de clan marchait de long en large devant moi, cherchant le meilleur angle d'attaque. Pour l'instant, je n'avais pas la ressource d'envoyer un message mental à Eiirin.

Comment allait-il savoir où j'étais ?

Qui me porterait secours ?

Il fallait que je déroute mon ennemi. Je le voyais évaluer la hauteur des flammes et du plafond pour sauter et me rejoindre. Je devais absolument le dissuader.

Je décidai de faire grandir mon dragon de feu. Je l'invitai à manger les tables et les chaises qui me séparaient de Dimitri. Je voyais les flammes commencer à bleuir, augmentant la chaleur de la fournaise. Un rugissement monta en même temps que le brasier quand ma magie engloutit le mobilier.

Dimitri recula encore, son air cruel m'indiquant qu'il n'allait pas abandonner comme ça. Il se déporta vers la gauche, là où les flammes étaient moins puissantes. Mon ennemi claqua des doigts pour ramener ses sbires à lui. Le moins influençable retrouva immédiatement sa conscience, écarquillant les yeux devant mon petit spectacle.

Oh ! Mais ça n'allait pas se passer comme ça. Je ne pouvais pas me permettre d'avoir trois assaillants en plus de maîtriser mon dragon.

D'une main, je tenais ma bête de feu et moulinais tranquillement avec mes doigts pour contrôler la puissance des flammes afin qu'il ne mange pas le parquet entre lui et moi. Je tenais à mon immortalité et ne la raccourcirais qu'en dernier recours. Je diminuai le volume d'air devant moi pour me protéger un maximum.

La chaleur augmentait bien trop. La sueur ruisselait sous ma robe et commençait à dégouliner le long de mes jambes. Je regrettais de ne pas avoir attaché mes cheveux. Mes boucles flamboyantes se resserraient sous ma transpiration, me faisant un casque, augmentant ma température. Je devais prendre du recul sur ma condition physique, passer à un autre niveau. Mmmm... Facile à dire.

J'essuyai mon front de ma main libre, envoyant mes gouttes de frayeur bouillante loin de moi.

Puis, je redoublai d'ondes magiques envers ce vampire qui m'avait échappé, tout en maintenant à distance Dimitri avec ma barrière de feu.

Je sentais le sbire céder sous ma magie. Son maître tentait de reprendre le contrôle sur lui. Je devais faire vite. Pas sûr que je tienne longtemps. Ma hargne me redonna un coup de fouet. Avec mon index, je fis signe à ma marionnette d'avancer vers les flammes. Ses yeux emplis de terreur me montraient qu'il avait conscience de sa mort imminente.

Ses hurlements furent étouffés par le rugissement de mon dragon qui l'engloutit rapidement, augmentant ma protection, se nourrissant. On aurait dit des babines rougeoyantes se léchant, appréciant leur festin.

Dimitri recula d'un pas, surpris que sa connexion ait été rompue avec son rejeton.

— Tu es vraiment étonnante... Ce n'est pas grave, j'en ai plein d'autres... Oui, vraiment fabuleuse. Et je sens ton sang ensorcelant !

Il avait l'air de m'admirer, ce con. C'était un malade

mental ou alors il avait de la bouillie en guise de cervelle.

Je décidai de m'en prendre à son autre vampire immédiatement car mon énergie faiblissait dangereusement. La tension nerveuse ne m'aidait pas, mais comment ne pas être terrorisée ?

Toujours en moulinant d'une main pour contrôler mon dragon, j'invitai de l'autre ma seconde marionnette à avancer. Cette dernière n'y voyait que du feu, c'était le cas de le dire. Mon ventre se serrait de l'éliminer, comme ça, alors que finalement avec celui-là, j'aurais pu fuir. Mais son maître était une redoutable arme mortelle.

Quand son homme de main mit une jambe dans le feu, je relâchai totalement mon pouvoir de lui. Son sort était scellé. Il brûla dans d'affreuses souffrances, tentant de s'échapper au fur et à mesure que les flammes le léchaient et remontaient sur son corps pour l'engloutir. Le spectacle était hypnotique, presque fascinant. Mon dragon rugit de plaisir, mettant fin rapidement aux souffrances du vampire. Ses cendres tombèrent sur le sol.

Je me tournai de nouveau vers Dimitri. Il commençait à se tirer les cheveux et entra dans une rage folle.

— Alors, c'est entre nous, maintenant ! hurla-t-il.

J'avais relâché la pression de ma magie. Le brasier était monté trop haut, s'attaquant au plafond. Les crépitements augmentaient en même temps que la fournaise. Un mur brûlant me séparait de mon ennemi.

Je moulinai de plus belle pour diminuer l'air de mon côté et pousser mon dragon vers l'avant. Dimitri tournait devant moi comme un lion en cage. Il souhaitait me tuer lui-même. C’était très mal barré.

— Puisque tu ne veux pas être mon alliée, tu vas mourir ! affirma-t-il dans une évidence.

Il avait malheureusement raison, je le craignais.

Où était Eiirin ?

J’avais besoin d’aide. Je ne tiendrais plus longtemps, prise au piège de ma propre magie. Mon angoisse montait. Je tentai d’étouffer un sanglot.

Dimitri ricana.

— Je suis le seul à pouvoir te sauver, Ismérie, et je le ferai avec grand plaisir. Tu m’as trop fait languir... Je suis prêt à faire beaucoup pour toi, et même plus encore.

Ce n’était que reculer pour mieux sauter. Dans ses bras, ma mort était assurée, sauf qu’elle serait lente et douloureuse car j’étais certaine qu’il me tiendrait le plus longtemps possible en vie afin d’exercer ses tortures. Les histoires de l’ancien clan de Léo me faisaient frémir d’horreur.

Plutôt brûler vive.

Dimitri continuait de rôder devant moi, plein d’espoir.

— Tu vois cet extincteur ? Il suffit que je l’utilise pour te faire une ouverture et tu seras sauve.

— Non merci !

— Ton amant ne te sauvera pas ! Je suis ta seule option ! Il faut simplement que tu sois raisonnable et que tu te soumettes.

Je ricanai malgré la situation, malgré ma mort certaine. Soumise ? Je ne l’avais jamais été.

— Je préfère mourir, chuchotai-je, abandonnée.

Je continuais de puiser dans ma magie et l’énergie du

cosmos. L'incendie faisait rage, mais je devais le combattre, tenir mon dragon de feu à distance de moi. Il ravageait le plafond, le grignotant tout doucement, se léchant les babines. Les tables et les chaises alimentaient ma bête. Cette dernière rugissait devant Dimitri, l'obligeant à reculer régulièrement, mettant toujours plus de distance entre nous. L'incendie gagnait du terrain.

Évaluant la situation, je me rendis compte que Kanine allait bientôt être englouti par les flammes si je ne faisais rien. Je sondai mon Golgoth inanimé. Son cœur battait toujours, péniblement, mais il s'accrochait. Mon autre garde était en meilleur état et moins en danger. Enfin, tout était relatif. Je puisai de nouveau dans ma source de magie pour contenir mon dragon du côté de Kanine. Je devais le protéger. Enfin...

Soudain, Dimitri s'éloigna. Je soupirai. Il partait. J'allais pouvoir me concentrer sur notre sécurité.

Malheureusement, je le vis réapparaître, deux extincteurs à la main.

— Je vais te sauver. Et si tu me fais un sale coup, je te tue de mes propres mains, mais tu ne mourras pas dans les flammes.

Il semblait désespéré. Ce type était vraiment dingue. Je n'étais qu'un jouet pour lui, qu'il avait attendu trop longtemps.

— Mais t'es malade ! criai-je, hors de moi. Tu ne comprends pas que je ne resterai jamais avec toi ? Je te tuerai à la moindre occasion.

Je luttais pour contenir mes deux Golgoths dans un

périmètre de sécurité. Et puis, je gardais mon dragon à distance tant bien que mal, pour ne pas qu'il m'engloutisse.

Mes jambes tremblaient. Je n'en pouvais plus. Je tentai de rassembler la moindre parcelle d'énergie vitale. Puis, je refroidis l'air autour de moi pour mieux respirer. J'avais trop chaud. Cette fournaise allait me tuer. La panique m'envahissait.

Je regardais du coin de l'œil cet imbécile lutter contre les flammes. Il commença à dégager une ouverture entre lui et moi. Ça ne m'arrangeait pas du tout. L'énergie me manquait. Mon capital vital était maintenant engagé. Je risquais de tomber inconsciente d'un moment à l'autre.

Je tentai malgré tout de combattre son ouverture pour la refermer.

— Arrête, Ismérie ! paniqua-t-il à son tour. Laisse-moi t'aider ! Tu ne peux pas mourir comme ça !

Il pensait probablement m'attendrir ou me convaincre. Il prit le second extincteur.

Les sirènes résonnèrent à l'extérieur, couvrant les bruits de mon dragon. Mon ennemi arrêta immédiatement son geste et balança l'extincteur.

— NON ! hurla-t-il en tirant sur ses cheveux. Ça ne peut pas se passer comme ça. J'avais tout prévu !

Les secours arrivaient. Je pensai immédiatement à mes gardes, proches de la porte. Ils seraient sauvés.

Un premier pompier passa la tête, observa et aboya des ordres que je ne compris pas. Plusieurs combattants du feu entrèrent, certains tirèrent mes Golgoths pour les sortir, pendant que d'autres ouvraient une lance à incendie. La traînée de sang que laissait Kanine augmenta ma peur. Non ! Je ne devais pas me laisser envahir par l'horreur de la situation alors que j'étais sur le point d'être sauvée.

Je vis Dimitri changer d'expression de visage. Un air sournois s'installa, remplaçant la colère de la défaite. Il manipula les pompiers pour l'aider à ouvrir une porte dans les flammes. Il n'avait pas abandonné son envie de me récupérer.

— NON ! hurlai-je.

Un sanglot m'étouffa. Je n'avais plus de forces.

Je tombai à genoux. J'étais vaincue.

La fumée était de plus en plus toxique. Je tentai de la rendre respirable. Mais je peinais à la purifier. Mes batteries étaient à plat. Dimitri persiflait cruellement de son bonheur de me posséder.

— Je prendrai bien soin de toi, Ismérie. Fais-moi confiance, tu vas adorer.

Mes épaules s'affaissèrent. Je fermai les yeux, abandonnant ma magie. Je rendais les armes. La seule chose que je pouvais faire maintenant, c'était trouver un havre de paix pour partir. Je montai les bras en demi-cercle pour joindre mes mains au-dessus de ma tête. Je pris une grande inspiration libératrice.

— ISMERIE !

J'écarquillai les yeux. Eiirin. Il était là, avec Léo. Ce dernier se dirigeait déjà vers Dimitri, un sabre d'une main, un pieu dans l'autre.

Les flammes arrivaient bientôt à mes genoux.

— Ismérie, reprends-toi, combats les flammes !

m'ordonna Eiirin.

Totalement perdue dans cette situation dramatique, le cerveau engourdi dans la fournaise, je baignais maintenant en pleine confusion.

Un mouvement sur ma droite attira mon attention. Les vêtements de Dimitri étaient tombés. La chauve-souris se sauvait, fonçant vers sa liberté.

— Ismérie ! Regarde-moi, insista Eiirin. Tu ne vas pas les laisser gagner. Toi seule peux aider les pompiers à combattre ton dragon.

Je hochai la tête, je tentai de me relever, difficilement. Je rassemblai ma magie tant bien que mal. Je sentis Eiirin venir à ma rescousse, stimulant mes fourmis, me donnant un regain d'énergie.

Notre ennemi était parti. Les combattants du feu avaient repris leur travail. Il ne me restait qu'à retenir les flammes devant moi.

Vaillamment, je me redressai, rassemblant le peu d'énergie vitale qu'il me restait. J'invoquai le cosmos pour alimenter la puissance d'Eiirin, car je n'étais plus un bon canal. Mes fourmis affolées sentaient bien que nous étions dans une situation désespérée.

Des larmes dans les yeux, épuisée, je me connectai à Eiirin afin de ne pas perdre de vue mon objectif. Il m'avait redonné mon immortalité. Il était devenu le vampire de ma vie. Je me devais de réussir pour lui, pour nous. Il m'aimait trop pour que je me laisse abattre et disparaisse. Et puis, moi aussi, je l'aimais. Cela me sautait aux yeux maintenant. Au-delà de notre lien de sang, c'était bien l'amour qui nous liait.

Ses yeux sombres m'envoyaient tout l'amour qu'il ressentait pour moi, toute la force et le courage dont je pouvais avoir besoin.

Le feu diminuait devant moi. Je ne regardais plus le brasier à mes pieds. Je reculai le plus loin possible du danger mortel sans toucher le mur derrière moi. Ce dernier était devenu brûlant. Je regardais les gerbes d'eau des lances à incendie éclabousser tout ce qu'elles pouvaient pour vaincre les flammes. À mon tour, je fis appel à mes dernières forces et lançai une vague de magie pour engloutir mon brasier. J'aurais voulu un tsunami, mais mes forces épuisées m'empêchaient d'atteindre ce résultat. J'échouai.

Je sentais mon dragon de feu fou de rage. Il ne semblait pas vouloir lâcher les armes. Je le rassurai. Nous n'étions qu'un. Il vivrait à travers moi. Il avait suffisamment travaillé pour aujourd'hui. Je le libérerais régulièrement. Je continuais de l'appeler, le charmer pour l'apaiser. Ses flammes reculèrent, diminuèrent. Son crépitement s'atténua.

Les combattants du feu avaient sorti d'autres lances à incendie. Eiirin, toujours présent à côté d'eux, m'encourageait de sa puissance. Je voyais de plus en plus sa magie bleu nuit briller dans mon bûcher contraint de disparaître.

Une fois qu'Eiirin put passer sans danger, il accourut vers moi. Soulagée, je sentis sa main se poser sur mon épaule et se retirer dans la foulée.

— Tu es brûlante !

Je hochai tristement la tête, je m'en rendais bien

compte. Mon amant prit sur lui pour m'envelopper de ses bras. Nous fumions tous les deux, mais nous étions sains et saufs. Eiirin me poussa vers la sortie entre les flammes.

— Finis d'éteindre ton dragon, Ismérie, me murmura-t-il tendrement.

Il m'envoya une nouvelle onde de son pouvoir, me manipulant au passage pour évacuer toute hésitation. Je lui en étais reconnaissante.

Je claquai des doigts et mon dragon de feu disparut dans un dernier rugissement. Les quelques flammèches restantes disparurent sous les trombes d'eau des pompiers.

Je regardai autour de moi : le restaurant était dans un triste état. Les murs et plafonds noircis étaient trempés. Le mobilier était parti en fumée. Léo nous encouragea à sortir plus vite.

Une fois dehors, je respirai enfin. L'air frais entra dans mes poumons, vivifiant mes bronches trop longtemps emprisonnées dans les émanations d'incendie. Ma température corporelle diminua rapidement. Eiirin, soulagé, ne me lâchait plus, enfouissant son visage dans mes cheveux enfumés. Je pris de plus grandes inspirations, évacuant toute cette tension, tous ces toxiques. Mes jambes fléchirent, mais les bras puissants de mon amant étaient là, m'empêchant de vaciller.

Soudain, j'entendis des cris. Me tournant, je découvris un couple sous le choc. Ce devait être les propriétaires. Je pouvais les comprendre. Un pan de leur existence s'écroulait sous les flammes. Ils n'étaient pas près de travailler à nouveau.

Dire que nous allions encore être tenus responsables d'un délit dont nous n'étions que les victimes. C'était bien triste.

— Et Kanine ? demandai-je à Eiirin.

— Il s'en sortira… Il se fait soigner.

Léo s'approcha en raccrochant son téléphone.

— Notre garde est au bloc, trauma crânien avec hémorragie interne.

J'étais anéantie. Trop de gardes étaient morts en me protégeant.

— Et Kanine ? demandai-je à nouveau, incertaine.

— Il reprend péniblement connaissance, il a perdu beaucoup de sang. Il lui faudra quelques jours avant d'être à nouveau aussi efficace.

— On lui laissera le temps nécessaire, annonça Eiirin. Je pense qu'Ismérie a besoin de quelques jours, elle aussi.

Mon amant me sondait pour évaluer mon état. Mes fourmis se déplaçaient lamentablement, tombant régulièrement avant de repartir. Mon essence vitale était en péril. Cependant, je sentais que j'allais récupérer. La vie était toujours là en moi, immortelle. J'en étais persuadée.

Rassurée, je me laissai aller totalement contre Eiirin. Ce relâchement me coupa les jambes.

— Nous devons rentrer, indiqua Eiirin à Léo, en me soulevant pour aller vers un de nos véhicules.

Nous devions passer entre les camions de pompiers et

la police.

Soudain, nos deux inspecteurs firent irruption devant nous, nous empêchant d'aller plus loin.

— Nous avons des questions, annonça notre inspectrice.

— Je m'en doute, répondit Eiirin, mais Ismérie n'est pas en état de répondre.

Je les regardai tristement. J'avais besoin de répit, j'en avais assez bavé pour cette nuit.

— Nous n'en avons pas pour longtemps, insista l'inspectrice.

Eiirin soupira. Je donnai mon accord d'un simple hochement de tête.

— Que s'est-il passé ? demanda-t-elle.

— J'ai reçu un texto d'Eiirin me donnant rendez-vous à 21 h pour une soirée en amoureux. C'était malheureusement un piège, énonçai-je en regardant mon amant. Mes deux gardes ont été assommés dès notre entrée. Notre ennemi, un vampire puissant, ce fameux Dimitri, en avait après moi. Je n'ai pas réussi à trouver d'autre solution que d'utiliser le feu pour me protéger.

Nos deux inspecteurs prenaient des notes

— Il était seul ?

— Non, deux vampires étaient avec lui. Ils ont péri dans l'incendie.

Eiirin exerça une pression de ses bras pour me réconforter.

— Comment se fait-il qu'Ismérie ait reçu un message de vous, Monsieur Kinoshita ?

— Malencontreux concours de circonstances. Mais

maintenant que j'y repense, ce n'est pas un simple hasard. J'avais une réunion très importante ce soir. J'ai été dérangé au moment de partir de l'hôtel de Lauzun et j'en ai oublié mon téléphone dans l'entrée.

— Ce n'est pas bon signe, Monsieur Kinoshita, annonça l'inspectrice.

— Effectivement, nous allons faire le ménage chez nous.

— Pouvons-nous récupérer votre téléphone pour les empreintes ?

— Malheureusement, je l'ai beaucoup manipulé, ne comprenant pas l'absence de ma compagne. Et comme personne ne pouvait me répondre, j'ai fini par regarder mon téléphone. Après, évidemment, tout a été très vite pour venir jusqu'ici.

— Merci, nous passerons demain à l'hôtel de Lauzun.

Eiirin hocha la tête et nous poursuivîmes notre chemin au travers des véhicules.

— Venez, nous invita Léo, les 4*4 sont là-bas.

À peine eûmes-nous dépassé les camions de pompiers, nos gardes nous entourèrent complètement, nous faisant un bouclier. Ma tête dodelinait sur le torse d'Eiirin, me berçant. Je luttais tout de même pour ne pas m'endormir. Je préférais attendre que nous soyons à l'hôtel de Lauzun.

— Tu peux dormir, Ismérie, tu ne risques plus rien, répondit mon amant télépathe.

— On ne sait jamais.

— Il est vicieux, ajouta Léo, inquiet.

J'acquiesçai.

— Il essaiera de nouveau, je suis devenue un trophée à gagner.

— Nous te protégerons, dirent Eiirin et Léo en chœur.

Je sentais leur culpabilité émaner d'eux, de m'avoir mise en danger en me faisant intégrer le clan Duroy.

— Vous n'y êtes pour rien. Je suis heureuse d'avoir intégré votre clan.

— C'est aussi ton clan, affirma Eiirin.

Bien sûr, c'était mon clan, mes vampires à moi aussi.

Arrivé à notre véhicule blindé, Eiirin me posa délicatement à l'intérieur. Mes bras me démangeaient. Je regardai ma peau, extrêmement rouge, à la limite de la brûlure. Cependant, la cicatrisation s'activait déjà, d'où les picotements. Ma robe était en sale état. Sous l'effet de la chaleur, le tissu s'était raidi, devenant presque cartonneux. J'avais l'impression qu'elle allait se casser et tomber en morceaux.

— Ma robe est fichue, dis-je, mal à l'aise.

— Si ne n'est que ça, je t'en offrirai une autre.

La douceur d'Eiirin était un baume pour mes tourments. Entendant mon malaise, concernant ma peur de me retrouver nue, Eiirin demanda si nous avions une couverture ou autre chose. Léo leva un des sièges, révélant un coffre intérieur, et en sortit un plaid. Mon amant m'emmitoufla. Comme je bougeais sur le siège pour m'installer confortablement, le tissu se désagrégea.

Le bercement de la voiture, la chaleur et l'apaisement de mon amant activaient ma régénération, m'offrant les bras de Morphée. J'avais de plus en plus de mal à résister. La peur de nous faire encore attaquer me permettait malgré tout de résister.

— Comment se fait-il que tu n'aies pas su plus tôt où j'étais, Eiirin ? demandai-je. Maxence était au courant.

— Nous l'avons retrouvé inconscient dans son bureau. Comme il ne répondait pas, j'ai envoyé Léo voir ce qu'il faisait.

Léo acquiesça.

— Nos ennemis ont pénétré l'hôtel de Lauzun, conclus-je.

— Tu as raison. Nous avons déjà supprimé un garde. Nous cherchons qui aurait pu droguer Maxence. Il a senti une piqûre, puis plus rien. Sacha l'a examiné et a fait une prise de sang. Nous attendons les résultats.

— Qu'allons-nous faire, Eiirin ?

— Nous sommes puissants. Le clan Duroy est ancien et ne manque pas de ressources. Nous n'allons pas...

Morphée m'avait kidnappée.

16 – Étincelle

Je me réveillai dans les brumes d'un cendrier. L'odeur était infecte. Mais en même temps c'était confortable. De drôles de sensations se mêlaient tandis que mes yeux refusaient de s'ouvrir. Je n'étais plus sûre de savoir où j'étais.

Une main caressa ma joue. Je reconnus l'odeur de mangue épicée d'Eiirin au milieu des effluves de l'incendie. Tout me revint d'un seul coup. Le regard vicieux de Dimitri. Le guet-apens dans lequel nous étions tombés. Le sang de Kanine qui s'étalait et recouvrait le parquet toujours un peu plus. J'écarquillai les yeux devant ces souvenirs qui remontaient à la surface de ma conscience, tendant chaque muscle de mon corps.

— Tout va bien, Ismérie. Tu es en sécurité avec moi.

La douceur de mon amant me détendit instantanément. Je fixai mon regard dans le sien, sentant tout son amour m'illuminer. Oui, j'étais sauvée… pour cette fois. Un coin de ma tête me rappelait que j'étais devenue un objet de convoitise et que notre ennemi ne s'arrêterait pas là. C'était pour lui un moyen très sûr d'atteindre le redoutable samouraï Eiirin Kinoshita que d'éliminer sa sorcière-vampire. Car je ne me leurrais pas, s'il s'emparait de moi, ma vie serait éphémère.

J'évaluai mon état. Bon, j'empestais. C'était indéniable. Mon amant avait été courageux de supporter ma puanteur. Il m'avait déshabillée. C'était tant mieux. Ma robe et mes sous-vêtements étaient montés tellement en température qu'ils étaient sur le point de me coller à la peau. Cette dernière était rouge et ma gorge me brûlait. Le besoin de sang me suffoqua, insupportable. Mes crocs descendirent, un grondement monta malgré moi. Mon amant se pencha sur moi. Je le repoussai d'une main, redoublant d'efforts pour faire taire mes instincts bestiaux face à cette veine palpitante qui avançait, promesse d'un fameux festin.

— Attends ! Laisse-moi prendre une douche, Eiirin.

— On s'en moque.

Quand même, il méritait mieux que ça.

— Comment fais-tu pour supporter une odeur pareille ? Laisse-moi deux minutes, je me dépêche.

— Mais tu es trop épuisée pour tenir debout.

— S'il te plaît… plaidai-je

Il observait la tête de mule que j'étais.

— Très bien, mais c'est moi qui te lave !

Je sentis au son de sa voix que c'était non négociable. Mmmm… Ça promettait un merveilleux moment. Je voulus lui répondre par un grand sourire mais l'épuisement eut raison de ma volonté. Mon amant secoua la tête, retenant une remarque sur mon entêtement. Je n'entendais pas ses pensées, mais je sentais son exaspération.

Je tentai de me soulever. Mes bras en coton refusèrent

de m'aider. Eiirin m'enveloppa dans les siens et m'emmena jusqu'à sa baignoire. L'eau était réglée à la bonne température. Il me lava avec des gestes combinant une extrême douceur et une rapidité affriolante. Finalement, je ne savais pas lequel de nous deux était le plus pressé. Je me laissais faire avec un sourire béat, observant la concentration de mon amant.

Quand je fus séchée et enfermée dans un peignoir moelleux, il m'emmena directement dans mon temple. Il s'assit sur mon divan plein de coussins, me posant délicatement sur ses genoux. Il me cala contre son épaule. Je me sentais tellement faible. Cependant, mes instincts bestiaux prirent le relais. Tous crocs dehors, je les enfonçai dans le cou d'Eiirin, sentant son puissant nectar me ragaillardir. Nos cœurs battaient la chamade. Mes papilles se délectaient et mes fourmis se réveillaient après cette descente aux enfers. Tout se combinait en moi pour reprendre vie. Tous mes sens de vampire s'éveillaient. J'entendais le cœur d'Eiirin tambouriner dans sa poitrine. Mon amant me souleva pour m'installer face à lui. À genoux, j'épousai parfaitement son torse. Nos cœurs s'accordaient pour battre à l'unisson, résonnant en moi comme la plus douce des mélodies. Je voyais son sang courir dans ses veines, dévaler dans ma gorge. Son odeur métallique mêlée de mangue était un parfum exotique excitant pour mes narines, la plus belle des fragrances. Je sentais chaque caresse dans mon dos laisser une étincelle de magie bleu nuit courir sur ma peau, pénétrant chaque pore jusqu'au plus profond de moi. Le champ électromagnétique des vampires résonnait en moi, tout comme le clapotis de la Seine au pied de l'hôtel de Lauzun. Je réglai le volume pour faire une bulle et me concentrer sur mon amant. Mes fourmis, repues, n'arrivaient plus à gambader, tellement elles étaient saoules. Eiirin m'envoya le message mental qu'il était temps d'arrêter maintenant. Il me nourrirait de nouveau la nuit prochaine.

Aussi ivre que mes fourmis, je reposais sur son torse, écoutant nos cœurs dansant ce pas de deux parfait.

— Nous allons devoir descendre, m'informa-t-il.

Pourquoi moi ?

Pourquoi maintenant ?

J'étais bien, là, totalement absorbée par mon amant, insouciante de tous nos problèmes.

La réalité me revint en pleine face. Je me sentais encore tellement molle.

— Je veux que tu viennes avec moi, dans mon bureau. Nous avons trouvé un autre garde qui œuvrait contre nous. Mais je ne suis pas sûr d'avoir déniché toutes les taupes infiltrées.

Okkaayyy... Alors, effectivement, je n'avais pas le choix. Et puis, je tenais à mon immortalité, à mon amant, à ce clan Duroy. Je ne savais pas trop dans quel ordre, mais c'était très clair.

Je tentai de me redresser. Cependant, mes muscles récalcitrants ne voulaient plus du tout coopérer.

— Je vais t'aider à t'habiller. Mon sang va faire effet et tu devrais pouvoir bientôt marcher.

Eiirin m'enfila la première culotte qu'il trouva, un legging et un haut confortable. Impasse sur le soutien-gorge mais ça me convenait tout à fait. Puis, ses yeux se connectèrent aux miens le plus sérieusement du monde.

— Ismérie, tu dois marcher jusqu'à mon bureau. Nous avons forcément encore des ennemis à Lauzun. Léonard est en train de faire la chasse et je vais l'aider dès que tu seras mieux. Il faut à tout prix nous mettre en sécurité. En attendant, tu ne dois pas montrer ta faiblesse. Tu vas vite récupérer. Je n'ai aucun doute là-dessus et je le sens au plus profond de moi.

J'acquiesçai. Ma vitalité tentait de s'étendre, difficilement, mais assurément.

— Bien ! Allons à mon bureau, tu te reposeras là-bas.

Je me levai, tant bien que mal, chancelante, des étoiles plein les yeux.

— Respire, Ismérie ! ordonna Eiirin.

Il en avait de bonnes, lui. Je me sentais groggy. Son sang puissant imprégnait chaque cellule de mon corps et combattait l'épuisement qui ne souhaitait pas céder pour l'instant.

Je m'exécutai tout de même, pris une grande inspiration, desserrant l'étau de mon crâne et de mon thorax.

— Bien ! Tu reprends des couleurs... Allons-y.

La fermeté de son ton était emplie de douceur. Je sentais la peur qu'il tentait de masquer.

— Ça va aller, Eiirin.

J'essayai de le rassurer avec un faible sourire. Il ne fut pas dupe.

Quand fallait y aller, fallait y aller.

Il accrocha son sabre à sa ceinture.

Une escorte nous attendait à notre porte. Eiirin m'encouragea d'un sourire, comme si tout était normal. L'escorte se déploya autour de nous.

Nous descendîmes tranquillement les étages. Les vampires nous saluaient respectueusement sur notre passage. Tous les sens vampiriques d'Eiirin étaient ouverts. Il me soutenait d'un bras, faisant mine de nonchalance mais je savais qu'il était prêt à dégainer son Honjo Masamune au moindre faux pas autour de lui. C'était rare qu'il se déplace armé à l'hôtel de Lauzun.

Quand nous fûmes enfermés dans son bureau, il se détendit et m'accompagna jusqu'au canapé. Je me laissai aller contre le dossier, respirant le plus calmement possible pour faire taire les étincelles de la magie d'Eiirin dans mon sang. C'était très perturbant. Tout s'activait trop vite à l'intérieur. Mais je n'avais pas la forme physique pour y faire face.

Mon amant soupira et alla vers son bureau. À peine fut-il installé, son téléphone sonna. Léo nous indiquait que nos inspecteurs étaient là et demandaient à être reçus. Eiirin accepta, mais demanda une escorte pour les accompagner jusqu'à nous. Alors, c'était à ce point, qu'Eiirin n'avait plus confiance dans ses vampires Duroy et son personnel ?

Ça me faisait mal au cœur pour lui.

Je ne me levai pas pour saluer nos policiers. Cependant, je me redressai pour donner un semblant de change. Léo m'embrassa le front, heureux de me voir debout. Eiirin nous regardait tendrement. La confiance indéfectible qu'il gardait en Léo me rassura. Nous avions un noyau fort et uni. J'étais sûre que Kanine, Miguel, Adrien, Maxence et quelques autres étaient restés fidèles. En réalité, j'étais persuadée que nombreux étaient restés loyaux. Qui voudrait tomber sous le joug d'un tortionnaire à moins d'être un bourreau lui-même ?

Au travers des différents problèmes que nous avions rencontrés, je savais que certains de nos vampires luttaient pour faire taire leurs instincts bestiaux dans l'hôtel de Lauzun. J'avais senti ces émotions qu'ils tentaient de cacher dans notre maison. Mais finalement, qu'en était-il à l'extérieur ? Je n'avais pas réussi à les identifier et Eiirin non plus, malgré son don de télépathie. Ce n'étaient à chaque fois que des bribes d'émotions ou de mots lâchés dans la foule.

— Comment allez-vous, Ismérie ? demanda l'inspectrice.

— Elle se remet, affirma Eiirin avant que je ne réponde, décourageant l'inspectrice d'aller plus loin.

— Bien ! Allons à l'essentiel alors. Nous n'avons malheureusement aucune preuve de meurtre concernant le décès de Sonia. Nous ne pouvons conclure qu'à une mort accidentelle par overdose. L'entrepôt où a eu lieu l'exécution de votre vampire est vide et totalement nettoyé. Aucune trace. Nous avons enregistré la vidéo comme pièce à conviction mais ne pouvons pas aller plus loin. Nous sommes secs ! C'est rageant ! s'exclama-t-elle, nous laissant voir ses émotions pour la première fois.

Nous savions qu'elle était objective et n'avait aucune animosité contre nous. Mais là, elle faisait preuve de véhémence à l'encontre de nos ennemis.

Nous hochâmes tous la tête. Que dire ? Ce n'était pas surprenant.

— Et vous ? demanda-t-elle. Qu'avez-vous appris ?

Nous patientâmes devant les échanges mentaux entre mon Senseï et son second. Puis, Eiirin donna son assentiment à Léo d'un signe de tête.

— Notre majordome Maxence a été drogué par une forte dose de kétamine. C'est normalement utilisé pour les anesthésies générales.

Nous grognâmes en chœur. Et Léo poursuivit après nous avoir laissé le temps de digérer cette information.

— Malheureusement, il ne sait pas par qui. Ça a été fait dans son bureau, qui n'a pas de vidéosurveillance. Il pense cependant avoir été manipulé par un vampire avant l'injection. Nous devons donc trouver cet ennemi parmi nous. C'est comme ça qu'Ismérie a été piégée. Maxence avait ramassé le portable oublié d'Eiirin pour le lui remettre à son retour. Tout cela ne pouvait être qu'orchestré par notre ennemi !

Et tout cela était de mauvaise augure.

— Qu'allez-vous faire ? demanda l'inspectrice à Eiirin.

— Nous trouverons ce ou ces vampires !

— Vous avez un endroit sûr où vous cacher en attendant ?

— Nous n'en sommes pas là.

Eiirin était puissant et entouré de combattants redoutables. D'ailleurs, notre garde avait été encore renforcée par des vampires qu'il avait manipulés afin de vérifier leur allégeance. Ces vampires ne pouvaient rien cacher à leur maître. Mentalement, mon amant me révéla vouloir passer tous ses vampires au crible, un par un. Il était en train de constituer un cercle autour de nous qui allait grandir, tout en faisant du tri au fur et à mesure. Bien. C'était rassurant et j'avais toute confiance en ses pouvoirs. On n'arrivait pas à quatre cents ans de vie sans rien.

— Où en sont vos avocats avec L-Vie ? interrogea l'inspectrice.

Eiirin se tourna vers son second, lui laissant à nouveau la parole. Notre Senseï, ayant passé tout son temps avec moi depuis qu'il m'avait récupérée, n'avait pas pu se tenir informé des évolutions des dossiers pendant les dernières vingt-quatre heures. Léo savait exactement ce qu'il pouvait révéler.

— Les Merconi font machine arrière. Ils nous proposent un dédommagement financier. Leur abus d'achat ne tenait pas la route. C'était uniquement pour arrêter les dons de sang et anéantir notre projet « Green Blood ». Nos avocats sont en train de se battre pour le dédommagement et ajouter une clause les obligeant à prendre le pas de l'agriculture biologique. Pour éviter un scandale qui leur nuirait gravement, nous négocions un changement dans leur stratégie. Nous attendons leurs propositions et épluchons tous les vices de forme possibles. Car même s'ils acceptent notre deal, ils chercheront une échappatoire pour ne pas passer à l'action. Nous devons être plus malins qu'eux. Les dons de sang peuvent reprendre, ce qui satisfait totalement nos donneurs puisqu'ils ont beaucoup à y gagner eux aussi.

J'avais rarement vu autant de hargne dans les yeux de Léo. Eiirin était soulagé que les affaires continuent de se résoudre pendant qu'il prenait soin de moi.

— Avez-vous des nouvelles concernant la chapelle expiatoire ? demanda Eiirin.

— Oui, nous avons trouvé l'identité de la victime, mais pas du vampire. La famille est choquée. C'était une jeune étudiante sans histoire apparemment. Pour le vampire, c'est plus compliqué. Nous ne connaissons ni son âge, ni son identité. Et puis, peut-être changez-vous régulièrement de nom ?

Eiirin acquiesça.

— Certes, mais nous ne devrions plus le faire, maintenant que nous vivons au grand jour.

Nos inspecteurs réfléchissaient.

— Nous n'avons pas trouvé d'empreintes à la chapelle expiatoire, aucun indice pour donner une direction à notre enquête.

— Malheureusement, c'était probablement une façon d'attirer notre attention et les prémices d'une attaque contre notre clan, annonça Léo.

— Je crains que vous n'ayez raison, dit l'inspectrice, songeuse. Dommage que des humains se retrouvent victimes dans vos histoires de vampires.

C'était la première fois que j'entendais une pointe d'accablement dans ses paroles. Peut-être était-elle épuisée, elle aussi ?

— Malheureusement, cette histoire concerne complètement les humains et son chef d'orchestre est Marion Merconi, révéla Eiirin.

L'inspectrice écarquilla les yeux d'étonnement.

— En avez-vous la preuve ?

— Bien sûr. Nous avons une vidéo de leur rencontre. Léonard, pourras-tu remettre la vidéo à nos inspecteurs ?

Ce dernier hocha la tête et poursuivit.

— Je ne sais pas ce que vous pourrez faire de cette vidéo. Elle montre clairement que Dimitri et Marion Merconi se connaissent intimement. Elle révèle aussi qu'ils souhaitaient tous les deux mettre au grand jour cette alliance.

— Ça ne me dit rien qui vaille... Vous avez d'autres secrets à nous révéler ?

— Pas pour l'instant, répondit Eiirin avec un sourire respectueux.

Du coup, je lui indiquai mentalement le peu de renseignements que j'avais glanés la nuit dernière. Il me répondit par un signe d'assentiment afin de partager ces nouvelles révélations.

— Dimitri nous espionne depuis plusieurs mois. Il m'a vue danser dans le club où nous avons l'habitude de sortir. Il sait beaucoup de choses sur notre clan. Il s'est associé à Marion Merconi uniquement parce qu'ils ont un but commun : faire tomber un chef de clan. Évidemment, leurs motivations sont différentes, mais cette alliance leur sert à tous les deux. Entre les affaires du clan Duroy et la compagne du président Kinoshita, ils ont plusieurs axes de bataille.

... et acquérir une sorcière-vampire pour compléter sa panoplie enchanterait particulièrement ce scélérat, me dis-je mentalement. Mais ça, aucun besoin de dévoiler mes particularités. Eiirin hocha la tête, soudain tendu à l'idée du danger que je courais.

— Il n'a rien à faire de Marion, ajoutai-je. Elle n'est qu'une marionnette pour arriver à ses fins. Elle ne se rend pas compte du danger qu'elle court avec lui.

— Peut-être l'a-t-il manipulée ? demanda l'inspectrice.

— Non, répondit Eiirin.

— En êtes-vous sûr ?

— Totalement. Regardez les vidéos et comparez-les avec les visages de Walter et l'infirmière. Vous verrez qu'il n'y a aucun doute possible. Ils se sont associés depuis un moment. Dimitri sert totalement les intérêts Merconi en essayant de nous faire tomber. Malheureusement, nous ne sommes pas au bout de nos surprises.

— Que comptez-vous faire ?

— Protéger mon clan.

Sur cette dernière parole pleine de conviction, nos inspecteurs prirent congé. Ils repartaient moroses.

Nous étions tous épouvantés par la situation.

— Et Dimitri ? demandai-je à Léo. L'as-tu revu ?

— Il a disparu de la circulation. Nous avons vérifié toutes les caméras à notre disposition. Rien pour l'instant. Mais sois rassurée concernant sa hargne et ses vices, il reviendra à la charge dès qu'il aura trouvé un nouveau plan.

Ça ne me rassurait pas du tout. J'étais totalement affolée. Je me sentais acculée. Je ravalai ma rage et déclarai :

— Mais pourquoi n'ai-je pas enflammé Dimitri plutôt que ses sbires ? J'ai eu une chance de l'éliminer et de tout arrêter et je n'y ai pas songé. Je suis dégoûtée. Nous allons payer très cher mon refus de m'entraîner à combattre.

Résultat : j'étais nulle, aucun réflexe, aucune bonne décision.

Eiirin et Léo me pressèrent tous les deux de gestes doux pour m'apaiser.

Léo nous laissa et Eiirin m'invita à m'allonger sur son canapé. Je devais avoir une sale tête pour qu'il me couche. Jusqu'ici, il avait été plutôt enclin à me coller une tablette dans les mains pour travailler. Surprise, je lui jetai un œil interrogateur.

— Repose-toi, Ismérie. Tu en as bien besoin. Je sens ton combat intérieur pour réunir ta magie de sorcière et tes dons de vampire.

Okkaayy… S'il insistait, j'allais me laisser faire. Les tumultes de mon corps me vidaient plus sûrement qu'ils ne m'aidaient. Eiirin me tendit mon téléphone et mes écouteurs. Il savait que j'adorais la musique. Mon amant m'aida même à enfiler mes oreillettes. Pour le reste, je pouvais y arriver. Les nouvelles technologies humaines avaient fait un tel bond en avant que l'usage de ces petits appareils était un jeu d'enfant.

Je choisis *Comme pas deux*(1). Ma fatigue et ma peur me poussaient vers la mélancolie. Emma, toujours bien présente en moi, écoutait souvent ce duo de frères. Je laissai s'écouler une playlist de chansons que j'avais découvertes avec ma descendance. Je l'entendais maintenant sous un autre jour. Je m'endormis.

Quand je me réveillai le lendemain, il faisait grand jour. Jetant un coup d'œil au réveil sur le chevet, je constatai que je m'étais régénérée pendant plus de vingt heures. Pourtant, je n'avais pas été blessée. Il était très rare que je sois aussi longtemps inconsciente. Un rapide bilan de moi-même m'indiqua que je n'avais pas assez récupéré.

Je me pelotonnai contre Eiirin, attendant patiemment son réveil. Son odeur narguait mes narines, amplifiant mon besoin de sang. Je me léchai les lèvres, prête à laisser agir mes crocs. Mmmm... Je devais taire mes instincts bestiaux et attendre tout de même son réveil. Si je me laissais aller, j'étais dans un tel état que je pouvais le vider de son sang. Ce que je regretterais amèrement après, évidemment. Alors, je me connectai à son cœur. Ses battements réguliers résonnaient en moi. Mon cœur commença par s'emballer de le sentir aussi près, ce qui perturba le tempo régulier d'Eiirin. Il me sentait dans son inconscience, tout comme la fois où j'étais venue à sa porte perturber son sommeil.

Puis, comme par magie, nos cœurs s'accordèrent, scellant notre fusion plus sûrement.

Le champ électromagnétique de mon amoureux s'élevait tranquillement, annonçant l'imminente ouverture de ses paupières.

— Mmmm... Tu ne dois pas être en forme pour être restée aussi sagement contre moi, dit-il en sondant chaque parcelle de mon corps pour évaluer d'éventuels dégâts.

Je levai la tête et plongeai dans ses yeux sombres. Telle une liane, je l'agrippai de tous mes membres.

— Chuis encore fatiguée...

— Je vois ça, me dit-il tendrement. Et tu as faim !

Il me percha au creux de son cou. Mes papilles étaient à la fête, réveillant mes fourmis.

Quand je fus repue, nous allâmes à la douche ensemble. Je n'étais pas encore très vaillante sur mes jambes et mon estomac avait du mal à assimiler tout ce sang. La puissance d'Eiirin stimulait ma magie pour qu'elle reprenne du poil de la bête... En vain.

Une fois prête à descendre, je fis part de mon souhait d'aller voir Kanine. Je savais qu'il s'en était sorti, mais j'avais besoin de constater qu'il s'en remettait. Eiirin, soucieux, acquiesça. Il ne souhaitait plus que je me promène seule sans garde du corps à l'hôtel de Lauzun.

Notre escorte nous attendait sur le pas de nos appartements. Nous passâmes chercher Léo, car Eiirin ne pouvait pas rester avec moi. Ma liberté avait totalement disparu, m'indiquait une petite voix insidieuse. Je la balayai d'un revers de la main, comme on chasse une mouche. Sauf que mon bras restait lourd et avait perdu toute vélocité. Eiirin haussa les sourcils devant mes pensées rebelles qui pointaient le bout de leur nez. Je lui pressai le bras pour diminuer son inquiétude. Je n'étais pas en état de me sauver. Il ricana devant ma constance, m'envoyant mentalement : « Mais que vais-je faire de toi ? ». « Bah, rien ! » fut la seule réponse évidente. Du coup, il me laissa à la porte de

Kanine et partit avec son air renfrogné, accompagné de deux gardes. Je soupirai. Ce n'était pas toujours facile, la vie de couple.

— Que lui as-tu encore dit, Isie ?

Léo avait retrouvé son air canaille, signe que les plus gros dangers étaient écartés pour l'instant. Nous attendions que Kanine nous ouvre.

Enfin, je le vis à nouveau, soulagée de constater qu'il était debout. Il avait sa tignasse phénoménale qui descendait le long de ses tempes en se transformant en barbe digne d'un Cro-Magnon.

Je me blottis contre lui pour lui montrer que j'étais très heureuse qu'il s'en soit sorti. Totalement abasourdi, il se raidit. Il n'était pas fan des démonstrations affectives. Il finit tout de même par resserrer ses bras sur moi.

— Merci, chuchota-t-il, tu m'as sauvé la vie.

— Je t'en prie.

— J'allais me préparer pour aller voir comment tu allais.

— Tu as totalement récupéré, Kanine ?

— Mmmoé... Enfin, à peu près. Je vais saigner encore quelques veines et demain je devrais être au top.

Sa bonne humeur me fit du bien.

— Et toi ?

Je hochai la tête pour toute réponse. Léo se gratta la gorge et quand je me tournai vers lui, je le découvris en train de faire non de la tête à mon Golgoth.

— Mais t'es pas censé être dans mon camp, Léo ?

— Moi, je suis dans ta team « Défenseurs » et des fois,

c'est de toi qu'il faut te protéger ! s'exclama Léo.

Kanine ricana. Et je finis par rigoler devant cette franchise.

— Et si vous me racontiez où on en est ? demanda Kanine.

— OK, répondit Léo. Allons dans le bureau d'Eiirin, alors.

Nous marchions tranquillement, Léo d'un côté, Kanine de l'autre. Si nous n'allions pas plus vite, c'était surtout à cause de la limace en moi qui se traînait. Où étaient donc passées mes maudites fourmis qui me faisaient gambader vers mon amant même quand je voulais aller à l'opposé ?

Notre escorte s'était divisée en deux pour être devant et derrière nous. Monsieur Revêche était aux commandes et ne plaisantait pas avec la sécurité. Je n'avais pas encore de formulaire à faire signer pour avoir l'autorisation de marcher dans le couloir mais il était bien possible qu'on en arrive là, ou qu'Eiirin ressorte ses menottes. Il était même capable d'acheter une laisse afin que je ne puisse pas m'éloigner. Mmmm... Quand j'y pensais, mon avenir n'était tout de même pas serein. Et je craignais d'être largement incommodée par tout cela quand j'aurais récupéré du poil de la bête, tous mes dons de vampire et mon énergie de sorcière. Ça risquait de ne pas m'amuser très longtemps, malgré tout cet amour dont j'avais conscience maintenant. Avec un peu de chance, Kanine reprendrait vite le commandement de ma sécurité.

Je me reconnectai à la conversation. Léo commençait à informer Kanine de nos déboires.

Épuisée, je marchais, l'âme en peine, l'énergie vitale en vacances. Le sang d'Eiirin continuait d'œuvrer pour me régénérer. Cependant, j'avais trop puisé dans mon essence vitale et le travail colossal peinait à se réaliser.

Je n'entendais plus ce que Léo racontait. Un brouhaha de plus en plus brumeux dans ma tête m'encerclait et me serrait tel un étau. Un voile noir passa devant mes yeux, faisant basculer mon corps.

Deux bras puissants me retinrent, puis tout disparut.

Les brumes m'emprisonnaient. J'étais aussi lourde qu'un tas de pierres. Mon corps en béton ne voulait plus bouger. Mon énergie était bloquée. Ma gorge serrée réclamait du sang. Cependant, ma bouche ne pouvait parler, mes doigts ne voulaient plus bouger.

Autour de moi, l'agitation.

Des bribes traversaient parfois le brouillard de mon cerveau. Des étincelles vertes crépitaient dans mes cellules. Aveline ! Ma descendance œuvrait au-dessus de moi. Sa magie travaillait pour m'aider.

— Aveline, sens-tu quelque chose ? Je l'ai déjà éloignée d'entités après notre premier échange de sang. Peut-être lui en ai-je trop donné ?

La voix inquiète de mon amant perça les limbes qui me retenaient, m'empêchant toujours de communiquer. J'étais simplement épuisée, je le sentais. Mon corps s'était arrêté.

Est-ce que le burn-out existait chez les vampires ?

Aveline continuait de s'activer, rassemblant ma magie et mon énergie vitale éparpillée. Ça bougeait à l'intérieur, trop vite, trop fort, me fatiguant davantage. Du temps, j'avais besoin de temps. J'avais trop puisé dans mes dons pour combattre nos ennemis, protéger mes Golgoths, maîtriser mon dragon avant qu'il ne nous engloutisse.

Soudain, ma descendance s'arrêta.

— Eiirin, viens essayer à ton tour, ordonna-t-elle, confuse.

Elle avait détecté un problème. Mais que se passait-il avec ma magie ?

Je sentis Eiirin s'activer au-dessus de moi. De la tête aux pieds, ses ondes bleu nuit scintillaient d'or, se mélangeant à la magie verte d'Aveline. Ils étaient fous de m'envoyer tout cela. Je n'étais pas prête à l'assimiler. Mon corps trop fatigué allait exploser.

Mon amant était enfin arrivé aux pieds. Mais comme ça ne lui suffisait pas, il remonta. J'avais envie de crier : « Laissez-moi tranquille, laissez-moi dormir ! ». Mais les mots restaient emprisonnés dans ma gorge.

Soudain, la stupeur bondit du corps d'Eiirin, m'écrasant au passage.

— Non, ce n'est pas possible ! s'exclama-t-il.

— Si ! répondit Aveline. J'ai senti la même chose.

Mais quel était le problème ?

J'ouvris péniblement les yeux, découvrant l'affolement autour de moi.

Léo, Kanine, Miguel, Aveline et Eiirin étaient penchés sur moi. Je reconnaissais les murs du bureau de notre

Senseï. J'étais allongée sur son canapé.

Mon amant était sidéré, totalement arrêté dans le temps telle une statue de cire. C'était si grave que cela, alors ?

— Qu'est-ce que j'ai ? demandai-je faiblement.

Notre Senseï m'observait, muet, puis regarda notre assemblée, interdit.

Eh bien, quoi, alors ?

Je ne l'avais jamais vu incapable de s'exprimer. Il était submergé par des émotions contradictoires. Comme il ne disait rien, je détournai mon regard pour accrocher celui d'Aveline. Elle me dirait. Cette dernière hésita, nous regardant tour à tour, mon amant et moi.

— Que me cachez-vous ?

— Ta descendance n'est pas éteinte, Ismérie, une vie est en train de grandir dans ton ventre.

Les mots choisis d'Aveline me sautèrent à la gorge. Je couvais quoi exactement ?

D'une vampire n'ayant pas l'intégralité de ses pouvoirs, à une sorcière retrouvant à peine sa magie, que poussait-il dans mon ventre ?

Je tournai la tête vers mon amant.

Eiirin blêmit face à la réalité de cette nouvelle étincelle de vie.

(1) Chanson de PNL.

*** Fin du tome 3 ***

Table des matières

Vous avez aimé Sangs éternels ?

1- Publiez un commentaire sur Amazon, en vous rendant à l'adresse suivante :

www.amazon.fr/Florence-Barnaud/

2- Inscrivez-vous à ma newsletter pour être informé de la suite de la saga :
www.florencebarnaud.com/

3- Retrouvez-moi sur mon site :

www.florencebarnaud.com/

Facebook :
www.facebook.com/FloBarnaudRomanciere

Instagram : www.instagram.com/florence_barnaud/

par e-mail : florence.barnaud@gmail.com

Remerciements

Vous êtes incroyables, vous qui me lisez, me suivez... MERCI. Je n'avais rien écrit de ma vie et voilà que vous êtes déjà des milliers à attendre avec frénésie le prochain tome de ma saga. Nous avons dépassé la moitié. Oui ! Vous allez êtes pressé(e)s de lire le tome 4. Ne vous inquiétez pas, à l'heure où vous finissez celui-ci, celui d'après est déjà bien avancé. Il ne reste qu'à l'améliorer. Patience... Il ne reste que deux tomes pour terminer *Sangs éternels*. Mon cœur se serre déjà à l'idée de quitter Ismérie.

Merci à toutes celles et tous ceux qui me mettent plein d'étoiles et donnent envie de lire mes romans. Vos commentaires sont essentiels pour les auteurs autoédités.

À toutes les chroniqueuses qui continuent de me lire et faire des services presse. Vous faites des photos fantastiques et avez chacune votre vision d'une histoire. C'est toujours un réel plaisir de découvrir votre point de vue. Merci de faire découvrir ma saga et d'organiser des jeux-concours pour le plus grand bonheur des gagnant(e)s.

À mes lecteurs VIP, très réactifs, attendant sur le pont chaque sortie.

À mes bêta-lecteurs : Aurélie, Florence, Virginie,

Ludivine, Inès, Samantha, qui acceptent de lire une version pleine de fautes et pas tout à fait terminée. Merci de m'aider à embellir cette histoire. C'est toujours un plaisir de lire vos retours, vos remarques et même vos blagues.

À Caroline Sheila, ma super designeuse. Tes couvertures sont fantastiques.

À Florence, ma correctrice, qui fait un travail fantastique. J'adore tes commentaires. À l'occasion, nous pourrons discourir sur la souplesse des vampires ^^. J'essaie de ne pas ajouter de fautes, c'est promis !

À Laurence, ma super narratrice. Tu sais que j'écris maintenant en entendant ta voix raconter mon histoire. Alors, j'essaie de rendre la narration la plus fantastique possible. Je sais que ta voix envoûtante et ton travail feront le reste.

À Cyril, qui m'a fait confiance extrêmement rapidement pour publier les audiobooks. Merci d'être aussi réactif !

À Amazon, qui permet aux auteurs autoédités d'avoir une existence et des redevances.

À BoDFrance qui envoie des brochés aux chroniqueuses. Votre travail d'accompagnement et votre bienveillance sont inestimables. Merci de me faire rencontrer mes fans dans les salons.

À toutes celles et tous ceux qui me soutiennent. Même si je n'ai pas cité chacun de vos prénoms, vous prenez une grande place dans mon cœur. Merci !

Et puis, toujours et surtout, à mes trois chéris : vous me soutenez chacun à votre façon dans cette aventure. À

Laurent, qui traque toutes les incohérences et me donne des conseils avisés sur les armes et le combat. À Evan, pour me faire découvrir les chansons de maintenant. À Willem, qui m'explique la vision et le vocabulaire des ados. Vous participez tous les trois à cette grande aventure.

Biographie

Florence Barnaud est une passionnée. Riche de nombreuses expériences, elle a trouvé son équilibre entre l'hypnose pour accompagner les personnes qui souhaitent avancer et l'écriture d'aventures fantastiques, pleines d'émotions et de suspense. Au travers de ses lectures, elle aime vivre des histoires rocambolesques où elle est totalement transportée. C'est cette flamme qui l'anime pour écrire ses romans.

De la même autrice :
Sangs éternels, Tome 1 – La Reconnaissance
Sangs éternels, Tome 2 – L'Eveil
Sangs éternels, Tome 3 – La Loi du Sang

Publication

Impression : BoD – Books on Demand,
12/14 rond-point des Champs-Élysées, 75008 PARIS
Imprimé par BoD – Books on Demand, Norderstedt

ISBN broché : 9782322188901

Dépôt légal : janvier 2020
Première édition : janvier 2020

****

Couverture : 99 Design – Sheila
Correction : Florence Clerfeuille